MERIDIANE
Aus aller Welt
Band 40

Ismail Kadare

Der zerrissene April

ROMAN

AUS DEM ALBANISCHEN VON
JOACHIM RÖHM

AMMANN VERLAG

Die Originalausgabe erschien 1980 unter dem Titel »Prilli i thyer«
im Verlag Naim Frashëri in Tirana, Albanien,
die überarbeitete Fassung ist 1996 unter dem Titel »Prilli i thyer«
im Band der albanischen Werkausgabe Ismail Kadares
mit dem Titel »Vepra, Vëllimi i katërt Shtëpia botuese«
bei Librairie Arthème Fayard in Paris erschienen.

Erste Auflage
Im 20./21. Jahr des Ammann Verlags
© 2001 by Ammann Verlag & Co., Zürich
Homepage: www.ammann.ch
Alle deutschsprachigen Rechte vorbehalten
© 1996 Librairie Arthème Fayard, Paris
Satz: Gaby Michel, Gießen
Druck und Bindung: Clausen & Bosse, Leck
ISBN 3-250-60040-7

Erstes Kapitel

Sooft ihm die Füße kalt wurden, bewegte er ein wenig die Knie, und dann hörte er irgendwo unter sich das mißbehagliche Knirschen der Kiesel. In Wirklichkeit war das Mißbehagen in ihm. Niemals in seinem Leben hatte er so lange bewegungslos ausharren müssen. Hinter einem kleinen Hügel an der großen Straße wartete er darauf, daß einer vorbeikäme.

Schon lange schmerzten ihn die Beine vom Knien, und sein rechter Arm war fast fühllos.

Der Tag ging zur Neige. Erschreckt, fast in Panik führte er das Gewehr zum Auge und schaute durch das Visier. In der demnächst einsetzenden Dämmerung würde es nur noch verschwommen zu erkennen sein. Er kommt bestimmt vorbei, noch ehe Kimme und Korn im Dunkeln sind, hatte sein Vater gesagt. Hab nur Geduld und warte.

Langsam schwenkte er den Lauf und ließ das Visier über ein paar Klumpen verharschten Schnees jenseits der Straße gleiten. In das kleine Gehölz drüben mischten sich da und dort wilde Granatapfelsträucher. Flüchtig ging ihm durch den Kopf, daß dies ein besonderer Tag in seinem Leben war. Das Visier des Gewehrs bewegte sich von den Granatapfelsträuchern zurück zu den Klumpen verharschten Schnees. Der Tag, von dem er sich vorzugaukeln suchte, er habe eine besondere Bedeutung für ihn, bestand nun aus nichts anderem mehr als den paar Schneefladen und den wilden Granatapfelsträuchern, die ihn schon seit dem Mittag zu beobachten schienen, um herauszufinden, was er vorhatte.

Bald wird es dunkel, dachte er, dann kann ich nicht mehr zielen. In Wahrheit erwartete er sehnsüchtig den Abend und die Nacht, die danach herabsinken würde, damit er sich endlich aus diesem verfluchten Hinterhalt davonmachen konnte. Doch der Tag schlich nur langsam davon, als bereite es ihm Vergnügen, ihn als Geisel zu halten. Dies war in seinem Leben schon der zweite Hinterhalt, um Blutrache zu üben, doch der Mann, den er töten mußte, war der gleiche wie beim ersten Mal. Also war der zweite Hinterhalt eigentlich die Fortführung des ersten.

Wieder wurden seine Füße kalt, und wieder bewegte er die Knie, als könne er so die Kälte daran hindern, nach oben zu steigen. Doch die Kälte saß schon lange in seinem Bauch, in seiner Brust, ja selbst in seinem Kopf. Es war, als habe sie das Gehirn zu einem Klumpen erstarren lassen, so wie den Schnee dort drüben, jenseits der Straße.

Unfähig, seine Gedanken zu einem vollständigen, logischen Zusammenhang zu ordnen, empfand er nur Feindseligkeit gegenüber den wilden Granatapfelsträuchern und den Schneefladen, und manchmal war ihm, als hätte er den Hinterhalt schon längst verlassen, wären nur sie nicht dagewesen. Doch sie waren da, reglose Zeugen, und so konnte er nicht weggehen.

In der Biegung der Straße tauchte zum hundertsten Mal an diesem Nachmittag der Todgeweihte auf. Er ging mit kurzen Schritten, und über seiner rechten Schulter ragte tief schwarz der Lauf des Gewehres auf. Der Mann im Hinterhalt fuhr zusammen: das war nun keine Einbildung mehr. Der Erwartete kam wirklich.

Wie schon hundertmal vorher richtete Gjorg den Lauf des Gewehrs auf den herankommenden Mann und zielte auf seinen Kopf. Dieser schien ihn foppen zu wollen und hüpfte immer wieder aus dem Visier, ja, Gjorg glaubte sogar zu erkennen, daß er zuletzt noch spöttisch grinste. Sechs Monate zuvor war ihm das gleiche passiert. Um das Gesicht des Opfers nicht zu entstellen (wovor er im letzten Moment zurückscheute), hatte er den Lauf ein wenig sinken lassen, und aus diesem Grund hatte er es nicht getötet, sondern nur am Hals verwundet.

Der so lange Erwartete näherte sich. Hoffentlich verwunde ich ihn nicht nur, dachte Gjorg flehentlich. Die Buße für die erste Verwundung war gerade erst bezahlt, und eine weitere würde die Familie wirtschaftlich ruinieren. Auf einen Tod dagegen stand keine Forderung.

Der Erwartete kam immer näher. Besser, ich verfehle ihn ganz, als daß ich ihn verwunde, dachte Gjorg. Er versuchte das Denken abzustellen. Das erste Mal hatte er zuviel nachgedacht und die ganze Sache deshalb verdorben. Er hatte Mitleid empfunden, Scham, und im letzten Moment war ihm, gleichsam als Rechtfertigung seines Tuns, noch der alte Spruch in den Sinn gekommen: Wer das Gewehr zur Hand nimmt, muß auch töten!

Es gibt nichts mehr nachzudenken, sagte er sich. Tu, was getan werden muß. Wie hundertmal zuvor das Trugbild, so rief er jetzt auch den herankommenden Mann an, ehe er schoß, genau wie der Brauch es verlangte. Weder in diesem Moment noch später hätte er mit Gewißheit sagen können, ob er tatsächlich gerufen oder ob ihm die Stimme versagt hatte. Tatsache war, daß das Opfer plötzlich herüberschaute. Gjorg nahm eine rasche Bewegung des Armes wahr, die darauf gerichtet schien, das Gewehr von der Schulter zu reißen, und schoß. Er ließ das Gewehr sinken und beob‑ achtete fast verblüfft, was gleich darauf geschah. Der Tote (zwar war der Mann noch auf den Beinen, doch Gjorg wußte sicher, daß er nicht mehr lebte) tat noch einen halben Schritt vorwärts, sein Gewehr fiel auf die eine Seite, und gleich darauf fiel er selbst auf die andere.

Gjorg verließ den Hinterhalt und ging zu dem Erschos‑ senen. Die Straße war völlig leer. Nur seine Schritte waren darauf zu hören. Der Tote lag auf dem Gesicht. Gjorg beugte sich hinab und packte ihn an der Schulter, als wolle er ihn aufwecken. Was mache ich da nur? dachte er. Seine Hand berührte erneut die Schulter des Getöteten, wie um ihn ins Leben zurückzurufen. Warum tue ich das? fragte er sich. Und plötzlich war ihm klar, daß er sich nicht über den Erschossenen gebeugt hatte, um ihn aus dem Schlaf des Todes zu erwecken, sondern nur, um ihn auf den Rücken zu drehen. Ja, er wollte den Leichnam nur umdrehen, wie der Brauch es verlangte. Die wilden Granatapfelsträucher und die Schneeklumpen waren noch da und sahen alles.

Er richtete sich auf und wollte weggehen, da fiel ihm ein, daß er noch das Gewehr an den Kopf legen mußte.

Gjorg handelte wie im Traum. Ihm wurde übel, und im‑ mer wieder dachte er: Das Blut hat mich befallen. Dann faßte er sich und ging hastig über die verlassene Straße davon.

Die Dämmerung sank herab. Mehrmals blickte er sich

um, ohne zu wissen, warum. Die Straße war immer noch völlig leer. Sie zog sich zwischen Sträuchern und Gehölzen dahin, mitten durch den Tag, der sich dem Ende zuneigte.

Irgendwo vor ihm waren Maultierglocken und dann Stimmen zu hören. Leute kamen ihm auf der Großen Straße entgegen, auf dem Weg zu einem Besuch, vielleicht aber auch Bergbauern, die vom Markt heimkehrten. Schneller als erwartet fand er sich ihnen gegenüber. Männer, dazwischen aber auch junge Frauen und Kinder.

Sie sagten »Guten Abend!«, und er blieb stehen. Noch ehe er sie ansprach, machte er eine Handbewegung in die Richtung, aus der er kam.

»Ich habe einen Mann getötet, dort, an der Biegung der Großen Straße«, sagte er mit erstickter Stimme. »Dreht ihn auf den Rücken und legt ihm das Gewehr an den Kopf, gute Leute!«

In der Gruppe der Wanderer herrschte einen Augenblick lang Schweigen.

»Hat dich das Blut befallen?« fragte jemand.

Er antwortete nicht. Offenbar gab ihm einer Ratschläge, was gegen die Wirkung des Blutes zu tun sei, doch Gjorg hörte nicht zu. Er hatte sich wieder in Bewegung gesetzt. Nun, da der Auftrag erteilt war, den Getöteten umzudrehen, empfand er eine gewisse Erleichterung. Ob er selbst den Leichnam auf den Rücken gedreht hatte, wußte er nicht. Der Kanun berücksichtigte die Erschütterung nach dem Mord und gestattete es, Passanten mit etwas zu beauftragen, zu dem man selbst nicht in der Lage gewesen war. Doch den Toten auf dem Gesicht und sein Gewehr irgendwo abseits liegen zu lassen, das war eine unverzeihliche Schande.

Noch vor Einbruch der Dunkelheit erreichte er das Dorf. Es war noch sein besonderer Tag. Die Tür zum Turm war nur angelehnt. Er stieß sie mit der Schulter auf und trat ein.

»Und«, fragte jemand von drinnen.

Er nickte.

»Wann?«

»Gerade eben.«

Die hölzerne Treppe knarrte unter den Schritten der Herabkommenden.

»Du hast Blut an den Händen«, sagte der Vater. »Geh, wasch es ab.«

Gjorg betrachtete erstaunt seine Hände.

»Das war wohl, als ich ihn umdrehte«, sagte er.

Umsonst hatte er sich unterwegs Sorgen gemacht. Er brauchte nur seine Hände anzusehen, um zu wissen, daß er alles, was zu tun gewesen war, auch getan hatte.

Im Turm roch es nach frischgebrühtem Kaffee. Seltsamerweise war er müde. Er mußte sogar zweimal gähnen. Die Augen der kleinen Schwester an seiner linken Schulter glänzten von weit her, wie zwei Sterne hinter einem Hügel.

»Und nun?« sagte er plötzlich, ohne jemand direkt anzusprechen.

»Der Tod muß im Dorf bekanntgegeben werden«, antwortete der Vater. Er war dabei, seine Opanken anzuziehen, wie Gjorg erst jetzt bemerkte.

Als er den Kaffee trank, den ihm die Mutter zubereitet hatte, war von draußen die erste Stimme zu hören:

»Gjorg von den Berisha hat Zef Kryeqyqe erschossen!«

Eigenartig mischte sich darin der Tonfall eines Ausrufers von Regierungsverordnungen mit dem Klang eines alten Psalms. Diese nichtmenschliche Stimme riß ihn einen Augenblick lang aus seiner Lethargie. Ihm war, als ob sein Name aus ihm selbst herausgetreten sei, Brustkorb und Haut durchdrungen habe, um draußen grausam zu wüten. Das geschah ihm zum ersten Mal. Gjorg von den Berisha, hallte in ihm die Stimme des gnadenlosen Herolds wider. Er war sechsundzwanzig Jahre alt, und zum ersten Mal drang sein Name in die Fundamente des Lebens ein.

»Gjorg von den Berisha hat Zef Kryeqyqe erschossen«, wiederholte, aus einer anderen Richtung kommend, eine andere Stimme.

Verwundert nahm er wahr, wie sich in eine Nachricht verwandelte, was noch vor kurzem nicht mehr gewesen war als eine Häufung seiner Bewegungen, dann ein Anruf beim Zielen und schließlich ein wildes Rennen zwischen wilden Granatapfelsträuchern hindurch über gleichgültigen Schnee. Und sein Name, Gjorg, kam ihm auf einmal so alt und gewichtig vor wie die auf dem Torbogen einer Kirche eingravierten, schon moosdunklen Buchstaben einer Inschrift.

Draußen flog dieser Name in Windeseile von einem Herold des Todes zum nächsten.

Eine halbe Stunde später brachte man den Körper des Getöteten ins Dorf. Dem Brauch entsprechend hatte man ihn auf vier Buchenäste gebettet. Man hegte eine schwache Hoffnung, er habe den Geist noch nicht aufgegeben.

Der Vater des Getöteten stand wartend an der Tür des Turmes. Als die Männer mit dem Leichnam noch vierzig Schritte entfernt waren, rief er:

»Was habt ihr mir gebracht? Wunde oder Tod?«

Die Antwort war knapp und eindeutig:
»Tod.«
Seine Zunge suchte tief, sehr tief in der Mundhöhle nach Speichel. Es gelang ihm, die Worte herauszupressen:
»Tragt den Leichnam hinein und gebt den Tod im Dorf und in der Bruderschaft bekannt.«

Im Schellen der Herden, die in das Dorf Brezftoht heimkehrten, im Läuten der Abendglocke, in all den Geräuschen der hereinbrechenden Nacht schien die noch frische Nachricht des Todes mitzuklingen.

In den Straßen und Gassen der Gemeinde herrschte ein ungewöhnlich lebhaftes Treiben. Irgendwo an der Flanke des Dorfes loderten ein paar Feuer kalt im Licht des ausgehenden Tages. Vor dem Haus des Getöteten kamen und gingen die Leute, desgleichen vor dem Haus des Mörders. Andere brachen zu zweien oder zu dreien irgendwohin auf oder kehrten von irgendwoher zurück.

Zwischen den Fenstern der einzeln stehenden Türme flogen die neuesten Nachrichten hin und her:

»Habt ihr gehört, Gjorg Berisha hat Zef Kryeqyqe getötet!«

»Gjorg von den Berisha hat das Blut seines Bruders gerächt.«

»Ob die Berisha wohl das vierundzwanzigstündige Ehrenwort verlangen werden?«

»Ja, bestimmt!«

Von den Fenstern der Türme aus ließ sich das ganze Hin und Her auf den Dorfstraßen überschauen. Die Abenddämmerung war inzwischen hereingebrochen. Das Licht der Feuer wurde zunehmend dichter, schien zu gerinnen. Allmählich nahm es die stumpfe Röte von gerade erst aus geheimnisvoller Tiefe emporgestiegenem vulkanischem Magma an. Die umhersprühenden Funken weckten die Ahnung von künftig verspritztem Blut.

Vier Männer, unter ihnen ein Greis, näherten sich dem Haus des Getöteten.

»Die Unterhändler kommen, um das vierundzwanzigstündige Ehrenwort für die Berisha zu fordern«, hörte man an einem Fenster sagen.

»Wird man es ihnen gewähren?«

»Sicher wird man es ihnen gewähren.«

Unterdessen traf die ganze Sippe der Berisha Schutzmaßnahmen. Überall waren Stimmen zu hören: Murrash, komm schnell ins Haus! Cen, leg den Riegel vor! Wo ist Prenga?

In der ganzen engeren und weiteren Verwandtschaft wurden die Haustüren verschlossen, denn wie die erste Bö eines Sturmes, das wußte man seit Generationen, war die Zeit unmittelbar nach dem Mord die gefährlichste, denn noch hatte die Familie des Getöteten keines der Ehrenworte geleistet. Also wäre es den Kryeqyqe erlaubt gewesen, in blinder Wut über das frischvergossene Blut auf jegliches Mitglied der Berishasippe zu schießen, um sich zu rächen.

An den Fenstern der Türme wartete man darauf, daß die Abordnung das Haus des Getöteten wieder verließe. »Ob sie wohl das Ehrenwort bekommen?« fragten da und dort die Frauen.

Schließlich kamen die vier Unterhändler wieder heraus. Das Gespräch war nur kurz gewesen. Ihr Gang ließ auf nichts schließen, doch ein Ruf verbreitete alsbald die Neuigkeit.

»Die Familie Kryeqyqe hat das Ehrenwort besiegelt.«

Alle wußten, daß von dem kleinen, dem vierundzwanzigstündigen Ehrenwort die Rede war. Vom großen, dreißigtägigen Ehrenwort dagegen sprach noch niemand. Dieses konnte nicht von der Familie, sondern nur vom Dorf erbeten werden, und auch das erst nach der Bestattung des Getöteten.

Die Stimmen flogen von Turm zu Turm.

»Die Familie Kryeqyqe hat das Ehrenwort besiegelt!«

»Die Kryeqyqe haben das Ehrenwort gegeben!«

»Gott sei Dank! Wenigstens vierundzwanzig Stunden ohne Blutvergießen!« seufzte hinter einem Fenster eine beklommene Stimme.

Die Totenfeier fand am Mittag des folgenden Tages statt. Die Leidtragenden, die von weit her kamen, zerkratzten sich die Wangen und rauften sich die Haare, wie der Brauch es wollte. Der alte Friedhof bei der Kirche war voll von den schwarzen Umhängen der Trauergäste. Nach der Bestattung bewegte sich der Zug der Trauernden zurück zum Turm der Kryeqyqe. Auch Gjorg war dabei. Er hatte auf keinen Fall gehen wollen. Zwischen ihm und seinem Vater hatte etwas stattgefunden, was, wie Gjorg hoffte, ihr letzter Streit sein würde, auch wenn es sich in den Bergen bestimmt schon tausendmal wiederholt hatte. Aber ich bin der Bluträcher, ich habe ihn getötet, weshalb soll ausgerechnet ich gehen? Gerade, weil du ihn getötet hast, mußt du gehen. Jeder kann heute bei der Bestattung oder beim Leichenmahl fehlen, nur du nicht. Auf dich wartet man am meisten. Aber warum denn, sträubte Gjorg sich ein letztes Mal. Warum muß ich es tun? Sein Vater hatte ihn starr angeblickt, und Gjorg war verstummt.

Nun ging er bleich, mit unsicheren Schritten unter den Trauergästen und spürte, wie ihn von der Seite die Blicke der Männer streiften, um sich dann im Nebel zu verlieren. Die meisten dieser Männer gehörten der Sippe des Getöteten an. Zum werweißwievielten Male seufzte er in sich hinein: Warum muß ich nur hier sein?

Die Blicke der Leute waren ohne Haß, kalt wie dieser Märztag, so kalt und ohne Haß, wie Gjorg es am Tag zuvor in seinem Hinterhalt gewesen war. Jetzt standen das frischausgehobene Grab, die größtenteils zur Seite gesunkenen Kreuze aus Stein und Holz, das trübselige Bimmeln der Glocke, stand alles an diesem Tag in einem direkten Zusammenhang mit ihm selbst. Die Gesichter der Leidtragenden mit den schrecklichen Kratzern, die ihre Fingernägel darauf hinterlassen hatten (O Gott, dachte er, wie ist es nur möglich, daß ihnen innerhalb von vierundzwanzig Stunden so lange Nägel gewachsen sind), die wild zerrauften Haare, die geschwollenen Augen, die monotonen Schritte rings um ihn her, diese ganze Struktur des Todes hatte er bewirkt. Und nicht genug, jetzt war er auch noch gezwungen, zwischen ihnen zu gehen, langsam, kummervoll, so wie sie.

Die Litzen ihrer Filzhosen waren den seinen ganz nahe, schwarze Schlangen mit Köpfen voll Gift, zum Zubeißen bereit. Beim Gehen berührten sie sich fast. Doch er war völlig ruhig. Das vierundzwanzigstündige Ehrenwort schützte ihn besser als alle Schießscharten von Wehrtürmen oder

Festungen. Die Läufe der Gewehre ragten senkrecht über den schwarzen Umhängen auf, doch vorläufig hatten sie noch nicht das Recht, auf ihn zu schießen. Morgen, übermorgen ... vielleicht. Wenn allerdings das Dorf um das dreißigtägige Ehrenwort für ihn bat, dann blieben ihm noch vier Wochen eines unbehelligten Lebens. Danach jedoch...

Einige Schritte vor ihm schwankte prahlerisch der Lauf eines Mannlicher-Gewehrs. Links ein kurzer, stumpfer Lauf. Andere Läufe rings umher. Welcher davon wird... In seinem Kopf schwächten sich die Worte »mich töten« im letzten Moment in ein »auf mich schießen« ab.

Der Weg vom Friedhof bis zum Haus des Getöteten erschien ihm endlos. Aber die viel schwierigere Prüfung des Leichenmahls stand ihm erst noch bevor. Er hatte sich mit der Verwandtschaft des Getöteten an den Tisch zu setzen, man würde ihm Brot und Speisen reichen, Löffel und Gabel vor ihn hinlegen, und dann mußte er essen.

Einige Male war er nahe daran, diesen sinnlosen Zustand zu beenden und wegzulaufen aus der Schar der Trauergäste. Sollten sie doch schimpfen, sollten sie ihn doch verspotten, sollten sie ihm doch vorwerfen, er habe vielhundertjährigen Brauch verletzt. Und wenn sie wollten, konnten sie ihn auch einfach in den Rücken schießen, Hauptsache, er kam weg von hier, nur weg. Doch er wußte, daß er niemals würde weglaufen können. So wenig, wie sein Großvater, sein Urgroßvater, sein Ururgroßvater hatten weglaufen können, fünfzig, fünfhundert, eintausend Jahre zuvor.

Sie näherten sich nun dem Turm des Getöteten. Aus den schmalen Fenstern über dem Türbogen hingen schwarze Tücher. Wo gerate ich da nur hinein, dachte er bekümmert, und obwohl die niedrige Tür des Turms noch hundert Schritt entfernt war, zog er schon jetzt den Kopf ein, um sich nicht an dem steinernen Bogen zu stoßen.

Das Leichenmahl verlief streng nach den Regeln. Die ganze Zeit über mußte Gjorg an sein eigenes Totenessen denken. Wer von ihnen würde dort erscheinen, so wie er heute hierhergekommen war?

Die Gesichter der Trauergäste waren noch zerkratzt und blutig. Der Brauch verlangte, daß sie sich das Gesicht weder im Dorf wuschen, in dem der Todesfall eingetreten war, noch auf dem Heimweg, sondern erst nach der Rückkehr in ihr eigenes Dorf.

Die Kratzwunden auf Stirn und Wangen ließen an Masken denken. Gjorg versuchte, sich die Angehörigen seiner eigenen Sippe mit den Spuren des Kummers im Gesicht vorzustellen. Ihm war nun, als sei das Leben so vieler Menschengenerationen nichts als ein einziges endloses Leichenmahl gewesen, zu dem beide Seiten einander abwechselnd aufsuchten. Und jeder band sich, ehe er zu dem Mahl aufbrach, die blutige Maske vors Gesicht.

Am Nachmittag nach dem Leichenmahl begann das ungewohnte Kommen und Gehen aufs neue. In wenigen Stunden endete das kleine, das vierundzwanzigstündige Ehrenwort für Gjorg Berisha, und schon jetzt machten sich die Dorfältesten bereit, den Regeln entsprechend im Turm der Kryeqyqe vorzusprechen, um im Namen des Dorfes für Gjorg das große, das dreißigtägige Ehrenwort zu erbitten.

Vor den Türen der Türme, in den von den Frauen bewohnten ersten Stockwerken, am Brunnen und auf der Dorfwiese wurde von nichts anderem mehr gesprochen. Es war der erste Blutrachefall in diesem Frühjahr, deshalb wurde natürlich alles, was damit zusammenhing, ausführlich beschwatzt. Der Mord hatte den Regeln entsprochen, und alles, die Beisetzung, das Leichenmahl, das vierundzwanzigstündige Ehrenwort, war nach dem uralten Kanun geschehen. Wenn sich also nun die Dorfältesten anschickten, bei den Kryeqyqe um das dreißigtägige Ehrenwort nachzusuchen, so wurde es gewiß auch gewährt.

Untereinander beratschlagend, wartete man also auf die jüngsten Neuigkeiten über das dreißigtägige Ehrenwort. Erinnerungen an Ereignisse und Fälle wurden dabei wach, bei denen gegen Vorschriften des Kanun verstoßen worden war, in längst vergangener Zeit und vor kurzem, im eigenen Dorf und in der Gegend, sogar in weit entfernten Gebieten am Rand des endlosen Hochlands. Man erinnerte sich an Kanunverletzer und die harten Strafen, die über sie verhängt worden waren. Einzelner Männer entsann man sich, die von ihren Familien, ganzer Familien, die vom Dorf, und sogar ganzer, verrückt gewordener Dörfer, die von einer Gruppe anderer Dörfer, auch Banner genannt, bestraft worden waren. Heute aber, Gott sei Dank..., seufzte man erleichtert. Im eigenen Dorf waren schon seit geraumer Zeit keine derart schändlichen Dinge mehr vorgekommen. Stets waren die alten Regeln beachtet worden, und es war schon lange her, daß jemand es gewagt hatte, sie zu brechen. Auch das jüngste Blut war nach dem Brauch vergossen worden, und Gjorg Berisha, der Bluträcher, hatte sich trotz seiner Jugend gut gehalten, bei der Beisetzung des Blutfeinds genauso wie beim

Leichenmahl. Fraglos würden ihm die Kryeqyqe das dreißigtägige Ehrenwort gewähren, zumal das Ehrenwort in dieser Form vom Dorf, von dem es erwirkt worden war, auch wieder aufgehoben werden konnte, wenn der Bluträcher die ihm bewilligte befristete Gunst dazu mißbrauchte, durch das Dorf zu rennen und sich mit der Bluttat zu brüsten. Aber Gjorg Berisha war nie ein Wichtigtuer gewesen. Im Gegenteil, stets hatte er als zurückhaltend und nachdenklich gegolten, so daß man mit einer solchen Dummheit vielleicht bei allen anderen, niemals jedoch bei ihm rechnen mußte.

Am späten Nachmittag (kurz bevor die Frist des kleinen ablief) war es dann soweit: die Kryeqyqe erteilten das große Ehrenwort. Einer der Dorfältesten, der bei den Kryeqyqe gewesen war, erschien im Turm der Berisha und unterrichtete sie von der Gewährung des dreißigtägigen Ehrenworts. Dabei nutzte er die Gelegenheit, noch einmal die notwendigen Ermahnungen auszusprechen: Gjorg möge sich davor hüten, das Ehrenwort zu mißbrauchen, und so weiter.

Der Abgesandte ging wieder, und Gjorg saß wie erstarrt in einem Winkel des Turmes. Nun hatte er noch dreißig gefahrlose Tage vor sich. Danach lauerte allenthalben der Tod auf ihn. Wie eine Fledermaus mußte er sich dann im Finstern bewegen, stets auf der Hut vor Sonne, Vollmond und allen Feuern.

Dreißig Tage, dachte er. Ständig im Haus verkrochen, draußen nur in der Dunkelheit, wie ein Dieb. Der Schuß dort an der Biegung der großen Straße hatte sein Leben plötzlich in zwei Teile zerrissen: einen sechsundzwanzigjährigen Teil, der bis zum heutigen Tag reichte, und den nun beginnenden dreißigtägigen Teil vom siebzehnten März bis zum siebzehnten April. Danach kam das Fledermausleben, das für ihn schon jetzt nicht mehr zählte.

Aus den Augenwinkeln betrachtete Gjorg den Fetzen Landschaft in dem schmalen Fenster. Draußen war März, halb lächelnd, halb eisig, mit dem ihm eigenen gefährlichen Gebirgslicht. Dann kam der April oder, besser gesagt, nur seine erste Hälfte. Gjorg spürte einen Schmerz in der linken Hälfte seiner Brust. Schon jetzt kleidete sich ihm der April in bläuliche Qual. Doch war ihm der April nicht eigentlich schon immer so erschienen, als ein Monat, in dem sich nichts erfüllt? Der April der Liebe, wie es in den Liedern hieß. Sein eigener unvollendeter April. Und trotzdem, besser, daß es so gekommen ist, dachte er, ohne selbst zu wissen, was denn nun besser so gekommen war: die blutige Rache für den Bruder oder die Zeit der Blutrache.

Kaum eine halbe Stunde zuvor war ihm das dreißigtägige Ehrenwort gewährt worden, und er hatte sich bereits an die Vorstellung gewöhnt, daß sein Leben in zwei Teile gerissen war. Nun schien ihm sogar, es sei schon immer so bestimmt gewesen: Zuerst ein langes Stück, sechsundzwanzig Jahre eines geruhsamen, bis zum Überdruß geruhsamen Lebens, sechsundzwanzig Märze und Aprile samt ebenso vielen Wintern und Sommern, und dann ein kurzes, stürmisches, in Windeseile ablaufendes Stück von vier Wochen, mit nur einem halben März und einem halben April wie zwei bereifte Hälften eines abgebrochenen Zweiges.

Was sollte er mit den ihm noch verbleibenden dreißig Tagen tun? Üblicherweise beeilten sich die Menschen während der Frist, die ihnen das große Ehrenwort setzte, das zu

Ende zu bringen, was sie im anderen Teil ihres Lebens nicht hatten abschließen können. Und wenn ihnen nichts Besonderes zu erledigen geblieben war, dann hatten sie es eilig bei ihren alltäglichen Geschäften. War es Zeit für die Aussaat, dann wollten sie mit der Aussaat rasch fertig werden, war Erntezeit, banden sie die Garben, und war weder das eine noch das andere, beschäftigten sie sich mit dem Allerüblichsten, brachten das Hausdach in Ordnung oder reparierten den Viehstall. Und wenn auch das nicht nötig war, dann streiften sie einfach durch die Berge, um noch einmal den Flug der Störche oder den ersten Reif im Oktober zu sehen. Die Ledigen heirateten gewöhnlich in dieser Zeit. Gjorg jedoch würde nicht heiraten. Seine Verlobte aus einem fernen Banner hatte er nie kennengelernt. Vor einem Jahr war sie krank geworden und gestorben, so daß er nun nicht mehr gebunden war.

Ohne den Blick von der im Nebel versinkenden Landschaft draußen abzuwenden, überlegte er, was er mit den ihm noch verbleibenden dreißig Tagen anfangen sollte. Manchmal kamen sie ihm kurz vor, mehr als kurz, ein Spritzer Zeit, nicht genug, um darin etwas zustande zu bringen. Doch ein paar Minuten später erschienen ihm diese dreißig Tage schrecklich lang, ewige, nutzlose Tage.

Siebzehnter März, murmelte er vor sich hin. Einundzwanzigster März. Achtundzwanzigster März. Vierter April. Elfter April. Siebzehnter April. Achtzehnter April... tot. Und dann so weiter: toter April, toter April und kein Mai mehr. Nie mehr Mai.

Er murmelte Tage vor sich hin, einmal April, dann wieder März, als er seinen Vater aus dem oberen Stockwerk des

Turmes herabkommen hörte. In der Hand hielt er einen Beutel aus gewachstem Leinen.

»Hier sind die fünfhundert Blutgroschen, Gjorg«, sagte er und hielt ihm den Beutel hin.

Gjorg starrte ihn aus erschreckten Augen an, die Hände hinter dem Rücken verborgen, weit weg von dem verfluchten Beutel.

»Was?« fragte er mit tonloser Stimme. »Weshalb?«

Der Vater sah ihn verwundert an.

»Wie weshalb? Hast du vergessen, daß die Blutsteuer entrichtet werden muß?«

»Ach«, stieß Gjorg fast erleichtert hervor. »Ach ja!«

Der Beutel schwebte noch vor ihm, und er griff danach.

»Übermorgen mußt du zum Turm von Orosh aufbrechen«, fuhr der Vater fort. »Es ist eine Tagesreise von hier.«

Gjorg verspürte nicht die geringste Lust, irgendwo hinzugehen.

»Hat das nicht noch Zeit, Vater? Muß denn gleich bezahlt werden?«

»Ja, mein Sohn. Das kann nicht warten. Die Blutsteuer muß entrichtet werden, sobald das Blut vergossen ist.«

Der Beutel lag nun in Gjorgs rechter Hand. Schwer wie Blei. Das Ersparte vieler Jahreszeiten war darin gesammelt worden, Woche um Woche, Monat um Monat, in Erwartung des Tages der Blutrache.

»Übermorgen«, wiederholte der Vater. »Zum Turm von Orosh.«

Er war ans Fenster getreten und blickte angestrengt hinaus. In seinen Augenwinkeln lag ein froher Schimmer.

»Komm her«, sagte er sanft zu seinem Sohn.

Gjorg trat heran.

Unten, an der Wäscheleine im Hof des Turmes, hing ein einziges Hemd.

»Das Hemd deines Bruders«, sagte der Vater fast flüsternd. »Mëhills Hemd.«

Gjorg starrte wie gebannt darauf. Weiß flatterte, tanzte, blähte sich das Hemd fröhlich an der Leine.

Ein und ein halbes Jahr nach der Ermordung des Bruders war von der Mutter nun endlich das Hemd gewaschen worden, das der Unglückliche an jenem Tag getragen hatte. Ein und ein halbes Jahr hatte es, im oberen Stockwerk des Turmes hängend, wie der Kanun es verlangte, darauf gewartet, nach vollzogener Blutrache, jedoch keinesfalls vorher, gewaschen zu werden. Es hieß, wenn die Blutflecken auf dem Hemd gelblich zu verblassen begannen, sei dies ein sicheres Zeichen dafür, daß der Tote, weil noch immer nicht gerächt, allmählich zornig wurde.

Wie oft war Gjorg in einsamen Stunden in den leeren Raum hinaufgestiegen, um das Hemd zu betrachten. Mehr und mehr verfärbte sich das Blut ins Gelbliche. Das bedeutete, daß der Tote keine Ruhe fand. Oft hatte Gjorg im Traum das Hemd in Wasser und Seifenschaum weißer und weißer werden sehen, bis es schließlich strahlte wie die Frühlingssonne selbst. Doch am Morgen hing es wieder da, voll rötlicher Flecke getrockneten Blutes, und wieder starrte er darauf, bis seine Augen müde wurden. So bemühte er sich wochenlang, die Signale zu erfassen, die der Tote aus dem Schoß der Erde, in dem er lag, heraufschickte.

Nun endlich blähte sich das Hemd auf der Leine. Doch merkwürdigerweise verspürte Gjorg keine Erleichterung.

Unterdessen wurde im obersten Stockwerk des Turmes der Kryeqyqe das blutige Hemd des gerade erst Getöteten aufgehängt, so wie nach dem Einholen der alten Fahne eine neue aufgezogen wird.

Kalte und warme Jahreszeiten würden auf die Farbe des getrockneten Blutes einwirken, auch die Art des Stoffes würde das ihrige tun. Doch keiner würde das so sehen wollen. Alle Veränderungen würde man als geheimnisvolle Botschaften begreifen, denen sich niemand widersetzen konnte.

Zweites Kapitel

Schon seit einigen Stunden wanderte Gjorg über die Hochebene, doch nirgends war ein Hinweis darauf zu erkennen, daß er dem Turm von Orosh näher kam.

Immer neue namenlose oder ihm doch unbekannte Felswüsten, nackt und voller Trübsal, traten aus dem feinen Nieselregen hervor. Dahinter lagen die Berge, nur schwer auszumachen in dem Nebel, der vor ihnen hing und eher an die blasse, wie in einer Fata Morgana vervielfachte Widerspiegelung eines einzigen Berges denken ließ als an eine Ansammlung gewaltiger Massive. Merkwürdig. Wie materielos der Nebel die Berge auch erscheinen ließ: so wirkten sie bedrückender als bei schönem Wetter, wenn Felsen und Abstürze ihre Maske ablegten.

Die Schottersteine unter Gjorgs Opanken knirschten leise. Es gab nur wenige Weiler an der Straße und noch weniger Gemeinden der Unterpräfektur oder Herbergen. Aber auch wenn sie zahlreicher gewesen wären, Gjorg hatte nicht im Sinn, irgendwo haltzumachen. Er mußte unbedingt so schnell wie möglich den Turm von Orosh erreichen, denn beim Blut, so sagte sein Vater, und allem, was mit ihm zusammenhing, also auch der Steuer, war stets Eile geboten.

Meistens war die Straße fast verlassen. Ab und zu tauchten im Nebel einsame Hochländer auf, irgendwohin unterwegs wie er. Aus der Ferne wirkten sie wie alles an diesem Nebeltag namen- und körperlos.

Die Siedlungen lagen so schweigend da wie die Straße. Da und dort waren Häuser zu erkennen, flockiger Rauch über den schrägen Dächern. Ob Turm, Hütte oder was auch sonst: ein Haus heißt Haus, wenn aus dem Schornstein einer Heimstatt Rauch aufsteigt. Immer wieder ging ihm diese Festlegung des Kanun, die er seit seiner Kindheit kannte, im Kopf herum, warum, das wußte er nicht. Niemand darf ein Haus betreten ohne Zuruf und Antwort. Aber ich habe doch gar nicht vor, irgendwo anzuklopfen und um Einlaß zu bitten, schimpfte er mit sich selbst.

Der Regen wollte nicht aufhören. Schon zum dritten Mal begegnete ihm eine Gruppe von Bergbauern. Unnatürlich gebeugt unter der Last der Maissäcke, die sie auf dem Rücken trugen, zogen sie im Gänsemarsch die Straße entlang. Wahrscheinlich ist der Mais feucht geworden, dachte er.

Die schwerbeladenen Bauern blieben zurück, und er war wieder allein auf der großen Straße. Die Ränder auf beiden Seiten waren oft nur undeutlich zu erkennen. Regengüsse und Erdrutsche hatten an manchen Stellen den Weg verengt. Die Straße muß so breit sein wie ein Fahnenschaft lang, dachte er bereits zum zweiten Mal und bemerkte so, daß ihm die Bestimmungen des Kanun über die Straße schon seit einiger Zeit im Kopf herumgingen. Der Mensch benutzt die Straße, und so auch das Vieh; der Lebende benutzt sie wie der Tote.

Er lächelte vor sich hin. Was er auch immer tat, diesen Vorschriften konnte er nirgends entgehen. Es hatte keinen Sinn, sich etwas vorzumachen. Der Kanun war viel mächtiger, als es den Anschein haben mochte. Überall lag er da, kroch an den Feldrainen herum, hockte in den Grundmauern der Häuser, in Gräbern, Kirchen. Auf den Straßen war er zu finden, den Märkten, auf Hochzeiten. Er kletterte hinauf zu den höchsten Almen, ja sogar noch weiter, bis zum Himmel. Und von dort kam er wieder herab als Regen, der die Wasserläufe füllte, um derentwillen ein Drittel aller Morde geschah.

Alles hatte, ohne daß er es noch richtig begriff, an jenem unvergeßlichen Tag begonnen, an dem ihm klargemacht worden war, daß er einen Menschen töten mußte. Der Sommer ging zu Ende. Er saß mit zwei Freunden vor der Haustür und beobachtete die Glühwürmchen, deren Funkeln zunahm, je dunkler es wurde, als seine Mutter ihn rief: Dein Vater will etwas von dir.

Als er dann aus dem obersten Stock des Turms zurückkam, war seine Miene so düster, daß ihn die Freunde fragten: Was hast du denn? Er rechnete eigentlich damit, daß sie ihn bemitleideten, nachdem sie alles erfahren hatten, aber sie sagten kein Wort, sondern schauten ihn nur seltsam an, so daß er gar nicht wußte, ob sie ihn nun bedauerten oder bewunderten.

An diesem Abend war er ein anderer geworden. Sein Vater hatte ihm zunächst befohlen, das Blut seines Bruders zu rächen, und dann in knappen Sätzen die Regeln eingeschärft, die er beim Töten zu beachten hatte, damit der Sippe keine Schande erwuchs und die Leute nicht sagen konnten, Gjorg Berisha habe den Mörder seines Bruders einfach abgeknallt wie ein Straßenräuber. Vergiß nicht, ihn anzurufen, ehe du abdrückst, waren seine Worte gewesen.

Dies ist die erste Hauptregel. Vergiß nicht, den Leichnam umzudrehen und ihm das Gewehr an den Kopf zu legen. Das ist die zweite Hauptregel. Alles andere ist einfach, ganz einfach.

Diese Sätze hatten sich in seinem Kopf festgesetzt wie die Ermahnungen des Priesters in der Sonntagspredigt.

Doch das war nur der Anfang gewesen. Rasch war er zu seiner Verwirrung dahintergekommen, daß die Regeln des Tötens im Vergleich zu den anderen, unblutigen Abschnitten nur einen ziemlich kleinen Teil des Kanun ausmachten. Allerdings waren beide Teile durch hundert Fäden unlösbar miteinander verbunden, so daß keiner genau wußte, wo der eine aufhörte und der andere anfing, und alles war so beschaffen, daß die beiden Teile sich unentwegt gegenseitig befruchteten, der unblutige den blutbefleckten gebar und der blutbefleckte den unblutigen, immer aufs neue und unentwegt, über Generationen hinweg.

In der Ferne entdeckte Gjorg eine Karawane von Reitern. Als sie näher kam, sah er die Braut und begriff, daß es sich um ein Hochzeitsgeleit handelte. Alle waren naß und müde; nur der Klang der Pferdeglocken war fröhlich an diesem Zug.

Gjorg trat zur Seite, um der Karawane Platz zu machen. Die Brautführer trugen, wie er selbst auch, ihre Gewehre mit der Mündung nach unten, damit sie vor dem Regen geschützt waren. Er betrachtete die bunten Bündel, die wahrscheinlich die Aussteuer der Braut enthielten, und überlegte, wohin, in welche Kiste, welche Tasche, welche bestickte Weste, die Eltern des Mädchens wohl die »Mitgiftpatrone« gesteckt hatten, durch die dem Schwiegersohn nach dem

Brauch das Recht übertragen wurde, die junge Frau zu tö‑
ten, wenn sie von ihm wegzulaufen versuchte. Erinnerungen
an seine eigene Verlobte stiegen in ihm auf, die er wegen
ihres langen Siechtums nicht hatte heiraten können. Als er
die Brautfahrer sah, mußte er an sie denken, doch diesmal
empfand er nicht nur Schmerz, sondern seltsamerweise auch
Trost: womöglich war alles besser so. Wahrscheinlich war es
besser, daß sie noch als Mädchen ihm dorthin vorausgegan‑
gen war, wo auch er bald sein würde, anstatt für ein langes
Leben das traurige Dasein einer Witwe fristen zu müssen.
Und was jene »Aussteuerpatrone« betraf, die jeder Vater
dem Schwiegersohn schickte, wie er es für seine Pflicht
hielt, um es diesem leichter zu machen, die junge Frau zu
töten: bestimmt hätte er sie noch in der Hochzeitsnacht in
eine Schlucht geworfen. Oder bildete er sich das nur ein,
jetzt, da sie nicht mehr war, da allein der Gedanke, jeman‑
den zu töten, der nicht mehr war, so abwegig erschien wie
die Vorstellung, sich mit einem Schatten zu messen.

Die Brautführer waren Gjorgs Blicken entschwunden,
doch sein Verstand hörte noch nicht auf, sich mit ihnen zu
beschäftigen. Er stellte sich vor, wie sie die Straße hinab‑
zogen, den Geleitführer an der Spitze, wie der Kanun es
vorschrieb, mit dem einzigen Unterschied, daß hinter dem
Schleier der Braut nun seine tote Verlobte war. Der Ka‑
nun duldete nicht, daß der Tag der Hochzeit verschoben
wurde. Das Hochzeitsgeleit bricht auf, und wüßte es, daß
die Braut im Sterben liegt; sie auf dem Boden schleifend,
kriechend, wird es sie in das Haus des Bräutigams bringen.
Gjorg hatte diese Worte oft genug gehört, wenn während
der Krankheit seiner Verlobten von dem herannahenden

Hochzeitstermin die Rede war. Dem Brautgeleite darf der Weg nicht gehindert werden, und sei ein Toter im Haus. Den Toten im Haus, bricht das Brautgeleit auf. Die Braut kommt ins Haus, der Tote verläßt es. Dort klagt man, hier singt man.

Was sich ihm da gewaltsam in seine Gedanken drängte, machte ihn müde, und er versuchte, ein langes Stück des Wegs an gar nichts zu denken. Zu beiden Seiten der Straße dehnte sich braches Land, dann wieder namenlose Steinwüsten. Irgendwo tauchte zur Rechten eine Wassermühle auf, dann eine Schafherde, eine Kirche und daneben ein Friedhof. Er ging vorbei, ohne auch nur den Kopf zu wenden. Doch konnte er nicht verhindern, daß ihm jene Teile des Kanun einfielen, in denen es um Mühlen, Schafherden, Kirchen und Friedhöfe ging. Der Priester fällt nicht ins Blut. Kein fremdes Grab darf unter den Gräbern einer Bruderschaft oder Sippe sein.

»Genug!« wollte er zu sich selber sagen, doch er brachte den Mut nicht auf. Mit gesenktem Kopf und gleichmäßigen Schritten ging er weiter. In einiger Entfernung tauchte das Dach einer Herberge auf, ein Stück dahinter erhob sich ein Schwesternkonvent. Dann wieder eine Schafherde, und etwas weiter eine Rauchfahne und vielleicht eine Ansiedlung. Und für alles galten viele hundert Jahre alte Regeln. Nirgends fand man Zuflucht vor ihnen.

Wie waren sie nur erschaffen worden in ihrer umfassenden Gültigkeit? Von wem und wann?

Niemand konnte darauf eine klare Anwort geben. Einige erwähnten Fürsten vergangener Zeiten, andere beharrten darauf, diese Regeln seien noch älter als alle Fürsten.

Einmal hatte er von seiner Großmutter den rätselhaften Satz gehört: Wie man in die Berge hineinruft, so kommt es auch wieder heraus.

Als er an dem Schwesternkonvent vorbeikam, fiel ihm ein, daß Priester wohl die einzigen Männer waren, die nicht ins Blut fielen, und von der Überlegung, daß er, wäre er nur ein Priester gewesen, nichts mit dem Kanun zu tun gehabt hätte, kam er auf die Nonnen, die, wie es hieß, Beziehungen zu jungen Pfarrern unterhielten. Ob er sich als Priester wohl auch mit einer Nonne eingelassen hätte? Doch dann fielen ihm die Worte seines Vaters ein: Ehe du nicht das Blut deines Bruders gerächt hast, brauchst du an etwas anderes gar nicht erst zu denken.

Es war fast zum Lachen. Bis zu dem Tag, an dem er tötete, gab es für ihn kein Leben. Erst wenn er getötet hatte und selbst vom Tod verfolgt war, begann er zu leben.

Fast wäre ihm ein lautes »Ach!« entschlüpft. Doch sofort meldete sich sein schlechtes Gewissen. Wie konnte er nur so rebellische Gedanken haben? Rasch wandte er sich wieder dem tödlichen Regelwerk zu. Der Albaner nimmt das Blut mit der Büchse, anders wagt er es nicht. Der Kanun kennt nicht Messer, Stein und Strick, kein Ding, das nicht Feuer speit und von weit zu hören ist. So viele Vorschriften, sie konnten einen schon ermüden! Und die meisten bezogen sich auf die letzten Augenblicke des Lebens ... Wenn sie tatsächlich den Kern des Kanun darstellten, dann hatte ein großer Teil des menschlichen Seins nichts mit ihnen zu tun. Das war ihm schon früher aufgefallen. Die Welt war zweigeteilt: ein Teil hatte Blut zu geben oder zu nehmen, der andere stand außerhalb des blutigen Tuns.

Außerhalb der Blutrache... Fast hätte er geseufzt. Wie lebten diese Familien wohl? Wie erwachten die Menschen am Morgen, und wie legten sie sich abends zur Ruhe? Es war für ihn kaum vorstellbar, so fremd womöglich wie das Leben der Vögel. Aber es gab solche Häuser. Schließlich war es noch siebzig Jahre zuvor auch im Haus seiner eigenen Familie nicht anders gewesen. Bis zu jener Spätherbstnacht, in der jemand ans Tor pochte.

Die Geschichte ihrer Fehde mit der Familie Kryeqyqe hatte er vom Vater erfahren, und dieser hatte sie wiederum von seinem eigenen Vater. Eine ziemlich gewöhnliche Geschichte mit zweiundzwanzig Gräbern auf jeder Seite, insgesamt also vierundvierzig; mit sparsamen Worten der Sterbenden, mehr geschwiegen als gesprochen, nur Keuchen in schwerem Todeskampf, den letzten Willen kaum bekundend; drei Lieder eines Barden, eines davon später verklungen; ein Frauengrab: irrtümlicher Mord, mit einer Buße abgeglichen, streng nach den Regeln; Männer beider Parteien, im Fluchtturm vergraben; ein Versuch, die Blutfehde beizulegen, im letzten Moment gescheitert; ein Mord bei der Hochzeit; große Ehrenworte und kleine Ehrenworte; Totenessen; Bekanntmachungen: der und der von den Berisha hat den und den von den Kryeqyqe erschossen, und umgekehrt; lodernde Feuer; Kommen und Gehen im Dorf. Und so immer weiter bis zu jenem Nachmittag des siebzehnten März, als Gjorg an die Reihe kam, sich dem makabren Reigen beizugesellen.

Alles hatte siebzig Jahre zuvor begonnen, als in einer kalten Oktobernacht jemand an das Tor ihres Turmes pochte. Was war das für ein Mann? hatte der kleine Gjorg gefragt, als er die Geschichte zum ersten Mal hörte. Die Frage war in ihrem Turm noch oft gestellt worden, damals und später, und niemand hatte je eine Antwort darauf geben können. Denn man hatte nie erfahren, wer jener Mann war. Inzwischen glaubte Gjorg manchmal sogar, es habe in Wirklichkeit überhaupt nie ein Schlafgast bei ihnen angeklopft. Man konnte fast glauben, ein Gespenst habe an die Tür gepocht, das Schicksal selbst, doch nicht ein unbekannter Wanderer.

Nach dem Klopfen hatte sich der Mann an der Tür mit lautem Rufen gemeldet und um Unterkunft für die Nacht gebeten. Der Hausherr, Gjorgs Großvater, öffnete die Tür und ließ den Unbekannten ein. Man nahm ihn dem Brauch entsprechend auf, gab ihm zu essen und eine Schlafstatt, und am Morgen darauf begleitete, wieder nach dem Brauch, ein Mann aus der Familie, Großvaters jüngerer Bruder, den unbekannten Gast bis zur Dorfgrenze. Kurz nach der Verabschiedung fiel ein Schuß, und der Unbekannte stürzte tot zu Boden. Der Ort seines Sterbens lag genau an der Dorfgrenze. Und wenn du einen Gast geleitest, und er wird vor deinen Augen getötet, dann fällt sein Blut auf dich. Hast du den Freund geleitet, ihm dann den Rücken gekehrt, und in diesem Augenblick wird er getötet, bist du frei von seinem Blut. Der Begleiter hatte dem Gast den Rücken zugewandt, als er getötet wurde, also kam der Tote nicht auf ihn. Doch niemand hatte es gesehen. Es war früher Morgen, und weit und breit gab es niemand, der hätte bezeugen können, daß der Begleiter dem Gast bereits den Rücken zukehrte, als dieser getroffen wurde. Dennoch wäre ihm geglaubt worden, denn der Kanun vertraut einem gegebenen Wort. Man hätte ihm also geglaubt, daß er, der Begleiter, sich bereits vom Gast verabschiedet und ihm in der Sekunde des Mordes den Rücken zugekehrt hatte, wäre da nicht ein Problem aufgetaucht, nämlich die Lage des Leichnams. Unverzüglich war eine Kommission gebildet worden, die feststellen sollte, ob das Blut des unbekannten Gastes nun auf das Haus Berisha fiel oder nicht. Alles wurde sorgsam abgewogen, bis man zum Schluß kam, das Blut komme auf die Berisha. Das Gesicht des zu Boden gestürzten Unbekannten schaute nämlich zum Dorf hin. Also hatte nach dem Kanun die Familie Berisha, die dem Unbekannten Nahrung und Unterkunft gewährt hatte und deren Pflicht es gewesen wäre, ihn bis zum Verlassen des Dorfes zu beschützen, sein Blut zu rächen.

Schweigend waren die Berishamänner aus dem Wäldchen zurückgekehrt, in dem sich die Kommission stundenlang mit der Leiche beschäftigt hatte, und den Frauen an den Fenstern des Turmes war auf der Stelle alles klar gewesen. Bleich und immer bleicher hatten sie den knappen Erklärungen der Männer gelauscht, doch aus ihrem Mund war trotzdem kein böses Wort über den unbekannten Gast zu hören gewesen, der den Tod in ihren Turm gebracht hatte. Denn der Gast war heilig, und das Haus des Hochländers gehörte nach dem Kanun zuerst Gott und dem Gast und dann erst den Bewohnern, das hatten sie schon als Kinder gelernt.

Noch am gleichen Oktobertag war bekannt geworden, wer auf den unbekannten Wanderer geschossen hatte. Der Blutnehmer war ein junger Bursche aus der Familie der Kryeqyqe. Wegen einer Beleidigung, die ihm vom Opfer in einem Café vor einer gleichfalls unbekannten Frau zugefügt worden war, hatte er diesem schon seit geraumer Zeit nachgestellt.

Und so lagen am Ende dieses Oktobertags die Berisha in einer Blutfehde mit den Kryeqyqe. Damals war Gjorgs bis dahin geruhsam dahinlebende Sippe unwiderruflich in das große Räderwerk der Blutrache geraten. Vierundvierzig Gräber seither, und wer weiß, wie viele Gräber noch, alles wegen eines sinnlosen Klopfens damals in jener Herbstnacht.

In einsamen Stunden, wenn sich seine Gedanken am freiesten entfalteten, hatte sich Gjorg oft vorzustellen versucht, wie das Leben seiner Sippe wohl verlaufen wäre, wenn der späte Gast nicht an ihrer, sondern an der nächsten Tür, am Turm des Nachbarn haltgemacht hätte... Wenn man das Klopfen irgendwie hätte rückgängig machen können... Dann, ja dann (und in diesem Punkt waren Gjorg die alten Legenden ganz nah) würden sich die schweren Steinplatten auf den vierundvierzig Gräbern bewegen, und vierundvierzig Tote würden auferstehen, den Lehm von den Gesichtern schütteln und unter die Lebenden zurückkehren. Und mit ihnen kämen all die ungeborenen Kinder, und deren Kinder, und so fort, und alles wäre anders, ganz anders. Wenn nur der Unbekannte nicht gerade vor ihrer Tür, sondern ein Stück weiter angehalten hätte. Ein Stück weiter... Doch er war stehengeblieben, daran war nicht zu rütteln, so wenig wie an der Lage des Leichnams nach dem Mord oder an den uralten Regeln des Kanun. Ohne dieses Klopfen wäre alles anders, so anders, daß er oft Angst hatte, es sich auszumalen. Manchmal wollte er sich sogar einreden, daß es so hatte kommen müssen, weil das Leben ohne das

Räderwerk der Blutrache wohl geruhsamer, vielleicht gerade deshalb aber auch langweiliger und ohne Sinn gewesen wäre. Er überlegte sich, wie es bei Familen aussah, die nicht von der Blutrache betroffen waren, und fand bei ihnen keine Anzeichen besonderen Glücks. Ihm schien sogar, daß sie ohne diese Bedrohung den Wert des Daseins weniger zu schätzen wußten und schlechter lebten. In den Häusern, in die sich das Blut Zutritt verschafft hatte, gab es einen anderen Lauf der Tage und Jahreszeiten, eine Art inneren Bebens. Die Menschen sahen schöner aus, und die Frauen liebten ihre Männer mehr. Hatten ihn denn nicht die beiden Nonnen, denen er gerade begegnet war, sogleich auf merkwürdige Art angeschaut, als sie an seinem rechten Ärmel das schwarze Band entdeckten, das ihn als Menschen kenntlich machte, der Blut zu geben oder zu nehmen hatte, also Tod suchte oder vom Tod gesucht wurde. Aber das war nicht das Wichtigste. Das Wichtigste war in ihm selbst. Schön und furchtbar zugleich. Was es war, wußte er nicht. Als ob das Herz zwischen den Rippen hervorgetreten wäre und nun offen und leicht verwundbar daliegen würde, höchst empfindlich für Freude und Leid, für Kränkung, Schmerzen und Glück, anfällig für Großes und Kleines, einen Schmetterling, Laub, den endlosen Schnee oder einen trostlosen Regen wie jenen, der heute fiel. Alles stürzte ein, Firmamente entleerten sich. Und das Herz nahm alles auf, ja, es hätte sogar noch mehr fassen können.

Es regnete noch immer, aber die Tropfen fielen spärlicher, als habe jemand die Wurzeln der Wolken beschnitten. Gjorg wußte, daß er den heimatlichen Kreis inzwischen verlassen hatte und nun durch fremdes Gebiet wanderte. Die Landschaft hatte sich kaum verändert: Berge, die einander in erstarrter Neugier über die Schulter blickten, stumme Weiler. Eine kleine Schar von Hochländern kam ihm entgegen, und er bat um Auskunft: Wie weit es noch sei bis zum Turm von Orosh, und ob er den rechten Weg genommen habe. Er gehe schon richtig, sagte man ihm, doch wenn er noch vor Anbruch der Nacht da sein wolle, müsse er sich beeilen. Während des Gesprächs blickten sie verstohlen auf das schwarze Band an seinem Ärmel und wiederholten, wohl wegen des Bandes, er müsse sich beeilen.

Schon gut, ich werde mich beeilen, dachte Gjorg mit leichtem Zorn. Keine Sorge, noch ehe die Nacht anbricht, werde ich die Steuer bezahlt haben. Er hätte nicht sagen können, ob es wegen der plötzlichen Zornesanwandlung war, oder weil er den Rat der unbekannten Reisenden befolgen wollte, doch seine Schritte beschleunigten sich.

Nun war er ganz allein auf der Straße, die über ein schmales Plateau führte. Überall waren Spuren alter Rinnsale, die unerklärlicherweise noch nicht einmal an einem Regentag wie diesem wieder zum Leben erwachten. Alles ringsum war öde und kahl. Er glaubte, ein fernes Donnergrollen zu hören, und hob den Kopf. Ein einsames Flugzeug zog langsam seine Bahn durch die Wolken. Verwundert beobachtete er eine Weile seinen Flug. Wohl hatte er davon gehört, daß ein Passagierflugzeug auf dem Weg von Tirana in ein fremdes Land irgendwo in Europa einmal in der Woche den Nachbarkreis überquerte, doch gesehen hatte er es noch nie.

Es verschwand zwischen den Wolken, und erst die

Schmerzen in seinem Nacken machten Gjorg bewußt, wie lange er ihm bei seinem Flug über den Himmel nachgeblickt hatte. Das Flugzeug hatte eine große Leere zurückgelassen, und Gjorg mußte unwillkürlich seufzen. Auf einmal war er hungrig. Er blickte sich nach einem Baumstumpf oder einem Felsbrocken um, auf dem er sich niederlassen konnte, um das Brot und den Quark zu essen, die er als Wegzehrung bei sich trug, doch links und rechts der Straße war nur ödes Land mit Spuren von Wasserläufen und sonst nichts. Ich werde noch ein Stück gehen, dachte er.

Tatsächlich entdeckte er nach einer halben Stunde in der Ferne das Dach einer Herberge. Fast rennend erreichte er die Tür, blieb einen Moment auf der Schwelle stehen und trat dann ein. Es war ein ganz gewöhnliches Gasthaus, nicht zu unterscheiden von den anderen Gasthöfen im Bergland, mit steilem Giebel, damit der Schnee leichter abgleiten konnte, Strohgeruch, einem einzigen großen Schankraum und ohne Namen. An dem langen, mit Brandflecken übersäten Eichentisch saßen auf gleichfalls eichenen Bänken ein paar Gäste. Zwei hatten Näpfe mit Bohnen vor sich und aßen gierig. Ein anderer hielt den Kopf in beide Hände gestützt und starrte abwesend die Bohlen des Tisches an.

Gjorg nahm auf einer der Bänke Platz. Dabei stieß sein Gewehr mit dem Lauf auf den Fußboden. Er nahm es von der Schulter und klemmte es zwischen die Knie. Dann warf er mit einer kurzen Kopfbewegung die durchnäßte Kapuze seines Umhanges zurück. Hinter seinem Rücken spürte er Menschen, und erst jetzt bemerkte er, daß links und rechts von der Treppe, die zum Obergeschoß führte, auf schwarzen Fellen und wollenen Beuteln noch andere Hochländer saßen. Einige verzehrten, an die Wand gelehnt, ihr Maisbrot mit Quark. Gjorg überlegte, ob er nicht ebenfalls vom Tisch aufstehen und Brot und Quark aus dem Beutel nehmen sollte. Doch Bohnenduft stieg ihm verlockend in die Nase, und ein unwiderstehliches Verlangen nach einem Teller heißer Bohnen überkam ihn. Für alle Fälle hatte ihm der Vater einen Lek mit auf den Weg gegeben, doch Gjorg war sich nicht sicher, ob er das Geld auch wirklich anbrechen durfte oder ob er es unangetastet wieder mit nach Hause bringen sollte. Inzwischen war der Wirt unbemerkt herangetreten und stand jetzt vor Gjorg.

»Zum Turm von Orosh?« fragte er. »Woher kommst du denn?«

»Aus Brezftoht.«

»Dann bist du sicher hungrig. Was darf es sein?«

Der Wirt war dürr und schief gewachsen. Was für ein Heuchler, dachte Gjorg, denn der Mann hatte ihm bei seiner Frage nicht in die Augen geblickt, sondern auf das schwarze Band an seinem Ärmel, was bedeuten mochte: Wenn du schon fünfhundert Groschen für einen Mord bezahlst, dann kommt es dir wohl auch nicht darauf an, zwei in meinem Gasthaus zu lassen.

»Was darf es denn sein?« fragte der Wirt wieder. Sein Blick ließ den Ärmel los, doch auch jetzt war er nicht auf Gjorgs Gesicht gerichtet, sondern verlor sich irgendwo schräg hinter seiner Schulter.

»Eine Schüssel Bohnen«, sagte Gjorg. »Was kostet das? Brot habe ich selbst.«

Er spürte, wie er rot wurde, doch die Frage mußte sein. Um nichts auf der Welt durfte er die Blutsteuer angreifen.

»Zwanzig Qindarka«, antwortete der Wirt.

Gjorg atmete auf. Der Wirt wandte sich ab. Als er wiederkam, um einen Napf mit Bohnen vor ihn hinzustellen, bemerkte Gjorg, daß er schielte. Alles um sich herum vergessend, beugte er sich über den Napf und begann hungrig zu essen.

»Möchtest du einen Kaffee?« fragte der Wirt, als er die leere Schüssel wegräumte.

Gjorg sah ihn ein wenig verlegen an. Sein Blick schien auszudrücken: Nichts für ungut, Herr Wirt. Ich habe vielleicht fünfhundert Groschen im Beutel, aber lieber würde ich meinen Kopf opfern (o Gott, dachte er, soviel kostet er tatsächlich in ... dreißig, nein, noch nicht einmal dreißig, nur achtundzwanzig Tagen), also lieber würde ich ... schon vorher ... meinen Kopf hingeben, als auch nur einen Groschen aus dem Beutel für den Turm von Orosh zu nehmen.

Der Wirt erriet wohl seine Gedanken und setzte hinzu:

»Es ist ganz billig, zehn Qindarka.«

Fast ungeduldig nickte Gjorg. Der Wirt bewegte sich krumm zwischen den Bänken und dem Tisch umher, nahm hier etwas weg und stellte dort etwas hin. Dann verschwand er erneut, um schließlich mit einer Tasse Kaffee in der Hand wiederzukommen.

Gjorg schlürfte noch seinen Kaffee, als ein paar Männer die Herberge betraten. Aus der Unruhe, die ihr Kommen auslöste, dem ganzen Köpfedrehen und dem Gebaren des krummen Wirts schloß Gjorg, daß es sich bei den Ankömmlingen um bekannte Leute handelte. In der Mitte ging ein kleiner Mann mit kaltem, weißem Gesicht. Der Mensch hinter ihm war ein wenig komisch gekleidet, auf städtische

Art: er trug ein kariertes Jackett, Reithosen und hohe Stiefel. Der dritte der Männer hatte wäßrige Augen und trug eine hochnäsige Miene zur Schau. Doch man sah sofort, daß sich die ganze Aufmerksamkeit auf den kleinen Mann konzentrierte.

»Ali Binaku, Ali Binaku«, wisperte man ringsum. Gjorg senkte den Blick. Kaum zu glauben, aber er befand sich mit dem berühmten Ausleger des Kanun, dessen Namen ihm seit frühester Kindheit geläufig war, im gleichen Raum.

Der krumme Wirt ging der kleinen Gruppe in ein Nebenzimmer voran, das offenbar den vornehmeren Gästen vorbehalten war.

Der kleine Mann murmelte einen Gruß und folgte dem Wirt, ohne auch nur einmal nach links oder nach rechts zu sehen. Er war sich seines Ruhms bewußt, das sah man sofort, doch war an ihm nichts von der Selbstgefälligkeit zu spüren, wie sie typisch ist für kleingewachsene Menschen, die zu Ansehen gekommen sind. Im Gegenteil, seine Bewegungen, seine Miene und vor allem sein Blick drückten müde Gelassenheit aus.

Die Ankömmlinge waren im Nebenraum verschwunden, doch das Gewisper ringsum hörte nicht auf. Gjorg hatte seinen Kaffee ausgetrunken, und obwohl er wußte, daß er nur wenig Zeit hatte, gefiel es ihm doch, dazusitzen und den Gesprächen um ihn herum zu lauschen. Was hatte Ali Binaku hergeführt? Bestimmt gab es im Ältestenrat einen komplizierten Rechtsfall zu lösen. Immerhin befaßte er sich schon sein Leben lang mit solchen Dingen. Er wurde von Kreis zu Kreis, von Banner zu Banner gerufen, um sein Urteil abzugeben, wenn sich die Dorfältesten in schwierigen Fragen der Auslegung des Kanun nicht einig werden konnten. Unter vielen hundert Auslegern im weiten Hochland gab es höchstens zehn oder zwölf vom Ruf eines Ali Binaku. Ohne Grund tauchte er also nirgends auf. Diesmal ging es, wie man sich erzählte, um Grenzprobleme, die in den nächsten Tagen, vielleicht schon morgen, im Nachbarbanner zu lösen waren. Aber wer war der andere, der Helläugige? Ja, wirklich, wer war das? Es hieß, er sei Arzt und begleite Ali Binaku häufig bei besonderen Anlässen, vor allem, wenn es um Wunden ging, die nach ihrer Zahl und Schwere mit einer Geldbuße abgeglichen wurden. Aber wenn das so war, hatte sich Ali Binaku doch gewiß nicht wegen Grenzstreitigkeiten herbemüht, sondern aus einem anderen Grund. Schließlich benötigte man für Grenzstreitigkeiten keinen Arzt. Vielleicht war seine Ankunft mißverstanden worden. Einige behaupteten, er sei tatsächlich wegen einer ziemlich komplizierten anderen Geschichte herbeigerufen worden, die sich einige Tage zuvor in einem Dorf auf der anderen Seite der Hochebene abgespielt hatte. Bei einer Schießerei war eine Frau ums Leben gekommen, die sich zufällig unter den Streitenden befand. Die Frau war schwanger gewesen, und zwar mit einer männlichen Frucht, wie man nach einer Öffnung festgestellt hatte. Den Dorfältesten war es offenbar schwergefallen zu entscheiden, auf wen das Blut des Kindes kam. Vielleicht war Ali Binaku deswegen angereist.

Doch wer war der Dritte im Bunde, der aussah, als käme er vom Karneval? Einer wußte die Antwort: Das war ein Beamter, der sich mit Landvermessung befaßte. Sogar einen

Namen hatte er, irgend so einen verfluchten Namen: nicht Schmied, nicht Müller, nicht Knecht, sondern etwas mit Meter, hört ihr, irgend so einen verfluchten Namen, den man nicht aussprechen kann, ohne Angst zu haben, sich die Zunge zu verrenken... Geo... Gio... Geo... ha, jetzt fällt es mir ein, Geometer.

Also doch eine Grenzfrage, wenn dieser... Geometer, wie du sagst, mitgekommen ist.

Gjorg hätte gerne weiter zugehört, zumal man damit rechnen konnte, daß im Schankraum noch mehr Geschichten erzählt wurden. Aber wenn er sich noch länger aufhielt, dann erreichte er den Turm vielleicht nicht mehr rechtzeitig. Rasch, ehe er es sich anders überlegen konnte, stand er auf, um zu gehen. Doch im letzten Moment dachte er, daß es nicht schaden könnte, sich noch einmal nach dem Weg zu erkundigen.

»Halte dich auf der großen Straße«, erklärte der Wirt. »Wenn du zu der Gabelung bei den Gräbern der Brautführer kommst, dann paß auf, daß du nach rechts gehst und nicht nach links. Hast du gehört? Nach rechts! Auf keinen Fall nach links!«

Als Gjorg ins Freie trat, hatte der Regen weiter nachgelassen, doch die Luft war noch sehr feucht. Noch immer war der Tag so trübe wie am Morgen, und wie manchen Frauen, denen man ihr Alter nicht ansieht, sah man ihm die Stunden nicht an.

Gjorg versuchte, beim Gehen seine Gedanken abzuschalten. Die Straße zog sich endlos durch eine graue Steinwüste. Schließlich entdeckte er am Straßenrand ein paar halb eingesunkene Gräber und dachte: Das müssen die Gräber der Brautführer sein. Doch die Straße gabelte sich nicht, und so kam er zu dem Schluß, daß er bis zu den Gräbern der Brautführer wohl noch ein Stück würde zu gehen haben. So war es auch. Nach einer Viertelstunde sah er sie, genauso eingesunken wie die andern, doch noch trostloser und über und über mit Moos bedeckt. Beim Vorübergehen kam es ihm so vor, als hätten die Brautführer des Hochzeitsgeleits, dem er am Morgen begegnet war, nur einen Bogen geschlagen, um auf anderem Weg hierher zurückzukommen und in diese Gräber zu steigen, ihre ewige Wohnung.

Er nahm die Abzweigung nach rechts, wie ihm der Wirt gesagt hatte, und während er sich entfernte, vermochte er nur schwer das Verlangen zu unterdrücken, sich noch einmal nach den alten Gräbern umzublicken. Er schaffte es, ein ganzes Stück ohne einen einzigen Gedanken im Kopf zurückzulegen, und empfand sich dabei in merkwürdiger Harmonie mit den Berg- und Nebelhöckern, die sich um ihn herum in schleppendem Reigen drehten. Er begriff nicht, wie diese träge Bewegung möglich war, und wollte doch, daß dieser Zustand nie geendet hätte. Dann aber tauchte vor ihm etwas auf, das ihn schlagartig mit Felsen und Nebeln entzweite: die Ruine eines Hauses.

Im Vorbeigehen betrachtete er aus den Augenwinkeln den Steinhaufen. Wind und Regen hatten schon lange alle Brandspuren getilgt und nur ein kränkliches Grau übriggelassen, dessen Anblick leicht geeignet schien, ein in der Brust lange angestautes Schluchzen freizusetzen.

Gjorg ging weiter, die Ruine im Augenwinkel behaltend. Doch plötzlich setzte er mit einem raschen Sprung über den flachen Graben am Straßenrand und war mit ein paar Sätzen bei den Trümmern. Einen Augenblick lang stand er regungslos davor. Dann tat er ein paar Schritte zu einer der Hausecken, wie ein Mann, der vor einer Leiche steht und herausfinden möchte, an welchen Wunden von welcher Waffe der Ermordete zu Tode gekommen ist. Mit dem Fuß schob er einige Steine beiseite und beugte sich hinunter. Dann ging er nacheinander zu den drei anderen Ecken, und als er sah, daß man alle vier Ecksteine ausgegraben hatte, da wußte er es: er stand vor dem Haus eines Treubrüchigen. Er hatte davon gehört, daß man so nach dem Verbrennen mit einem Haus verfuhr, in dem die für den Kanun schlimmste Gewalttat begangen worden war: die Schädigung eines Gastes.

Gjorg erinnerte sich, daß in seinem Heimatort vor vielen Jahren ebenfalls ein Treubruch bestraft worden war. Der Mörder war von der Dorfgemeinschaft gemeinschaftlich getötet worden, sein Blut ging verloren. Das Haus, in dem der Gast geschädigt worden war, brannte man nieder, obwohl die Bewohner schuldlos waren. Der Hausherr selbst ging mit Feuerbrand und Axt voran; dem Brauch entsprechend rief er: »Ich will das Unheil vom Dorf und vom Banner nehmen!« Ihm folgte dann mit Fackel und Axt das ganze Dorf. Viele Jahre lang reichte man dem Hausherrn alles mit der linken Hand unter dem Knie hindurch, um ihm zu zeigen, daß er für den Gast zu bezahlen hatte. Denn eines stand fest: die Tötung des Vaters, des Bruders, ja sogar des Kindes konnte verziehen werden, aber eine Schädigung des Gastes nie!

Welcher Treubruch mag sich in diesem Haus ereignet

haben? dachte er und stieß mit dem Fuß gegen einige Steine. Leise polterten sie davon. Er blickte sich nach andern Häusern um, doch nichts war zu sehen außer einer zweiten Ruine, etwa zwanzig Schritte entfernt. Was mochte das bedeuten? Ohne recht zu überlegen, lief er hin und umrundete das zerstörte Haus. Das gleiche Bild. Alle Ecksteine waren aus der Grundmauer herausgebrochen worden. Kann denn auch ein ganzes Dorf bestraft werden? Als er auf die dritte Ruine stieß, war alles klar. Hatte er nicht vor Jahren von einem treubrüchigen Dorf in einer entfernten Gegend erzählen hören, das vom Banner bestraft worden war? In einem Grenzstreit zwischen zwei Gemeinden war ein Vermittler getötet worden. Die Schädigung des Gastes lastete das Banner dem Dorf an, in dem der Mord geschehen war, und da es sich verstockt zeigte und die Blutschuld nicht begleichen mochte, wurde beschlossen, es auszulöschen.

Lange flog Gjorg wie ein Gespenst zwischen den Ruinen umher. Was war das für ein Mensch gewesen, der sein ganzes Dorf mit in den Tod genommen hatte? Schmerzhaftes Schweigen lag über den Trümmern. Ein Vogel begann zu rufen, von dem Gjorg wußte, daß er nur nachts zu hören war. Es wurde also höchste Zeit, sich wieder auf den Weg zum Turm zu machen. Gjorgs Augen suchten die große Straße. Wieder überlegte er, was das für ein Mann gewesen sein mochte, dem in diesem unglückseligen Dorf die Treue gebrochen worden war, als in der Ferne noch einmal der Ruf des Vogels ertönte. Sein »Or, or« klang wie eine Antwort, und Gjorg meinte, seinen Namen zu verstehen. »Gjorg, Gjorg.« Er lächelte vor sich hin: »Ach, was für ein Unsinn«, und ging zur Straße.

Bald darauf war er wieder unterwegs. Wie um die Bedrückung abzuschütteln, die seit dem verschwundenen Dorf auf ihm lastete, versuchte sich Gjorg die leichteren Strafen des Kanun ins Gedächtnis zu rufen. Selten nur wurde die Gastfreundschaft verletzt, selten geschah es deshalb auch, daß ein Haus niedergebrannt, und noch seltener, daß ganze Dörfer ausgelöscht wurden. Bei geringeren Verstößen, so erinnerte er sich, wurden die Schuldigen mit Angehörigen und Besitz aus dem Banner ausgestoßen.

Gjorg spürte, wie sich mit der Flut der Strafen auch seine Schritte beschleunigten, als könne er sich damit vor ihnen in Sicherheit bringen. Es gab so viele Möglichkeiten der Bestrafung: das Ächten oder Ausschellen, wie es im Kanun hieß, was bedeutete, daß man für immer aus der Gemeinschaft ausgestoßen wurde. (Ausgeschlossen vom Leichengang, von der Hochzeit und vom geborgten Mehl.) Verwüstung der Äcker, verbunden mit dem Abschneiden der Obstbäume im Garten. Ohne Essen lassen (in der Familie). Die Waffen vom Arm oder Gürtel für eine oder zwei Wochen entziehen. Im Haus binden und gefangensetzen. Den Herrn des Hauses seines Amtes entheben, die Frau des Hauses absetzen.

Von all diesen Strafen hatte er nur das Gefangensetzen am eigenen Leib erfahren. Er war bei einer Hochzeit unangenehm aufgefallen. Sein Vater hörte sich an, was er zu seiner Rechtfertigung vorzubringen hatte, und fällte dann rasch das Urteil: zwei Wochen Haft.

Einmal am Tag, in der Abenddämmerung, brachte seine Schwester außer dem Leuchter auch etwas zu Essen und Wasser. Als ihm schließlich seine Freilassung bekanntgegeben wurde, stieg er mit gesenktem Kopf die Kellertreppe hinauf. Oben empfing ihn seine Mutter mit einer innigen Umarmung, als sei er eben von einer langen Reise zurückgekehrt. Sein Vater dagegen ordnete in kaltem Ton an: Geh, zeig dich im Dorf, damit die Leute wissen, daß du wieder frei bist.

Voller Scham tat er, wie ihm geheißen worden war. Es war Sonntag, die Kirchenglocken läuteten, und jedermann fragte: Bist du wieder frei, Gjorg? Am liebsten hätte er sich irgendwo verkrochen, aber nachdem er mit seinen Freunden gesprochen und außerdem festgestellt hatte, daß ihm die Mädchen an der Kirchentür auf einmal Blicke zuwarfen, wurde ihm plötzlich froh ums Herz.

Als er dann ein paar Tage später von seinem Vater zu einem Gespräch unter Männern wieder ins oberste Stockwerk des Turms gerufen wurde, begriff er, daß die Gefangensetzung nicht ohne Grund geschehen war.

Es war ein ungewöhnlich klarer Morgen. Der frischgefallene Schnee unter dem hellen Himmel blendete, alles wirkte gläsern und gleißend, so daß man fast befürchten mochte, die Welt in ihrem kristallenen Wahnsinn werde ins Rutschen geraten und bald in tausend Stücke zerspringen. An diesem Morgen also ermahnte ihn der Vater erneut zu seiner Pflicht. Gjorg saß am Fenster und hörte ihn vom Blut sprechen. Die ganze Welt war von blutigen Flecken überzogen. Rot glänzten die Lachen auf dem weißen Schnee; sie breiteten sich aus und gefroren. Schließlich begriff er, daß die Röte eigentlich in seinen Augen war. Wortlos, mit gesenktem Kopf, lauschte er dem Vater. In den folgenden Tagen drückten all die Strafen, die einem ungehorsamen Mitglied der Familie drohten, schwer auf Gjorgs Gemüt. Es fiel ihm schwer, sich einzugestehen, daß er alles andere als den Wunsch hatte, einen Menschen zu töten. Der Haß auf die Kryeqyqe, den der Vater an jenem Januarmorgen in ihm zu entfachen suchte, vergilbte sofort im strahlenden Licht des Tages. Gjorg begriff nicht gleich, daß die Flammen des Hasses wohl auch deshalb nicht in ihm auflodern wollten, weil der Brandstifter selbst so eiskalt blieb. Offenbar war der Haß im Laufe der langen Blutfehde allmählich verblichen, oder er hatte nie existiert.

Bei ihrer letzten Aussprache über die Frage des Blutes war der Ton des Vaters noch finsterer. Auch der Tag war anders, ein jämmerlich trüber Tag ohne Regen und sogar ohne Nebel, gar nicht zu denken an Blitze, die für diesen armseligen Himmel einen gewaltigen Luxus bedeutet hätten. Gjorg versuchte, den Blicken seines Vaters auszuweichen, doch schließlich verfing er sich darin wie in einer Falle.

»Sieh es dir an«, sagte der Vater mit einer Kopfbewegung zu der Wand hinüber, an der das Hemd hing. Gjorg wandte den Kopf. Ihm war, als hörte er die Sehnen seines Halses rostig quietschen.

»Das Blut färbt sich gelb«, sagte der Vater. »Der Tote fordert Vergeltung.«

Das Blut auf dem Hemd hatte sich tatsächlich gelblich verfärbt. Oder eher doch rostfarben wie Wasser, das aus einer lange nicht benutzten Leitung fließt.

»Du läßt dir sehr viel Zeit, Gjorg«, fuhr der Vater fort. »Unsere Ehre, aber besonders deine...«

Zwei Fingerbreit Ehre auf der Blume der Stirn gab uns

der Schöpfer. Wie oft hatte Gjorg in den folgenden Wochen in Gedanken diesen Satz aus dem Kanun wiederholt, den ihm der Vater an jenem Tag vorgesprochen hatte. Wasch die befleckte Stirn, wenn nicht, so besudelst du sie noch mehr. Du bist frei, ein Mann zu bleiben; frei bist du auch, deine Mannesehre zu verwirken.

Bin ich denn wirklich frei? fragte er sich später, als er ins oberste Stockwerk des Turmes hinaufgestiegen war, um allein zu sein und nachzudenken. Die Strafen, die der Vater wegen verschiedener Vergehen über ihn verhängen konnte, waren nichts im Vergleich zum drohenden Verlust der Ehre.

Zwei Fingerbreit Ehre auf der Blume der Stirn... Er betastete seine Stirn, als versuche er, den genauen Platz der Ehre zu finden. Warum gerade dort? fragte er sich. Dieser Spruch war von Mund zu Mund gegangen, ohne daß ihn je einer richtig verstanden hatte. Jetzt aber war ihm die wirkliche Bedeutung aufgegangen. Die Ehre hat ihren Platz auf der Blume, also in der Mitte der Stirn, weil das die Stelle ist, an der deine Kugel den anderen trifft, oder seine Kugel dich. Einen Schuß aus gutem Gewehr nannten es die Greise, wenn der Blutfeind von vorne in den Kopf getroffen wurde. Und einen Schuß aus schlechtem Gewehr, wenn die Kugel Bauch oder Schenkel traf, gar nicht zu reden vom Rücken.

Sooft Gjorg ins obere Stockwerk des Turmes hinaufstieg, um Mëhills Hemd zu betrachten, brannte ihm die Stirn. Die Blutflecken auf dem Tuch verblaßten immer mehr. Bald würde es wärmer werden, dann vergilbten sie ganz. Und man würde womöglich anfangen, ihm die Kaffeetasse unter dem Knie hindurch zu reichen. Das hieß, daß er tot war für den Kanun.

Alle Wege waren ihm dann verbaut. Dann half es nichts mehr, die Strafen einfach zu erdulden, und auch jedes andere Opfer war umsonst. Mit dem Kaffee unter dem Knie, den Gjorg mehr als alles andere fürchtete, war bald zu rechnen. Alle Türen waren ihm dann verschlossen, außer einer. Der Entehrte hat die offene Tür, hieß es im Kanun. Die einzige offene Tür war für ihn der Mord an einem Mitglied der Sippe der Kryeqyqe. So hatte er im vergangenen Frühjahr, als sich auf den Bäumen das erste Grün zu zeigen begann, beschlossen, sich in den Hinterhalt zu legen.

Das Haus erwachte wieder zum Leben. Das Schweigen, das ihn umgab, füllte sich plötzlich mit Musik. Auch die Wände ringsum wirkten nun nicht mehr so hart.

Er hätte damals den Mord begangen, und nun, im Fluchtturm begraben, oder noch mehr unter der Erde, seine Ruhe gehabt, doch etwas geschah. Aus einem entfernten Banner kam unerwartet eine dort verheiratete Tante angereist. Voller Sorge und Kummer hatte sie sieben oder acht Pässe überschritten und ebenso viele Gaue durchquert, um das Blutvergießen zu verhindern. Gjorg ist nach dem Vater das letzte männliche Mitglied der Familie, sagte sie. Sie werden Gjorg töten, dann stirbt einer von den Kryeqyqe, und schließlich kommt der Vater an die Reihe, und die Familie Berisha ist völlig ausgelöscht. Tut es nicht, sagte sie, laßt die Eiche nicht verdorren. Fordert die Versöhnung des Blutes.

Zuerst wollte man überhaupt nicht auf sie hören, dann schwieg man und ließ sie reden, schließlich folgte eine Phase unschlüssiger Leere. Man war einfach müde. Nur die Tante war unermüdlich. Tage- und nächtelang zog sie von Turm zu Turm, besuchte Vettern und Schwäger, und schließlich erreichte sie ihr Ziel: nach siebzig Jahren Tod und Verderben beschlossen die Berisha, die Versöhnung des Blutes zu verlangen.

Das Ersuchen um die Beilegung der Blutfehde, selten genug im Hochland, erregte im Dorf und sogar im Banner viel Aufsehen. Alle Maßnahmen wurden ergriffen, die nötig waren, um die Angelegenheit dem Brauch entsprechend zu erledigen. Die mit der Versöhnung betrauten Vermittler, angeführt von Pater Nikë Prela, gingen mit einigen Freunden und Gefährten der Berisha, die in diesem Fall »Herren des Blutes« hießen, zu den Blutschuldnern, also den Kryeqyqe, um das Mahl des versöhnten Blutes einzunehmen. Dem Brauch gemäß aßen sie mit dem Mörder zu Mittag und handelten dabei die Höhe des Blutgeldes aus, das von den Kryeqyqe zu bezahlen war. Danach blieb nur noch, daß Gjorgs Vater, also der Herr des Blutes, mit Beil und Stichel das Kreuz in die Tür des Mörders eingrub, daß jeder einen Tropfen Blut des anderen trank und daß man sich ewige Versöhnung gelobte. Doch es kam nicht dazu, weil ein greiser Onkel alles zum Scheitern brachte. Das war kurz nach dem Mittagessen. Als die Männer durch sämtliche Räume des Turmes gingen und überall mit den Füßen trampelten, um den Schatten des Blutes aus allen Winkeln zu vertreiben, rief Gjorgs betagter Onkel plötzlich: Nein! Der stille Greis hatte sich in der Sippe noch nie hervorgetan, so daß man von ihm dergleichen am wenigsten erwartet hätte. Alle standen wie erstarrt; Augen und Nacken, die Füße, die man erhoben hatte, um kräftig auf den Boden zu stampfen, senkten sich lautlos wie in Watte. Nein, wiederholte der alte Onkel. Der als Hauptvermittler anwesende Priester der Versöhnung machte eine Geste mit der Hand. »Dann wirkt das Blut fort«, sagte er mit lauter Stimme.

Gjorg, um den sich die ganze Zeit über niemand gekümmert hatte, rückte nun wieder in den Mittelpunkt des Interesses. Zu der schon vertrauten Beklemmung, der er sich nur vorübergehend hatte entledigen können, gesellte sich ein gewisses Gefühl der Befriedigung. Es rührte offenbar daher, daß er die verlorene Aufmerksamkeit zurückgewonnen hatte. Er war nicht mehr imstande zu entscheiden, welches Dasein nun vorzuziehen sei: das ruhige, in den Schleier des Vergessens gehüllte Leben außerhalb der Maschinerie des Blutes, oder das andere, das gefährdete, doch von einem Blitz der Trauer wie von einer zitternden Naht durchzogene Leben. Gjorg hatte von beiden gekostet, und wenn er nun vor die Wahl gestellt worden wäre, er hätte sich bestimmt nur schwer entscheiden können. Vielleicht waren Jahre nötig, um sich an den Frieden zu gewöhnen, wie man unter Umständen Jahre braucht, um sich mit seinem Verlust abzufinden. Der Mechanismus des Blutes hielt auch den, der sich ihm entziehen konnte, noch für lange Zeit geistig gefangen.

In den Tagen nach der gescheiterten Versöhnung, als an dem bis dahin leeren Himmel über ihm erneut die Wolken der Gefahr aufzogen, versuchte sich Gjorg wieder an den Gedanken zu gewöhnen, daß er bald Vollstrecker sein würde. So bezeichnete der Kanun diejenigen, die mit eigener Hand töteten. Die Vollstrecker waren eine Art Vorhut der Sippe. Sie töteten, doch sie hatten bei der Rache auch als erste mit ihrem Leben einzustehen. Wenn die gegnerische Sippe an der Reihe war, Blutrache zu üben, so versuchte sie, zuerst den Vollstrecker der gegnerischen Sippe zu töten. Nur wenn dies nicht gelang, starb an seiner Stelle ein anderes männliches Mitglied der Familie. In den siebzig Jahren der Feindschaft mit den Kryeqyqe hatte es in der Familie Berisha zweiundzwanzig Vollstrecker gegeben, von denen die meisten später der Kugel zum Opfer gefallen waren. Die Vollstrecker waren die Bäume einer Sippe, ihr Mark und die hauptsächlichen Objekte des Angedenkens. Vieles ging im Leben einer Sippe verloren, Menschen und Ereignisse deckte der Staub. Nur die Vollstrecker als die ewigen Lichter auf den Grabhügeln der Sippe wurden nie vergessen.

Der Sommer kam und ging, so kurz wie keiner zuvor. Die Berisha beeilten sich mit der Feldarbeit, um nach dem bevorstehenden Mord im Turm Zuflucht suchen zu können. Gjorg lebte in gelassener Wehmut dahin. Ein Zustand der Seele wie vor dem Brautgang.

Ende Oktober schoß er auf Zef Kryeqyqe. Doch er vermochte nicht, ihn zu töten, sondern verwundete ihn nur am Kiefer. Die Ärzte des Kanun kamen. Sie hatten die Aufgabe, die Buße für die Verwundung zu bemessen. Weil die Wunde am Kopf war, wurde die Strafe auf drei Beutel Groschen gleich einem halben Blut festgesetzt. Die Berisha hatten nun zwischen zwei Möglichkeiten zu wählen: entweder sie bezahlten die Buße, oder sie akzeptierten die Verwundung als halbes Blut.

Im letzteren Fall war es ihnen nicht mehr gestattet, einen der Kryeqyqe zu töten, weil die halbe Blutschuld ja bereits beglichen war. Sie durften nur noch jemand verwunden.

Die Berisha ließen die Wunde nicht als halbes Blut gelten. Obwohl die Buße nicht gerade gering war, griff man doch lieber die Ersparnisse an, um sie entrichten zu können. So blieb die Bilanz des Blutes unberührt.

Während der ganzen Bußgeschichte waren die Augen von Gjorgs Vater dunkel von verächtlichem Zorn und Bitterkeit. Gjorg las darin den Vorwurf: Nicht genug, daß du mit der Blutrache so lange gewartet hast, nun treibst du auch noch die Familie in den wirtschaftlichen Ruin.

Gjorg hatte immer stärkere Schuldgefühle. Die stets schon kargen Abendmahlzeiten wurden nun noch ärmlicher. Absichtsvoll überließ ihm den Vater den ersten Löffel von der Speise, und Gjorg war, als wollte ihm jeder Bissen im Halse steckenbleiben.

Die Kryeqyqe hingegen zeigten ihren Wohlstand. Von der Entschädigung hatten sie sich einen Ochsen und zwei Hammel gekauft, deren Glocken jeden Abend in Gjorgs Ohren klangen.

Dem Bußgeld folgte eine Periode des Stillstands. Das Leben schien zu erstarren. Der Mann, den Gjorg verwundet hatte, siechte zu Hause dahin. Es hieß, der von der Kugel zerschmetterte Kiefer habe sich entzündet. Der Winter war lang und trostlos wie selten sonst. Über den träge daliegenden Schnee (die Greise sagten, nicht oft habe man von einem Schnee gehört, der so dicht war, daß nirgends eine Lawine niederging) pfiff schwach ein nicht weniger beständiger Wind. Zef Kryeqyqe, sein einziger Lebensinhalt, war weiter ans Bett gefesselt, so daß sich Gjorg wie ein Arbeitsloser vorkam, der nutzlos die Zeit verbringt.

Der Winter wollte wirklich kein Ende nehmen. Und als es dann hieß, der Verwundete erhole sich langsam, da wurde Gjorg selber krank. Er biß die Zähne zusammen und ertrug alle Beschwerden, weil er sich nicht hinlegen wollte, ohne die Tat verübt zu haben, aber schließlich ging es einfach nicht mehr. Er war wachsbleich und konnte sich kaum auf den Beinen halten. Zwei Monate lang hütete er, mehr tot als lebendig, das Bett, während Zef Kryeqyqe, von Gjorgs Krankheit profitierend, unbehelligt im Dorf herumspazierte. Von seinem Lager im ersten Stock des Turmes aus blickte Gjorg auf den Fetzen Landschaft, der im Fenster sichtbar war, und dachte an nichts. Stundenlang dämmerte er vor sich hin, kam zu sich, schlief wieder ein. Die lange Krankheit laugte ihn völlig aus. Draußen vor dem Fenster war die schneeweiße Welt, mit der ihn außer einem Mord nichts mehr verband. Schon lange fühlte er sich fremd, ja überflüssig darin, und wenn man dort draußen noch etwas von ihm erwartete, dann einzig diesen Mord.

Stundenlang blickte er hinaus auf das schneebedeckte Land, und der gleichgültige Blick seiner Augen schien auszudrücken: Keine Angst, ich komme schon noch früh genug, um dieses bißchen Blut zu vergießen. Die Vorstellung hatte ihn so überwältigt, daß es Momente gab, in denen er inmitten der gewaltigen weißen Monotonie einen kleinen roten Fleck sich ausbreiten sah.

In den ersten Märztagen begann er sich dann etwas besser zu fühlen, und in der zweiten Märzwoche konnte er aufstehen. Auf zittrigen Beinen ging er hinaus. Keiner hätte erwartet, daß er sich so, ausgelaugt von der Krankheit, mit wachsbleichem Gesicht, in den Hinterhalt legen würde. Wahrscheinlich war das der Grund dafür, daß Zef Kryeqyqe, der seinen Feind noch krank wähnte, völlig überrumpelt wurde.

Der Regen fiel immer dünner und wollte fast ganz aufhören, doch nur, um gleich darauf wieder in Strömen herabzustürzen. Der Abend rückte heran, doch Gjorg spürte, wie seine Beine müde wurden. Es war noch der gleiche graue Tag, nur nicht die gleiche Gegend, was Gjorg an der Kleidung der Bergbewohner sah, die ihm begegneten. Die Weiler rückten immer weiter von der großen Straße ab. Da und dort war in der Ferne mühsam der matte Bronzeglanz einer Glocke auszumachen. Dann wieder kilometerweit nur Leere.

Er marschierte in der vagen Hoffnung voran, daß ihn der Weg schon zum Turm von Orosh führen werde. Einmal erklärte man ihm, es sei nun nicht mehr weit, aber nach einer Weile, als er sich schon ganz in der Nähe wähnte, hieß es auf einmal, der Turm sei noch weit weg. Beide Male wiesen die Wanderer in eine Richtung, in der es nichts gab außer Nebel.

Mehrmals meinte Gjorg, es sei schon bald Abend, doch er irrte sich. Es war immer noch der gleiche endlose Nachmittag, an dem die Dörfer von der Straße abrückten, als wollten sie sich endgültig vor ihr und vor der ganzen Welt verbergen. Wieder fragte er nach dem Turm und hörte, er sei schon fast da. Der letzte Wanderer, der ihm begegnete, zeigte ihm sogar die Richtung.

»Bin ich denn noch vor dem Abend dort?« fragte Gjorg.

»Auf Ehre, ja«, antwortete der Hochländer. »Mit dem Abend bist du dort.«

Gjorg setzte sich wieder in Bewegung. Er war schrecklich müde. Manchmal meinte er fast, daß er nur deshalb dem Turm noch so fern war, weil sich der Abend verspätete, doch gleich darauf kam es ihm umgekehrt so vor, als ob die

Ferne des Turmes den Abend dort oben in der Schwebe hielte und verhinderte, daß er auf die Erde herabsank.

Einmal glaubte er im Nebel seine Silhouette auszumachen, doch das düstere Bauwerk war nur ein Nonnenkloster wie jenes, an dem er am Morgen dieses langen Tages vorbeigekommen war. Noch ein Stück weiter hatte er wieder das sichere Gefühl, ganz in der Nähe des Turmes zu sein, er glaubte ihn am Rande eines Abhangs sogar schon deutlich zu erkennen. Doch als er herankam, sah er, daß es weder der Turm von Orosh noch sonst ein Gebäude war, sondern einfach ein Nebelschwaden, bloß ein wenig dunkler als die andern.

Die Hoffnung, dem Turm je näher zu kommen, schwand vollends dahin, als er sich aufs neue allein auf der großen Straße wiederfand. Ein paar Sträucher, die sich auf beiden Seiten bösartig niederduckten, ließen die Ödnis noch verlassener erscheinen. Was mag das nur bedeuten, dachte Gjorg. Nun waren gar keine Dörfer mehr zu sehen, auch nicht abseits, und am schlimmsten war, daß es so aussah, als würde er nie wieder welche zu Gesicht bekommen.

Beim Gehen hob er ab und zu den Kopf, um die Horizonte nach dem Turm abzusuchen, und glaubte wieder, ihn zu entdecken, ohne seinen Augen noch zu trauen. Schon in seinen Kindertagen hatte er von dem fürstlichen Turm gehört, der seit Jahrhunderten über den Kanun wachte. Er hatte keine genaue Vorstellung von ihm, aber eines wußte er genau: er war halb Bauwerk, halb Drache. Die Bewohner der Hochebene nannten ihn einfach Orok, doch aus ihren Berichten war nichts über sein Aussehen zu erfahren. Auch jetzt, da Gjorg ihn in der Ferne erblickte, ohne zu glauben, daß er es sei, vermochte er sich kein klares Bild von ihm zu machen. Die Silhouette im Nebel sah weder hoch aus noch niedrig; manchmal wirkte sie gestreckt, dann wieder gedrungen. Zuerst führte Gjorg die ständige Veränderung darauf zurück, daß die Straße in endlosen Windungen anstieg. Doch auch beim Näherkommen klärte sich nichts. Er war sich fast so sicher, daß er den Turm vor sich hatte, wie für ihn feststand, daß er es nicht war. Manchmal meinte er verschiedene Gebäude unter einem Dach zu erkennen, dann verschiedene Dächer über einem einzigen Gebäude. Je dichter er herankam, desto verwirrender wurde das Bild. Nun glaubte er unter mehreren Türmen einen Hauptturm zu erkennen. Das andere waren nur Nebengebäude. Doch ein Stück weiter war der Hauptturm verschwunden, und man sah nur noch die Nebengebäude um ihn herum. Ja, selbst diese schienen zu zerfließen, und als er noch etwas näher kam, stellte er fest, daß es gar keine Türme waren, sondern nur einfache Häuser, und zum Teil nicht einmal Häuser, sondern eher eine Art Seitenflügel. Weit und breit war keine Menschenseele zu erblicken. Habe ich mich gar verirrt, fragte er sich. Doch im selben Augenblick tauchte ein Mann vor ihm auf.

»Blutsteuer?« fragte er mit einem flüchtigen Blick auf Gjorgs rechten Ärmel und zeigte, ohne eine Antwort abzuwarten, auf einen der Schuppen.

Auf Beinen, die ihn fast nicht mehr trugen, ging Gjorg hinüber. Gleich darauf stand er vor einer uralten Holztür. Er wollte sich nach dem Mann umdrehen, mit dem er gesprochen hatte, ihn fragen, ob er durch diese Tür eintreten solle, doch der Mann war verschwunden. Gjorg betrachtete einen Augenblick lang die Tür, ehe er sich zum Anklopfen entschloß. Sie war ganz und gar rissig, und zwischen den Rissen waren wahllos Nägel und Eisenstücke eingeschlagen, die meisten krumm und ohne Zweck. Vom Rost zerfressen, waren sie eins geworden mit dem gealterten Holz wie die morschen Fingernägel mit einer Greisenhand.

Gjorg wollte anklopfen, doch er stellte fest, daß an der mit allem möglichen Eisen beschlagenen Tür kein Türklopfer zu finden war. Es gab noch nicht einmal ein Schloß. Erst jetzt bemerkte er, daß die Tür nur angelehnt war. Da tat Gjorg etwas, das er noch nie zuvor in seinem Leben getan hatte: er stieß eine Tür auf, ohne zuvor nach dem Hausherrn gerufen zu haben.

Drinnen herrschte Halbdunkel. Zuerst meinte er, der Schuppen sei leer, doch dann entdeckte er in einer Ecke ein mattes Feuer von feuchtem Holz, das mehr Rauch als Flammen abgab. Noch ehe er die Männer sah, roch er den feuchten Filz ihrer Umhänge. Dann waren sie zu erkennen. Einige hockten auf Holzbänken, andere kauerten in der Ecke.

Er drückte sich gleichfalls in einen Winkel, das Gewehr zwischen die Beine geklemmt. Allmählich gewöhnten sich seine Augen an das Zwielicht. Der Rauch brannte in seiner Kehle. Er sah die schwarzen Bänder an ihren Ärmeln und begriff, daß sie wie er gekommen waren, um die Todessteuer zu entrichten. Vier waren es insgesamt. Nein, fünf. Gleich darauf waren es wieder vier. Was er zuerst gar nicht wahrgenommen und dann für den fünften gehalten hatte, war in Wirklichkeit nur ein Baumstrunk, den man aus irgendeinem Grund in der finstersten Ecke abgestellt hatte.

»Woher kommst du?« fragte der Mann neben ihm.

Gjorg nannte den Namen seines Dorfes.

Draußen war es Nacht geworden. Gjorg kam es so vor, als sei die Dämmerung ganz plötzlich hereingebrochen, kaum daß er den Schuppen betreten hatte, so wie eine Ruine in sich zusammenstürzt, ehe man sich noch richtig abgewandt hat.

»Du hattest es nicht so weit«, sagte der Mann neben ihm.

»Ich war zweieinhalb Tage lang ununterbrochen unterwegs.«

Gjorg wußte nicht, was er sagen sollte.

Jemand stieß die jämmerlich knarrende Tür auf. Unter dem Arm trug der Mann ein Bündel Reisig, das er ins Feuer warf. Vom Holz erstickte das schwache Flackern. Doch gleich darauf zündete der Mann, offenbar ein Krüppel, eine Petroleumlampe an und hängte sie an einen der zahllosen Nägel in der Wand. Das blasse, durch das verrußte Glas noch geschwächte Licht der Laterne mühte sich vergeblich ab, auch in die weiter entfernten Winkel des Raumes vorzudringen.

Keiner sprach. Der Mann ging hinaus, und ein anderer trat ein. Er sah aus wie der erste, nur trug er nichts in der Hand. Er ließ seine Blicke kreisen. Vielleicht zählte er, denn mehrmals sah er zu dem Baumstrunk hinüber, als sei er sich doch nicht ganz sicher, daß dort kein Mensch saß. Dann ging er wieder hinaus. Wenig später kam er mit einem Topf zurück. Ein anderer Mann folgte ihm mit ein paar Holznäpfen und zwei Maisbroten. Er reichte jedem einen Napf und ein Stück Brot, während der erste Bohnensuppe aus dem Topf schöpfte.

»Du hast Glück gehabt«, sagte Gjorgs Nachbar. »Du

bist gerade noch rechtzeitig zum Essen gekommen. Sonst hättest du bis morgen mittag nichts in den Magen bekommen.«

»Ich hatte ein wenig Brot und Quark dabei«, entgegnete Gjorg.

»Warum?« sagte der andere. »Wer in den Turm kommt, um die Blutsteuer zu bezahlen, bekommt zweimal am Tag zu essen.«

»Das wußte ich nicht«, sagte Gjorg und biß ein großes Stück von seinem Brot ab. Das Maisbrot war hart, doch Gjorg hatte gewaltigen Hunger.

Etwas Metallisches fiel in Gjorgs Schoß. Es war die Tabaksdose seines Nachbarn.

»Rauch doch eine«, sagte der.

»Wie lange wartest du schon hier?« fragte Gjorg.

»Seit heute mittag.«

Gjorg schwieg, doch dem anderen schien seine Verwunderung nicht zu entgehen.

»Warum bist du so erstaunt? Manche sind schon seit gestern hier.«

»Wirklich?!« sagte Gjorg. »Und ich dachte, ich könnte heute abend das Geld übergeben und mich morgen früh schon wieder auf den Heimweg in mein Dorf machen.«

»O nein«, meinte der andere. »Wenn du Glück hast, wird morgen abend bezahlt. Es kann aber auch sein, daß du zwei oder drei Tage hier warten mußt.«

»Drei Tage? Wie ist das möglich?«

»Der Turm hat es nie eilig, das Blutgeld entgegenzunehmen.«

Gjorg wollte sagen: Aber meinem Vater war es doch so wichtig, daß ich noch heute vor Einbruch des Abends ankomme. Doch der andere fuhr fort:

»Man muß gleich nach dem Mord auf dem schnellsten Weg herkommen. Wann der Turm die Steuer entgegennimmt, bleibt ihm überlassen.«

Die Tür ging auf, und der Mann, der die Bohnen gebracht hatte, kam wieder herein. Er sammelte die leeren Schüsseln ein, stocherte im Vorübergehen im Feuer und ging wieder hinaus. Gjorg sah ihm nach.

»Sind das Diener des Prinzen?« fragte er leise seinen Nachbarn.

Der zuckte mit den Schultern.

»Wie soll ich sagen. Soweit ich weiß, sind sie halb Verwandte, halb Diener.«

»Wirklich?«

»Hast du all die Gebäude hier ringsum gesehen? Dort wohnen Leute aus der Sippe des Hauptmanns mit ihren Familien. Aber sie sind nicht bloß Verwandte, sondern zugleich auch Wächter und Bedienstete. Hast du ihre Kleider nicht gesehen? Keine Hochländer und auch keine Städter.«

»Du hast recht«, antwortete Gjorg, »so kam es mir auch vor.«

»Dreh dir doch noch eine Zigarette«, sagte der andere.

»Danke«, erwiderte Gjorg. »Ich rauche selten.«

»Wann hast du deinen Mord begangen?«

»Vorgestern.«

Wann hast du deinen Mord begangen ... Als er die Frage für sich wiederholte, bekam sie plötzlich einen ganz anderen Klang. Es war, als ginge es um ein neuerbautes Haus, die Heirat oder den ersten Sohn.

Nichts davon hatte er vorzuweisen. Außer einem Tod hatte er nichts zustande gebracht, er war sein einziger Besitz auf dieser Welt.

Seine Hände krampften sich um den kalten Gewehrlauf. Draußen trommelte der Regen.

»Ob dieser Winter denn niemals aufhört?!«

»Ja«, meinte Gjorg. »Er zieht sich hin.«

Irgendwo bei den Häusern, vielleicht am Hauptturm selbst, ging eine Tür. Schwere Flügel schlugen beim Öffnen oder vielleicht auch Schließen. Das dauerte eine ganze Weile. Dann war ein Vogelschrei zu hören, ein Wachruf, ein Gruß oder Abschiedswort. Gjorg kauerte sich noch tiefer in seinen Winkel. War er wirklich in Orok? Schwer zu glauben.

Das Knarren der Tür drängte sich immer wieder in seinen Schlummer. Schon zum dritten Mal schlug Gjorg die Augen auf und sah den Krüppel mit einem Arm voll Holz hereinkommen, das er ins Feuer legte. Dann drehte er den Docht der Petroleumlampe höher. Das Holz war tropfnaß, also regnete es draußen noch immer.

Im Licht der Lampe stellte Gjorg fest, daß keiner schlief. Ihn fror am Rücken, doch irgend etwas hielt ihn davon ab, näher ans Feuer zu rücken. Außerdem sah das Feuer nicht gerade so aus, als ob es wärmte. Das diffuse, wabernde, da und dort mit schwarzen Flicken besetzte Licht machte das Schweigen der Wartenden noch dumpfer.

Mehrmals mußte Gjorg daran denken, daß alle Mörder

waren, jeder mit seiner eigenen Geschichte. Es war kein Zufall, daß ihre Münder und Kiefer im Flackern des Feuers an alte Schlösser erinnerten. Unterwegs hatte Gjorg die ganze Zeit mit Schrecken daran gedacht, daß man ihn womöglich nach seiner Geschichte fragen würde. Beim Betreten des Schuppens hatte seine Angst ihren Höhepunkt erreicht, obwohl ihm zugleich auch etwas die Gewißheit verlieh, daß er nun der Gefahr entronnen sei. Vielleicht lag es daran, daß all die Anwesenden so starr dasaßen, vielleicht auch an dem Baumstrunk, den der Ankömmling zuerst für einen Menschen gehalten hatte. Oder genauer: zuerst hatte er ihn für einen Baumstrunk gehalten, dann sich selber ausgelacht, als er darin einen Menschen erkannte, bis er schließlich begriff, daß es tatsächlich ein Baumstrunk war. Inzwischen war Gjorg fast überzeugt davon, daß der Strunk genau aus diesem Grund dort lehnte.

Das feuchte Holz, das der Krüppel gerade gebracht hatte, knackte im Feuer. Gjorg atmete tief durch. Die Nacht draußen war gewiß noch schwärzer geworden. Der Nordwind fuhr leise pfeifend über die Erde. Merkwürdigerweise hatte Gjorg das Bedürfnis, sich auszusprechen. Merkwürdig, ja, aber nicht merkwürdiger als alles andere. Es kam ihm so vor, als ob sich die Kiefer der Männer ringsum allmählich veränderten. Wie Jungstiere in kalten Nächten ihre Nahrung herauswürgen, um sie wiederzukäuen, so stiegen auch ihnen ihre Geschichten die Kehle herauf. Und begannen von den Lippen zu tropfen. Wie viele Tage bist du schon im Blut? Vier. Und du?

Langsam begannen die Berichte aus den Filzkleidern zu quellen wie schwarze Käfer, krabbelten umher und mischten sich untereinander. Was fängst du mit dem dreißigtägigen Ehrenwort an?

Ja was? dachte Gjorg. Nichts!

Manchmal glaubte er, auf ewig in diesem feuchten Schuppen an einem Feuer sitzen zu müssen, das eher frösteln ließ als wärmte, während Käfer schwarz und bedrohlich zwischen seinen Füßen herumkrabbelten.

Wann würde man ihn rufen, um die Steuer entgegenzunehmen? Die ganze Zeit über, die er hier verbracht hatte, war nur einer vorgelassen worden. Mußte er wirklich tagelang hier warten? Und wenn Wochen daraus wurden? Und wenn man ihn überhaupt nicht empfing?

Die Tür ging auf, und ein Mann trat ein. Er kam von weit her, das sah man sofort. Aus dem Feuer schlugen zwei oder drei verächtliche Flammen, die wohl zeigen wollten, wie schmutzig und naß er war, ehe sie ihn wieder ins Halbdunkel zu all den andern entließen.

Unsicher tappte er in eine Ecke und ließ sich bei dem Baumstrunk nieder. Gjorg folgte ihm mit den Augen, als wolle er herausfinden, wie er wohl selbst bei seiner Ankunft ein paar Stunden vorher ausgesehen hatte. Der Mann streifte die Kapuze ab und stützte das Kinn auf die Knie. Man sah sofort, daß seine Geschichte noch tief in seinem Innern saß, weit von der Kehle entfernt. Vielleicht war sie auch noch gar nicht in sein Dasein eingedrungen, sondern verharrte noch draußen, bei den klammen Händen, die vor kurzem erst den Mord begangen hatten. Nervös bewegten sie sich auf seinen Knien, als wollten sie etwas vollenden, das noch nicht getan war.

Drittes Kapitel

Der Wagen flog die Bergstraße hinauf. Es war einer jener gummibereiften Landauer, wie man sie in den Städten gewöhnlich für Spazierfahrten oder als Mietdroschken benutzte. Nicht nur die Sitze waren mit schwarzem Samt bezogen, auch in ihrer ganzen Form hatte die Kutsche etwas Samtenes. Vielleicht war gerade deshalb die Fahrt auf der schwierigen Gebirgsstraße viel angenehmer, als man hatte erwarten können, und womöglich hätte man sie als noch bequemer empfunden, wären da nicht der Hufschlag und das Schnauben der Pferde gewesen. All dies paßte so überhaupt nicht zu diesem noblen Beförderungsmittel, mit dem es allenfalls durch ein großes Mißverständnis und ewige Zwietracht verbunden war.

Ohne die Hand seiner Frau loszulassen, beugte sich Besian Vorpsi zum Fenster, um nachzusehen, ob die kleine Stadt, in der sie eine halbe Stunde zuvor aufgebrochen waren, die letzte vor der Hochebene im Norden, endlich aus dem Blickfeld entschwunden war. Sanft ansteigende Hänge dehnten sich vor und neben ihnen, ein merkwürdiges Stück Erde, weder Ebene noch Berg noch Plateau. Das Gebirge hatte noch nicht begonnen, doch sein Schatten war schon lange zu spüren. Und obwohl gerade dieser Schatten dem Landstrich den Zugang zur Welt der Berge verwehrte, ließ er doch nicht mehr zu, daß von einer Niederung gesprochen wurde. Niemandsland also, karg und fast unbewohnt.

Feine Regentropfen kullerten ab und zu über die Fensterscheiben.

»Die Verwünschten Almen«, sagte er leise und mit ein wenig bebender Stimme, wie man von etwas spricht, auf dessen Anblick man sich lange gefreut hat. Befriedigt registrierte er, daß die Erwähnung des Namens bei seiner Frau ein feierliches Schaudern auslöste.

Als sie sich herüberbeugte, um hinauszuschauen, roch er den zarten Duft ihres Nackens.

»Wo?«

Er wies mit dem Finger auf etwas, doch dort, wo er hinzeigte, waren nur wallende Nebel zu erkennen.

»Sie sind noch nicht richtig zu sehen«, erklärte er. »Wir sind noch zu weit weg.«

Sie griff wieder nach seiner Hand und lehnte sich in den Polstern zurück. Die Zeitung, die sie vor der Abfahrt in der kleinen Stadt gekauft hatten (auf der Titelseite war von ihnen die Rede), glitt unter dem Schwanken des Wagens zu Boden, doch sie dachten beide nicht daran, das Blatt wieder aufzuheben. Mit einem verträumten Lächeln dachte sie an die Überschrift: »Eine frohe Überraschung! Der Schriftsteller Besian Vorpsi und seine junge Frau Diana wollen ihre Flitterwochen im nördlichen Hochland verbringen!«

Dann ging es etwas verworren weiter. Es war nicht eindeutig zu erschließen, ob der Verfasser des Artikels, ein gewisser A. G. (womöglich ihr gemeinsamer Bekannter Adrian Guma) die Reise nun begrüßte oder sich ein wenig darüber mokierte.

Ihr selbst war die Idee zu der Reise ziemlich ausgefallen vorgekommen, als er zwei Wochen vor der Hochzeit zum ersten Mal darüber gesprochen hatte. Du brauchst dich gar nicht zu wundern, hatten ihre Freundinnen gemeint. Wenn man einen so ungewöhnlichen Mann heiratet, bekommt man von ihm eben merkwürdige Dinge zu hören. Aber was heißt das schon. Wir sagen nur: Du Glückliche!

Sie war wirklich glücklich. In all den Tagen vor der Hochzeit wurde in Tiranas leidlich mondänen, leidlich kunstsinnigen Kreisen von nichts anderem gesprochen als von ihrer bevorstehenden Reise. Die meisten waren hingerissen: Du kommst aus der realen Welt geradewegs in die Welt der Legenden, mitten in ein wirkliches Epos, wie es sonst fast nirgends in der Welt mehr existiert. Und sie erzählten von Feen und Elfen, von den Rhapsoden, den letzten Homeriden auf der Welt, vom Kanun, der furchtbar war und doch so großartig. Andere wiederum zuckten mit den Schultern ob dieses wunderlichen Einfalls, ihrer Skepsis zaghaft Ausdruck verleihend. Diese betraf vor allem die Frage des Komforts, um so mehr, als es um Flitterwochen, also eine delikate Angelegenheit ging, während es doch in den Alpen noch kalt und die epischen Türme recht steinern waren. Ein kleiner Teil reagierte auf die ganze Sache mit mildem Spott: Geht nur in den Norden, ihr beiden, besucht die Elfen. Vielleicht tut es euch ja gut, vor allem Besian Vorpsi.

Und nun waren sie also unterwegs zu jener düsteren Hochebene im Norden, über die sie während ihrer Schulzeit im Mädcheninstitut »Königliche Mutter«, besonders aber später, während der Verlobung mit Besian Vorpsi, so viel gehört und gelesen hatte, fasziniert und erschreckt zugleich. Eigentlich fiel es ihr trotz all der Erzählungen und

Geschichten (auch Schriften von Besian waren dabei) noch ziemlich schwer, sich das Leben dort oben hinter den ewigen Nebeln vorzustellen. Alles, was sie über das Hochland hörte, nahm sogleich etwas nebelhaft Zwiespältiges an. Besian hatte halb tragische, halb philosophische Erzählungen über den Norden verfaßt, die von der Presse gleichfalls zwiespältig aufgenommen worden waren: die einen hatten sie als Perlen bejubelt, während die anderen den geringen Wirklichkeitsgehalt bemängelten. Manchmal dachte Diana, daß ihr Mann die Reise vielleicht weniger unternommen hatte, um ihr die Sehenswürdigkeiten des Nordens zu zeigen, als um mit sich selbst ins reine zu kommen. Doch sie verwarf diesen Gedanken wieder, denn wäre es so gewesen, hätte er genausogut schon vorher auf diese Reise gehen können. Ohne sie.

Verstohlen betrachtete sie sein Profil, und an der Anspannung der Kiefermuskulatur, an der Art, wie er zum Fenster hinausschaute, konnte sie leicht erkennen, wie schwer es ihm fiel, seine Ungeduld im Zaum zu halten. Diana konnte leicht nachvollziehen, weshalb er sich in diesem Zustand ständiger Erwartung befand. Wahrscheinlich hatte er das Empfinden, daß sich die halb phantastische, halb epische Welt, von der er ganze Tage lang erzählt hatte, übermäßig viel Zeit mit ihrem Erscheinen ließ. Noch immer schnurrte draußen vor der Kutsche die weite, menschenleere Einöde vorbei, und auf die zahllosen fahlbraunen Felsbrocken fiel der allergewöhnlichste Regen der Welt. Er hat Angst, mich zu enttäuschen, dachte sie und war ein paar Mal nahe daran, ihn zu trösten: Ach, sei nicht traurig, Besian, wir sind doch gerade erst eine Stunde unterwegs, und ich bin ja nun auch nicht so ungeduldig und so naiv zu glauben, daß sich all die Wunder des Nordens mit einem Schlag vor uns auftun. Aber sie sprach es nicht aus, sondern begnügte sich mit der schlichten Geste, ihren Kopf an seiner Schulter zu betten. Die Eingebung sagte ihr, daß dies beruhigender wirkte als alle Worte, und lange blieb sie so, aus den Augenwinkeln beobachtend, wie ihre hellkastanienbraunen Haare mit den Bewegungen des Wagens über seine Schulter flossen.

Am Rande des Schlummers saß sie da, als sie spürte, wie ein Ruck durch seinen Körper ging.

»Sieh doch, Diana«, sagte er leise und ergriff ihre Hand.

Fern am Straßenrand tauchten ein paar dunkle Silhouetten auf.

»Hochländer?« fragte sie.

»Ja.«

Je näher die Kutsche kam, desto mehr streckten sich die Silhouetten. Beide hatten die Gesichter an die Scheibe gepreßt, und mehrmals mußte sie die atembeschlagene Scheibe blankwischen.

»Was haben sie da in der Hand? Schirme?« fragte sie, allerdings nur ganz leise, denn die Kutsche war kaum mehr fünfzig Schritt von den Hochländern entfernt.

»Es sieht so aus«, murmelte er. »Wo sie die Schirme nur herhaben mögen?«

Der Wagen fuhr schließlich an den Hochländern vorbei, die ihnen nachschauten. Besian drehte sich um, als könne er immer noch nicht glauben, daß die Gebilde in den Händen der Bergbewohner tatsächlich Schirme mit längst verbogenen Gestellen und löchrigen Bezügen waren, angejahrte Erzeugnisse der italienisch-albanischen Firma »Ombrello«.

»Ich habe weiß Gott noch nie Hochländer mit Schirmen gesehen«, stieß er hervor. Diana war nicht weniger erstaunt, verbarg jedoch ihre Verblüffung, um den Gatten nicht nervös zu machen.

Als sie dann bald darauf auch noch einer Gruppe von Einheimischen begegneten, die Säcke auf dem Rücken trugen, tat sie, als bemerke sie nichts. Besian Vorpsi sah ihnen eine Weile nach.

»Mais«, sagte er schließlich, doch Diana antwortete nicht. Sie lehnte sich wieder an seine Schulter, und wieder floß ihr Haar mit den Bewegungen des Wagens.

Nun war er es, der die Straße erforschte, und sie versuchte, an etwas Erfreulicheres zu denken. Schließlich war es kein gar so großes Unglück, wenn ein edler Bergbewohner einen Maissack auf dem Rücken oder einen löchrigen Schirm in der Hand trug, der ihn vor dem Regen schützte. Hatte sie nicht erlebt, wie bei Einbruch des Winters Hunderte von Hochländern mit Äxten auf den Schultern die Straßen der Städte füllten und mit jämmerlichen Rufen, die eher an Vogelgeschrei als an Menschenstimmen denken ließen, sich erboten, Holz zu hacken? Doch von Besian war ihr gesagt worden, dies seien nicht die wahren Repräsentanten der Bergwelt. Indem sie aus unterschiedlichen Gründen die epische Zone verließen wie entwurzelte, aus dem Mutterboden gerissene Bäume, verwirkten sie ihre charakteristischen Eigenschaften und fielen der Entheroisierung anheim. Die echten Männer der Berge sind dort droben im Hochland, hatte er ihr eines Abends erklärt, wobei er mit dem Finger eher auf das Firmament als auf einen bestimmten Punkt am Horizont zeigte, was bedeuten mochte, daß sich das nördliche Hochland eher im Himmel als auf Erden befand.

Nun saß er da, den Kopf ans Fenster gelehnt, und wandte den Blick nicht von dem öden Land. Vielleicht fürchtete er die mögliche Frage seiner Frau: Sollen das die wahren Recken der Hochalmen sein, diese armseligen Wanderer mit ihren Schirmgerippen in der Hand, den Rücken unter der Last von Maissäcken gebeugt? Doch diese Frage, Diana hätte sie auch im Zustand allertiefster Enttäuschung nie gestellt.

Wie sie so an seine Schulter gelehnt dasaß und ihr die Augen über dem Rütteln des Wagens immer wieder zufallen wollten, gleichsam als Vorbeugung gegen die Schwermut, die beim Anblick dieser Einöde in ihr aufzukommen drohte, schwammen Fetzen der Erinnerung an die Zeit mit Besian Vorpsi durch ihren Kopf, an die Tage der ersten Begegnung und die Wochen vor ihrer Verlobung. Die Kastanienbäume am Großen Boulevard, die Türen der Cafés, das Glitzern der Ringe während der ersten Küsse, Pianoklänge aus dem Nachbarhaus an dem Nachmittag, an dem sie ihre Jungfräulichkeit verlor, und tausend andere Bruchstücke von Erinnerungen, die sie freigiebig in der endlosen Wüstenei ausgoß, in der Hoffnung, sie werde sich ein klein wenig beleben. Doch die Ödnis blieb unverändert. In ihrer feuchten Nacktheit verschlang sie um ein Haar nicht nur die Reserven von Dianas Glück, sondern fast alles, was Generationen von Menschen davon angesammelt hatten. Noch nie im Leben hatte Diana ein solches Land gesehen. Nicht umsonst begannen hier die Verwünschten Almen.

Eine Bewegung seiner Schulter und dann seine sanfte Stimme rissen sie aus dem Halbschlaf.

»Diana, sieh dort, eine Kirche.«

Sie beugte sich zum Fenster, und ihr Blick blieb sogleich an dem Kreuz auf dem steinernen Kirchturm hängen. Die Kirche stand hoch auf einem Felsen, und weil die Straße so viel tiefer lag, vielleicht aber auch wegen der Grauheit des Himmels, schien das schwarze Kreuz bedrohlich zwischen den Wolken zu schwanken. Die Kirche war noch fern, doch als sie sich näherten, konnten sie die Glocke erkennen. Unter der schwärzlichen Drohung des Kreuzes breitete sich das blasse Schimmern der Bronze aus wie ein Lächeln.

»Wie schön!« sagte Diana.

Er nickte stumm. Wirklich wehten die Düsternis des Kreuzes und das besänftigende Lächeln der Glocke über allem. In ihrer auf ewig untrennbaren Gemeinsamkeit mußten sie im Umkreis vieler Meilen zu erkennen sein.

»Sieh, dort sind Türme von Hochländern«, sagte er.

Ihre Blicke durchforschten die Gegend.

»Wo denn?«

»Dort, auf der Anhöhe.« Er wies mit dem Finger darauf. »Und da hinten noch einer, auf dem anderen Hügel.«

»Ach ja!«

Plötzlich kam Leben in ihn, und seine Augen suchten gierig den Horizont ab.

»Hochländer«, sagte sie und zeigte durch die Frontscheibe, am Rücken des Kutschers vorbei.

Die Bergbewohner kamen auf sie zu, waren aber noch weit entfernt.

»Hier in der Nähe muß ein größeres Dorf sein.«

Die Kutsche näherte sich den Einheimischen, und man sah an der beschlagenen Fensterscheibe, wie angespannt er war.

»Sie tragen Gewehre«, sagte sie.

»Ja«, erwiderte er ein wenig zögernd, ohne den Blick vom Fenster zu nehmen. Seine Augen schienen nach etwas zu suchen. Die Hochländer waren nun keine zwanzig Schritt mehr entfernt.

»Da«, rief er schließlich und packte Diana heftig an der Schulter. »Siehst du das schwarze Band an seinem rechten Ärmel?«

»Ja, tatsächlich«, stieß sie hervor.

»Da, noch einer mit dem Zeichen des Todes! Und ein dritter!«

Er schnaufte in freudiger Erregung.

»Wie schrecklich!« entfuhr es ihr.

»Was?«

»Ich meine, wie schön und schrecklich zugleich.«

»Richtig. Eine Schönheit, die nur schwer einzuordnen ist.«

Abrupt drehte er sich zu ihr um. In seinen Augen lag ein merkwürdiges Funkeln, das zu sagen schien: Und du wolltest mir das alles nicht glauben. In Wahrheit hatte sie nie auch nur einen Hauch von Zweifel angemeldet, aber der Kummer in seinen Augen war so deutlich, daß sie am liebsten gesagt hätte: Deine Kollegen haben an dir gezweifelt, Besian, nicht ich.

Die Hochländer waren hinter der Kutsche zurückgeblieben, und Besian sank zurück in seinen Sitz. Ein Lächeln spielte um seine Lippen.

»Wir nähern uns der Zone des Schattens«, sagte er mehr zu sich selbst, »wo die Gesetze des Todes über die Regeln des Lebens herrschen.«

»Wie läßt sich denn feststellen, ob einer nun Blut zu nehmen oder zu geben hat?« fragte Diana. »Beide tragen doch das schwarze Band, oder?«

»Ja, beide. Das Siegel des Todes ist gleich für den, der Blut einzufordern hat, wie für jenen, dem es abverlangt wird.«

»Schrecklich!« stieß sie hervor.

»Nirgendwo sonst auf der Welt kann man auf der Straße Menschen treffen, die für den Tod gezeichnet sind, so wie Bäume zum Fällen.«

Sie blickte ihn zärtlich an. Seine Augen glühten von innen her in jenem Glanz, der auf ermüdendes Warten folgt. Die Bergbewohner mit ihren lächerlich löchrigen Schirmen und den banalen Maissäcken auf dem Rücken schienen nie existiert zu haben.

»Dort, noch mehr Hochländer«, sagte er.

Diesmal war sie es, die zuerst das schwarze Band am Ärmel entdeckte.

»Ja, nun läßt sich wirklich sagen, daß wir in das Königreich des Todes eindringen«, sagte Besian. Draußen mischte sich immer noch ein dünner Regen in den Nebel.

Diana Vorpsi stieß einen tiefen Seufzer aus.

»Ja«, fuhr er fort, »wir dringen in das Königreich des Todes ein wie Odysseus, nur daß der hinabzusteigen hatte, während wir hinauf müssen.«

Sie hörte zu, ohne den Blick von ihm zu wenden. Er hatte den Kopf gegen die Scheibe gelehnt, die von seinem

Atem beschlug. Die Welt hinter dem Glas hatte kein Gesicht.

»Sie irren mit dem schwarzen Band am Ärmel durch den Nebel wie Gespenster«, sagte er.

Gebannt lauschte sie. Sooft sie auch vor der Abreise über diese Dinge gesprochen hatten, nun klang alles anders. Die Worte legten sich vor die nun noch düsterer wirkende Landschaft wie die Untertitel eines Films. Sie hätte gerne gefragt, ob ihnen auch Männer mit den eigenen Leichentüchern um den Kopf begegnen würden, von denen er ihr einmal erzählt hatte, doch irgend etwas hielt sie davon ab. Vielleicht war es die naive Angst, sie könnten, wäre die Frage erst einmal gestellt, tatsächlich auftauchen, was sie auf gar keinen Fall wollte. Die Kutsche hatte das Dorf inzwischen hinter sich gelassen. Nichts war mehr davon zu erkennen als das Kreuz, das am Horizont leise schwankte, ein wenig zur Seite gesunken wie die Kreuze auf Gräbern. Das mochte bedeuten, daß auch der Himmel einsank wie die Erde auf Grabstellen.

»Sieh nur!« sagte er und wies auf den Straßenrand. »Da ist ein Totenmal, eine Murana.«

Sie reckte den Hals, um besser sehen zu können. Eine Menge Steine, etwas heller als gewöhnlich, achtlos aufeinandergeschichtet. An einem Tag ohne Regen mochten sie weniger trostlos wirken. Als sie dies aussprach, schüttelte ihr Mann lächelnd den Kopf.

»Totenmale sind immer trostlos«, meinte er. »Ich glaube sogar, je reizvoller die Umgebung, desto trister sehen sie aus.«

»Möglicherweise«, antwortete sie.

»Ich habe in meinem Leben schon viele Friedhöfe und Grabstätten gesehen, mit den verschiedensten Zeichen und Symbolen darauf«, fuhr er fort. »Aber der Inbegriff von Gedenkstein ist für mich immer noch die Murana, der schlichte Steinhaufen, den die Hochländer an der Stelle auftürmen, an der ein Mensch getötet worden ist.«

»Ja«, sagte sie. »Es sieht so traurig aus.«

»Schon der Name bringt es zum Ausdruck, so nackt und steinern, nur Schmerz, nichts Tröstendes: Murana. Oder nicht?«

Sie nickte und seufzte erneut. Er hatte sich in Begeisterung geredet, sprach über das Absurde des Lebens und die Präsenz des Todes im Norden; über den nördlichen Menschen, der vor allem nach seinem Verhältnis zum Tod beurteilt, geachtet oder geächtet werde; über den furchtbaren Glückwunsch der Hochländer bei der Geburt eines Sohnes: »Ein langes Leben, und daß ein Gewehr dich töte«, was beweise, daß ein natürlicher, durch Krankheit oder Altersschwäche verursachter Tod für die Menschen des Hochgebirges gleichsam eine Schmach bedeutete; schließlich darüber, daß der Lebensinhalt des männlichen Hochlandbewohners einzig und allein darin bestehe, so viel Ehre anzuhäufen, daß es für ein Denkmal nach dem Tode reiche.

»Ich habe ein paar von den Liedern gehört, die sie für ihre Toten singen«, sagte sie. »Sie sind genau wie ihre Totenmale.«

»Ja, ganz genau. Sie lasten so schwer wie ein Haufen Steine. Man könnte sogar behaupten, daß die Lieder nach dem gleichen Plan erbaut sind wie die Totenmale.«

Nur mühsam unterdrückte Diana Vorpsi einen weiteren

Seufzer. Eine Art Abgrund riß jäh in ihr auf. Als ob er es spürte, fuhr er eilig fort: Gewiß sei all dies bedrückend, aber doch auch großartig. War es denn letzten Endes nicht gerade die Dimension des Todes, versuchte er zu erklären, die der Existenz des Menschen im Norden eine gewisse Überlegenheit verlieh, denn eben diese Unermeßlichkeit half ihm doch, sich über die alltäglichen Banalitäten zu erheben.

»Die Tage des Lebens mit der Elle des Todes zu messen, ist das denn nicht vor allem ein Geschenk?« fragte er.

Sie zuckte lächelnd mit den Schultern.

»Das ist nun einmal der Kanun, vor allem in jenem Teil, in dem es um den Tod geht«, fuhr Besian fort. »Erinnerst du dich?«

»Ja«, erwiderte sie, »ich erinnere mich ganz gut.«

»Wahrhaftig ein Grundgesetz des Todes.« Brüsk wandte er sich ihr zu. »Alles dreht sich darum, und bei aller Grausamkeit und Härte bin ich doch davon überzeugt: das ist eine der monumentalsten Verfassungen auf dem ganzen Erdball, und wir Albaner sollten stolz darauf sein, daß wir sie hervorgebracht haben.«

Er schien auf ein Zeichen der Zustimmung oder des Widerspruchs zu warten, doch sie sagte kein Wort, nur ihre Augen ruhten in den seinen, zärtlich wie zuvor.

»Ja, stolz sollten wir darauf sein«, fuhr er fort. »Das Hochland ist der einzige Landstrich in Europa, der zu einem modernen Staat gehört, ich wiederhole, der zu einem modernen europäischen Staat gehört und keineswegs nur Wohnplatz primitiver Stämme ist, wo Gesetze, Rechtsstrukturen, Polizei, Gerichte, kurz, der gesamte staatliche Organismus über Bord geworfen worden ist. Begreifst du? Alles hat existiert und wurde wieder aufgegeben, um moralischen Normen Platz zu machen, die so umgreifend sind, daß alle Verwaltungsapparate unter der Fremdherrschaft und später auch die Verwaltungen des unabhängigen albanischen Staates genötigt waren, sie anzuerkennen. Dadurch entzog sich das Hochland, sprich das halbe Königreich, jeglicher staatlicher Kontrolle.«

Dianas Blick wanderte zwischen den Lippen und den Augen ihres Gatten hin und her.

»Und diese ganze Geschichte ist unglaublich alt«, sprach er weiter. »Sie begann schon mit Konstandin, dem toten Bruder, der dem Grab entstieg, um ein neues Rechtssystem zu schaffen. Mit dem neuen Gesetz, dem Ehrenwort, fängt alles an.«

»Aber man muß doch heute anerkennen, daß das staatliche Recht fortschrittlicher ist als das Gewohnheitsrecht, oder nicht?« warf sie zögernd ein.

»Es ist neuer, muß man sagen, und natürlich moderner. Aber das bedeutet gar nichts. Wer weiß auf dieser Welt schon, was fortschrittlich ist und was veraltet? Manchmal findet man sich gerade deshalb ganz vorne wieder, weil man zu spät dran ist.«

»Ach, Besian, ich glaube, du willst dich lustig über mich machen«, sagte sie und kniff ihn in den Hals.

»Keineswegs«, erwiderte er. »Stell dir vor, ein Haufen von Menschen oder Generationen oder Staaten rennt hinter einem Idol oder einer Idee her, und du bleibst aus irgendeinem Grund zurück.«

»Du hältst es also für möglich oder vernünftig, die heutigen Gesetze durch altertümliche zu ersetzen?«

»Einige schon, ganz bestimmt! Leicht ist es natürlich nicht, aber auch nicht unmöglich. Die Gendarmen des Königs, zum Beispiel, kommen schon auch einmal hier herauf. Aber immer zu spät. Kurz gesagt, der Staat tut so, als sähe er nicht, was sich unter seiner Nase abspielt. Und du kannst mir glauben, der Staat weiß schon, was er tut. Es gibt Schwachköpfe unter den Menschen, aber verrückte Staaten gibt es nicht. Der Staat tut so, als merke er nicht, was sich hier abspielt, weil seine Rechtsmaschinerie bei der ersten Konfrontation mit dem alten Kanun zerplatzen würde.«

Er hatte sich richtig in Rage geredet. Sie kannte ihn inzwischen gut genug, um zu wissen, daß dieser Zustand wahrscheinlich mit Wunden zu tun hatte, die man ihm an gewissen Abenden im Café Kursaal zugefügt hatte, wo sich die Creme der Hauptstadt zu versammeln pflegte.

Diana versuchte das Thema zu wechseln, obwohl sie genau wußte, daß ihr dies nicht gelingen konnte, ehe er sich nicht wieder beruhigt hatte.

Sie behielt recht.

»In Tirana gibt es eine Menge Mißverständnisse, was den Kanun anbelangt«, sagte er mit künstlich beherrschter Stimme. »Das Mißverständnis fängt schon beim Begriff ›Kanun‹ selbst an. Viele halten ihn für orientalisch, also türkisch und folglich rückständig. Und wenn man ihnen erklärt, daß es sich nur um das alte lateinische Wort ›canon‹ handelt oder ›kanu‹, wie es bei den Albanern hieß, aus dem dann aus irgendwelchen Gründen ›Kanun‹ wurde, dann sperren sie die Augen auf. Und dann, weil sie sich nicht mehr als Türkenfresser gebärden können, schleppen sie alle möglichen anderen Gründe an, wie die kleinen Kinder. Wie alle großen Dinge steht der Kanun über Gut und Böse. Er steht über...«

Sie spürte, wie die Kränkung sie erröten ließ. Hatte sie ihn nicht erst vor einem Monat gefragt, ob der Kanun denn nun etwas Gutes oder etwas Schlechtes sei? Damals hatte er nur wortlos gelächelt. Und jetzt...

»Spötteleien sind nicht am Platze«, unterbrach sie ihn und rückte von ihm ab, so weit es ging, bis ans Ende der Sitzbank.

»Wie?«

Es dauerte einige Minuten, bis er endlich begriffen hatte. Mit lautem Lachen schwor er ihr, bei seinen Worten an nichts Böses gedacht zu haben, ja, sich an ihre Frage von damals nicht einmal mehr zu erinnern, und schließlich bat er sie tausendmal um Verzeihung.

Dieser kleine Zwischenfall in der Kutsche hatte etwas Befreiendes. Sie umarmten sich, streichelten einander das Haar; schließlich öffnete sie ihre Handtasche, nahm einen kleinen Spiegel heraus und stellte fest, daß die zarte Röte noch immer nicht von ihren Wangen gewichen war. Über diese vertrauten Gesten gerieten sie ins Plaudern, sprachen von zu Hause, von Bekannten und von Tirana, das sie, wie es ihnen plötzlich vorkam, schon vor einer halben Ewigkeit verlassen hatten. Auch als das Gespräch dann wieder auf den Kanun kam, war es nicht mehr federnd und kalt wie eine alte Degenklinge, sondern ziemlich gelöst. Vielleicht lag das daran, daß es nun um die Vorschriften für das alltägliche Leben ging. Kurz vor ihrer Verlobung hatte er ihr eine prächtige Ausgabe des Kanun geschenkt, doch hatte sie damals diese Abschnitte eher flüchtig überlesen, und an viele der Formeln, die er ihr jetzt vorsprach, konnte sie sich eigentlich nicht mehr erinnern.

Ab und zu kehrten sie wieder in die Straßen der Hauptstadt und zu gemeinsamen Bekannten zurück, doch eine Mühle am Horizont, eine Schafherde oder ein einsamer Wanderer waren genug, um ihn wieder auf die entsprechenden Bestimmungen des Kanun zu bringen.

»Der Kanun ist allumfassend«, meinte er einmal. »Es gibt keinen Bereich des wirtschaftlichen oder moralischen Lebens, den er nicht einschließt.«

Gegen Mittag begegneten sie einem Hochzeitsgeleit, und er erklärte ihr die Reihenfolge der Brautführer beim Gehen, die starrsten Regeln entsprach. Wurden diese verletzt, so war Unglück für die Ehe zu befürchten. Sieh dort, am Ende des Zuges, sagte er. Das ist der Erste Hochzeitsbegleiter, der Vater oder der jüngere Bruder der Braut, mit dem Pferd am Zügel.

»In Albanien nannte man den kleinen Bruder früher Jungbruder«, sprach er leise weiter. »Und die einzige Schwester hieß Alleinschwester. Leider verwendet man solche Worte heute nicht mehr.«

Diana hielt, ganz Staunen, das Gesicht gegen die Scheibe gepreßt und konnte sich nicht sattsehen an den Trachten der Frauen. Wie schön, o wie schön, dachte sie immer wieder, während er ihr, an sie geschmiegt, mit zärtlicher Stimme ins Ohr flüsterte, was im Kanun über die Brautführer zu lesen war: Der Hochzeitstag wird niemals verschoben. Das Hochzeitsgeleit bricht auf, und wüßte es, daß die Braut im Sterben liegt. Sie auf dem Boden schleifend, kriechend, wird es sie ins Haus des Bräutigams bringen. Ist die Straße versperrt von Schnee, Wasser und Stein, wir gehen auf ihr. Den Toten im Haus, bricht das Hochzeitsgeleit auf. Die Braut kommt ins Haus, der Tote verläßt es. Dort klagt man, hier singt man.

Als der Brautzug vorbei war, sprach er von der »Patrone der gesegneten Hand«, die der Bräutigam nach dem Brauch von der Familie der Braut erhielt, um sie gegen diese zu verwenden, falls sie ihn betrog. Und lachend und scherzend malten sie sich aus, was alles geschehen mochte, wenn einer von ihnen dem andern die eheliche Treue bräche, und strafend zupften und zwickten sie einander am Ohr und wünschten sich eine »gesegnete Hand«.

»Du bist kindisch«, sagte Besian, als der erste Spaß vorbei war. Sie hatte den Eindruck, daß es ihm nicht recht war, daß mit dem Kanun Scherz getrieben wurde, und daß er nur ihr zuliebe mitmachte.

Mit dem Kanun ist nicht zu spaßen, hatte sie einmal sagen hören, doch sogleich verdrängte sie den Satz wieder aus ihrem Bewußtsein. Mehrmals mußte sie hinausschauen, ehe ihr Übermut ein wenig abgeflaut war. Die Landschaft hatte sich verändert; der Himmel war weiter geworden, doch durch diese Weite drückte sein Zentrum noch schwerer herab. Ihr war, als habe sie einen Vogel entdeckt, und fast hätte sie »Ein Vogel!« gerufen, als sei an diesem Himmel ein Zeichen der Versöhnung und des Einvernehmens erschienen. Doch was sie sah, war nur ein weiteres Kreuz, ein wenig zur Seite gesunken in den Nebelmulden wie das andere. Dort im Nebel mußte das Franziskanerkloster sein und ein Stück weiter der Schwesternkonvent.

Mit einem leichten, gleichmäßigen Schwanken setzte die Kutsche ihre Fahrt fort. Ab und zu drang, in ein höhlengleiches Hallen gehüllt, seine Stimme in ihren Halbschlummer. Noch immer zitierte er Bestimmungen des Kanun, meist solche, die sich auf das tägliche Leben bezogen.

Besonders wichtig waren ihm die Regeln der Gastfreundschaft. In ihrem Halbschlaf war ihr, als bewegten sich die alten Paragraphen wie die rostigen Zahnräder einer Maschine kreischend vom alltäglichen friedlichen Teil des Kanun zum tödlichen Teil hin. Wie eine Unterhaltung über den Kanun auch immer verlaufen mochte, stets endete sie dort. Gerade berichtete er mit jener höhlenartig hallenden Stimme von einem Ereignis, das typisch war für den Kanun. Sie hielt die Augen immer noch geschlossen, um nicht aus dem Dämmerzustand herauszufallen, in dem allein, wie sie spürte, seine Stimme den Klang eines fernen Echos bewahrte. Diese Stimme berichtete von einem Wanderer, der in der Dämmerung allein über die Almen zog. Da eine alte Blutschuld noch nicht beglichen war, hatte er sich vor seinen Feinden vorzusehen. Nun aber, in der Dämmerstunde auf der großen Straße, befiel ihn plötzlich eine Beklemmung, eine düstere Vorahnung. Ringsum war alles öde und verlassen, keine Menschenseele weit und breit, kein Haus, in dem er als Gast einkehren konnte. Es gab nur eine Ziegenherde, und auch die war ohne Hirten. Um sich ein wenig Mut zu machen oder auch einfach nur, um sein Leben nicht ohne ein letztes Zeichen zu beenden, rief der Mann dreimal nach dem Hirten. Niemand antwortete. Nun sprach er den Leitbock mit der Glocke an: Glockenbock, wenn mir etwas zustößt, ehe ich über den Hügel dort bin, so sage deinem

Herrn, man habe seinen Gast geschädigt. Und als ob er es geahnt hätte: ein paar Schritte weiter schoß man ihn tot.

Diana öffnete die Augen.

»Und dann?« fragte sie. »Was geschah dann?«

Besian Vorpsi lächelte melancholisch.

»Ein anderer Hirte, der sich mit seiner Herde in der Nähe befand, hörte die letzten Worte des Opfers und überbrachte sie seinem Nachbarn. Dieser erhob sich sofort. Obwohl er den Getöteten überhaupt nicht kannte, ihn noch nie gesehen hatte und nicht einmal seinen Namen wußte, stand er auf, verließ seine Herde, seine Familie, ließ alles stehen und liegen, um das Blut des Unbekannten zu rächen, der als sein Gast und unter dem Schutz seines Ehrenworts geschädigt worden war. So geriet er in den Strudel der Blutrache.«

»Schrecklich«, sagte Diana. »Das ist doch absurd. Das ist fatal.«

»Gewiß«, meinte er. »Schrecklich und absurd und fatal wie alle großen Dinge.«

»Wie alle großen Dinge«, wiederholte sie und kauerte sich in ihrer Ecke zusammen. Es war kalt. Ihr Blick verlor sich im Einschnitt zwischen zwei Bergen, als suche er inmitten des sphinxartigen Graus eine Erklärung für dieses Rätsel.

»Weil der Gast für den Albaner ein Halbgott ist«, sagte Besian Vorpsi, als erahne er ihre unausgesprochene Frage.

Diana saß mit halbgeschlossenen Augen da, damit seine Worte nicht so nackt zu ihr kämen. Er senkte seine Stimme wieder, und schneller, als sie gedacht hatte, stellte sich das Hallen aufs neue ein.

»Ich habe einmal folgende Erklärung gehört«, fuhr er fort. »Während die meisten anderen Völker ihre Berge den Göttern überließen, standen unsere Hochländer, die nicht anders konnten, als im Gebirge ihr Dasein zu fristen, vor der Wahl, entweder die Götter von dort zu vertreiben oder sie sich selbst anzupassen, um mit ihnen zusammenleben zu können. Begreifst du, Diana? Daraus erklärt sich diese wie zu Homers Zeiten halb reale, halb phantastische Welt des Hochlands. Und daraus erklärt sich auch die Erschaffung von Halbgöttern, wie der Gast einer ist.«

Er schwieg einen Moment, das Ohr ohne rechten Grund dem Knirschen der Räder auf der Straße überlassend.

»Ja wirklich, der Gast ist ein Halbgott«, fuhr er nach einer Weile fort. »Und der Umstand, daß sich jeder normale Sterbliche unversehens auf dem erhabenen Thron des Gastes wiederfinden kann, schmälert seine Göttlichkeit keineswegs, sondern unterstreicht sie im Gegenteil noch. Daß er sie ganz plötzlich und zufällig erlangt, nur dadurch, daß er eines schönen Abends an irgendeine Tür klopft, macht sie nur noch wahrer. Kaum hat ein ganz gewöhnlicher Wanderer, Opanken an den Füßen und ein Bündel auf der Schulter, irgendwo angeklopft und sich der Gastfreundschaft anvertraut, verwandelt er sich in Sekundenbruchteilen in ein ganz besonderes Wesen, einen unantastbaren Souverän, einen Gesetzesmacher, in das Licht dieser Erde. Eben diese blitzartige Verwandlung ist eine Essenz göttlichen Seins. Haben sich nicht die Götter der alten Griechen den Menschen ganz unvermutet und in der überraschendsten Gestalt gezeigt? Genauso erscheint der Gast an der Tür des Albaners. Wie alle Götter ist er voller Rätsel, kommt er geradewegs aus dem Reich des Fatums oder der Fatalität, nenne man es, wie man will. Von seinem Klopfen hängt ab, ob ganze Generationen überleben oder vom Erdboden verschwinden. Das ist der Gast.«

»Das ist gräßlich«, sagte Diana.

Er tat, als habe er nicht gehört, lachte nur, ein kaltes Lachen jener Art, die nichts mit dem Inhalt eines Gesprächs zu tun hat.

»Wagt es also jemand, einen Gast anzurühren, der unter seinem Ehrenwort steht, so bedeutet das für den Albaner einen furchtbaren Schlag, fast den Weltuntergang.«

Sie sah aus dem Fenster, und kein Ort auf der Erde schien ihr geeigneter für den Weltuntergang als diese Berge.

Er berichtete davon, daß man sich hier in dieser Gegend niemand vorstellen konnte, der größere Gewissensqualen auszustehen hatte als einer, durch den ein Gast geschädigt worden war. Wegen des Vaters, des Bruders und der Vetternschaft kann verziehen werden, aber was dem Gast angetan wurde, wird nie verziehn. Die berühmte Aussage des Kanun »Das Haus gehört Gott und dem Gast« ließ sich nur daraus erklären.

»Vor einigen Jahren hat sich hier in der Gegend ein Vorfall ereignet, der jeden bestürzen müßte, nur einen Hochländer nicht«, sagte Besian Vorpsi und legte seine Hand auf Dianas Schulter. Sie kam ihr so schwer vor wie nie zuvor. »Ja, ein wirklich schauerliches Ereignis.«

Warum fängt er nicht an zu erzählen?, fragte sie sich, als er nach einiger Zeit immer noch nicht sprach. In Wahrheit war sie sich gar nicht sicher, ob sie überhaupt noch von einem schauerlichen Ereignis hören wollte.

»Ein Mord war geschehen«, begann er plötzlich. »Kein Hinterhalt, sondern mitten auf dem Markt.«

Aus den Augenwinkeln beobachtete Diana seine Lippen, die sich, Worte formend, bewegten. Besian schilderte, wie der Mord am hellichten Tag inmitten des Marktgetümmels begangen worden war. Die Brüder des Opfers, die sich gleichfalls dort aufhielten, hatten sich unverzüglich an die Verfolgung des Mörders gemacht. In den ersten Stunden nach der Bluttat durfte ja die Rache ohne weiteres vollzogen werden, weil noch niemand um das Ehrenwort eingekommen war. Der Täter hatte es also geschafft, sich der sofortigen Rache zu entziehen, aber die ganze Sippe des Getöteten war nun auf den Beinen, um ihn aufzuspüren. Als der Abend anbrach, klopfte der Blutnehmer, der aus einem anderen Dorf stammte und sich am Ort nicht gut auskannte, in seiner Angst vor Entdeckung an die erstbeste Tür und bat um das Ehrenwort. Der Hausherr öffnete die Tür und gewährte dem Unbekannten Zuflucht.

»Du kannst dir denken, bei wem er um Gastfreundschaft nachsuchte, oder nicht?« fragte Besian, die Lippen dicht an ihrem Nacken.

Diana wandte jäh den Kopf. Ihre Augen waren groß und starr.

»Es war das Haus des Opfers.«

»Ach«, stieß sie hervor. »Das habe ich mir gedacht. Und dann? Was geschah dann?«

Besian holte tief Luft. Keiner der Beteiligten, so berichtete er weiter, war zunächst auf die Wahrheit gekommen. Der Bluttäter bemerkte wohl, daß in dem Haus, das ihm Gastfreundschaft gewährte, gerade ein Unglück zu beklagen war, aber auf die Idee, daß er selbst der Urheber sein könnte, kam er nicht. Andererseits bewirtete der Hausherr, wie der Brauch es wollte, ungeachtet seiner Trauer über den Verlust des Sohnes seinen Gast, wohl wissend, daß dieser gerade jemand getötet hatte und deshalb verfolgt wurde, nicht jedoch, daß der Getötete sein eigener Sohn war.

»So saßen die beiden am Feuer, aßen und tranken Kaffee. Der Tote war nach dem Brauch in einem anderen Raum aufgebahrt.«

Diana öffnete den Mund, um etwas zu sagen, begriff jedoch, daß es einzig die Worte »absurd« und »fatal« hätten sein können, und schwieg deshalb.

»Spät am Abend kehrten die Brüder des Opfers müde und abgeschlagen von der Verfolgung in den Turm zurück«, fuhr Besian fort. »Kaum eingetreten, erkannten sie in dem Gast am Feuer den Mörder.« Besian sah ihr ins Gesicht, um die Wirkung seiner Worte zu erkunden.

»Erschrick nicht«, sagte er. »Es geschah gar nichts.«

»Wie das?!«

»Nein, nichts. Zuerst wollten die Brüder in ihrem Zorn zu den Waffen greifen, doch ein Satz des Alten genügte, um sie augenblicklich zur Besinnung zu bringen. Kannst du dir denken, welcher Satz das war?«

Sie schüttelte schmerzlich den Kopf.

»Er ist ein Gast, ihr dürft ihn nicht schädigen.«

»Und dann?« rief sie. »Was passierte dann?«

»Dann saßen sie mit dem Gastfeind zusammen, wie der Brauch es verlangte. Unterhielten sich. Bereiteten ihm ein Nachtlager, und am nächsten Morgen begleiteten sie ihn gesund und unversehrt zur Dorfgrenze.«

Diana legte zwei Finger zwischen die Brauen, als wolle sie dort etwas wegnehmen.

»Ja, das heißt Gast sein.«

Besian sprach diesen Satz in die Pause zwischen zwei Schweigen, wie man etwas, das ins Auge fallen soll, mitten auf eine leere Fläche stellt. Er rechnete damit, daß Diana wieder »Das ist schrecklich!« sagte, vielleicht auch etwas anderes, doch sie sagte gar nichts. Nur ihre Finger lagen weiter zwischen den Brauen an ihrer Stirn, als ob sie nicht finden könnte, was sie dort wegnehmen wollte.

Von draußen drangen gedämpft das Schnauben der Pferde und ein gelegentliches Pfeifen des Kutschers herein. Diana Vorpsi lauschte der Stimme ihres Mannes, die nun plötzlich wieder leise und schleppend war.

»Jetzt stellt sich natürlich die Frage«, sagte er, »warum sich die Albaner derart Erstaunliches geschaffen haben.«

Er sprach, den Kopf dicht an ihrer Schulter. Wahrscheinlich erwartete er, daß sie sich zu allen seinen Fragen und Standpunkten äußerte, doch duldete sein Redefluß keine Unterbrechung. Er fragte weiter (ob sich selbst, Diana oder jemand anderen, war nicht genau festzustellen), also er beschäftigte sich weiter mit der Frage, warum sich der Albaner die Gastfreundschaft erschaffen und sie allen anderen zwischenmenschlichen Beziehungen übergeordnet hatte, sogar den Banden des Blutes.

Dies alles, so meinte er, sei schwierig zu erklären. Womöglich lag es daran, daß ein einfacher Sterblicher sich so von einem Moment zum andern aus dem Alltag in schwindelerregende Höhen hinaufbewegen konnte. Und danach, so schien es, hatten die Menschen aus den Bergen manchmal ein Bedürfnis.

»Das Zepter des Gastes gilt hier soviel wie das Zepter des Herrschers«, fuhr er fort. »Nur bedarf es keines Messers oder Giftbechers, um an dieses Zepter zu kommen. Es reicht ein Anklopfen.«

Diana lachte und streichelte ihm den Nacken.

»Wie schön du Dinge erklären kannst, die dir am Herzen liegen«, sagte sie. Er küßte sie auf die Schläfe.

»Wenn man es so sieht, ist in seinem Leben voll Armut und Gefahr das Gastsein, und sei es auch nur für vierundzwanzig oder vier Stunden, eine Art Erholung, ein Vergessen, ein Waffenstillstand, eine Fristverlängerung und, wenn man so will, auch ein Hinübertreten aus der Alltäglichkeit in eine göttliche Umgebung.«

Er hielt erwartungsvoll inne, und weil sie spürte, daß sie nun etwas sagen mußte, lehnte sie den Kopf gegen seine Schulter. Das war leichter, als zu sprechen.

Der vertraute Duft ihres Haars ließ den Gang seiner Gedanken für einen Moment ins Stocken geraten. Mehr als alles andere, das sie verband, seine Wertschätzung für sie, Bücher, Photos, ihre gegenseitigen Liebesbeteuerungen, schenkte ihm dieses kastanienbraune Haar an seiner Schulter Glück. Blaß blitzte in seinem Gehirn der Gedanke auf, daß er doch ein glücklicher Mensch sei, und die geheimnisvolle Müdigkeit des Luxus, die vom Samt der Kutsche ausging, ergriff von ihm Besitz.

»Bist du müde, Diana?« fragte er.

»Ein bißchen, Besian.«

Er legte den Arm um ihre Schulter und drückte sie sanft

an sich, den leichten, angenehmen Duft in sich aufnehmend, den die Frischvermählte sparsam ausströmte wie etwas sehr Wertvolles.

»Bald sind wir da.«

Ohne den Arm von ihrer Schulter zu nehmen, neigte er sich zum Fenster, um hinauszusehen.

»Noch eine Stunde, vielleicht anderthalb, dann sind wir da«, wiederholte er.

Jenseits der Scheibe waren die zerklüfteten Felsenhöhen zu sehen, auf denen regenschwer der Märznachmittag lastete.

»Was ist das für eine Gegend?«

Er sah hinaus, zuckte dann aber nur wortlos mit den Schultern. Die Tage vor der Abreise fielen ihr ein (Tage, die ihr nun nicht mehr aus diesem, sondern aus einem anderen, sternenfernen März herausgeschnitten schienen), angefüllt mit Worten, Lachen, Scherzen, Ängsten, Eifersüchten ob ihres »nördlichen Abenteuers«, wie Adrian Guma, dem sie auf dem Postamt begegnet waren, es genannt hatte. Sie hatten eben ein Telegramm an ihren Freund im Norden aufgegeben. Ein Telegramm ins Hochland?, hatte Adrian ausgerufen. Genausogut könntet ihr versuchen, den Vögeln oder den Blitzen ein Telegramm zu schicken. Alle drei hatten gelacht, und scherzhaft hatte Adrian Guma weitergefragt: Habt ihr dort wirklich eine Adresse? Entschuldigung, aber ich kann's nicht glauben.

»Gleich sind wir da«, sagte Besian, das Gesicht am Fenster, bereits zum dritten Mal. Staunend fragte sie sich, wie er auf dieser Straße ohne Wegweiser und Kilometersteine überhaupt eine Annäherung feststellen konnte. Er seinerseits hielt es nicht für Zufall, daß nun, da sie sich gemeinsam mit der Dämmerung dem Turm näherten, in dem sie übernachten sollten, das Gespräch auf Gäste und Gastfreundschaft gekommen war.

»Bald wird man uns die Krone des Gastes auf das Haupt setzen«, sagte er flüsternd, die Lippen an ihrer rechten Wange. Sie wandte sich ihm zu. Obwohl ihr Atem rascher ging wie in den Augenblicken ihrer intimen Begegnungen, gelangte sie diesmal doch zu nichts anderem als zu einem Seufzer.

»Was hast du?« fragte er.

»Nichts«, antwortete sie still. »Nur ein wenig Angst.«

»Wirklich?« lachte er. »Warum denn das?«

»Ich weiß nicht.«

Er schüttelte mehrmals den Kopf, als sei das Lachen eine Streichholzflamme vor seinem Gesicht, die es auszulöschen galt.

»Also, ich muß schon sagen, Diana. Wir sind hier zwar in der Zone des Todes, aber, glaub mir, noch nie in deinem Leben warst du so sicher vor Schaden, ja selbst vor der kleinsten Kränkung. Kein königliches Paar, das je ergebenere, opferbereitere Wächter hatte als wir heute nacht. Gibt dir das kein Gefühl der Sicherheit?«

»Das habe ich nicht gemeint.« Diana bewegte sich auf der Bank. »Das ist eine andere Angst, ich weiß nicht, wie ich es ausdrücken soll. Du hast doch gerade eben von Göttern, von Fatum und Fatalität gesprochen. Das ist schon schön, aber eben auch ein bißchen furchteinflößend. Schließlich möchte ich niemand zum Verhängnis werden.«

»Oho«, rief er fröhlich. »Wie jeden Herrscher lockt und

schreckt dich die Krone. Aber das verstehe ich, schließlich gehört das Gift zur Krone wie der Glanz.«

»Bitte, Besian«, sagte sie sanft. »Spotte nicht!«

»Ich spotte nicht«, sagte er mit der gleichen heiteren Nonchalance. »Ich empfinde ebenso wie du. Gast, Ehrenwort, Blut – das sind Triebräder der antiken Tragödie. In dieses Räderwerk einzudringen, das heißt schon, das Risiko einer Tragödie einzugehen. Aber wir sollten uns trotzdem nicht fürchten, Diana. Morgen früh werden wir die Krone wieder ablegen und uns dann bis zum Abend von ihrer Last erholen.«

Im Nacken spürte er ihre liebkosenden Finger, und er lehnte den Kopf an ihr Haar. Wie werden wir dort schlafen?, fragte sie sich insgeheim. Zusammen oder getrennt? Laut aber fragte sie:

»Ist es noch weit?«

Besian öffnete die Wagentür ein wenig, um den Kutscher, dessen Existenz sie fast vergessen hatten, zu befragen. Mit der Antwort kam auch ein Schwall kalter Luft in den Wagen.

»Es ist nicht mehr weit«, teilte Besian mit.

»Brrr, wie kalt!« rief sie.

Draußen machte der nicht enden wollende Nachmittag endlich erste Anstalten, sich zu verabschieden. Das Schnauben der Pferde war jetzt deutlicher zu hören, und Diana stellte sich vor, wie sie die Kutsche mit schäumenden Nüstern dem Turm entgegenzogen, in dem sie mit Besian die Nacht verbringen würde.

Gerade setzte die Dämmerung ein, als der Wagen hielt. Sie stiegen aus. Nach dem unablässigen Rütteln war die

Welt nun schweigsam und starr. Der Kutscher wies auf eines der Gebäude jenseits der Straße, doch sie konnten sich nicht recht vorstellen, wie sie mit ihren steifgewordenen Beinen dort hinübergelangen sollten.

Eine Weile lang machten sie sich noch am Wagen zu schaffen, kletterten hinein und mit Reisetaschen beladen wieder heraus, um sich dann endlich auf den Weg zum Turm zu machen. Es war eine merkwürdige Prozession: vorneweg, Arm in Arm, die beiden, dann der mit ledernen Taschen bepackte Kutscher.

Dann löste sich Besian von seiner Frau und ging mit Schritten, die ihr zögernd schienen, auf das steinerne Bauwerk zu. Die schmale Tür war geschlossen, die Fensterluken leblos, und blitzartig schoß ihr die Frage durch den Kopf: Ob sie unser Telegramm auch erhalten haben?

Mittlerweile stand Besian vor dem Turm. Er legte den Kopf in den Nacken und rief: »O Hausherr, nehmt ihr Gäste auf?!« Unter anderen Umständen hätte Diana beim Anblick ihres Ehemanns in der Rolle des Gastrecht erheischenden Hochländers lauthals losgelacht, doch jetzt fühlte sie sich befangen. Vielleicht war es der Schatten des Turmes (Stein wirft einen schweren Schatten, sagten die Greise), der auf ihr Gemüt drückte.

Noch einmal hob Besian Vorpsi den Kopf, und zu Füßen der tausend Jahre alten kalten Mauer, die anzurufen er sich anschickte, wirkte er auf einmal klein und schutzlos.

Mitternacht war lange vorüber, doch Diana konnte nicht einschlafen. Ruhelos wälzte sie sich unter den beiden Wolldecken, abwechselnd frierend und schwitzend. Man hatte ihr im ersten Stock des Turmes bei den jungen Frauen und Mädchen direkt auf den Fußbodendielen ein Lager bereitet. Besian übernachtete oben im zweiten Stock, im Gastraum. Bestimmt konnte er ebenfalls nicht einschlafen.

Unten, unter dem Fußboden, war das Muhen eines Ochsen zu hören. Diana war zuerst erschrocken, doch eine der jungen Frauen neben ihr hatte geflüstert: Keine Angst, das ist nur Kazili. Im Zoologieunterricht hatte sie gelernt, daß Kühe die Nahrung des Tages nächtens wiederkäuen, und war beruhigt. Doch das half ihr auch nicht beim Einschlafen.

Ungeordnet und wenig beständig flogen Gedankensplitter durch ihren Kopf, Fetzen von Gesprächen, denen sie irgendwann oder auch erst vor ein paar Stunden gelauscht hatte. Da sie in diesem dahinströmenden Durcheinander die Ursache ihrer Schlaflosigkeit zu entdecken glaubte, bemühte sie sich, wenigstens eine gewisse Ordnung hineinzubringen. Doch das war ziemlich schwierig. Kaum war es ihr gelungen, den Wildbach des einen Gedankens zu bändigen, schäumte ein anderer auf und trat aus seinem Bett. Eine Weile lang versuchte sie auszurechnen, wie viele Tage sie im Hochland verbringen, in wie vielen Türmen sie übernachten würden. Einige davon waren ihr ganz unbekannt, so der Turm von Orosh, wo sie die folgende Nacht als Gäste des geheimnisvollen Gebieters des nördlichen Hochlands verbringen sollten. Diana versuchte sich das alles vorzustellen, doch es geriet immer wieder durcheinander. Besian hatte sie oben im Empfangsraum sehr liebevoll behandelt, hatte ihr alles erklärt, wenn auch nicht, ohne zuvor die Erlaubnis des Gastgebers eingeholt zu haben. Denn im Männerraum, in dem Gäste empfangen wurden, war es keinesfalls erlaubt, zu flüstern oder jemand etwas ins Ohr zu sagen. Dort, so hatte ihr Besian erklärt, fielen nur »Männerworte«. Geschwätz war unerwünscht, hohle Phrasen oder unausgegorene Ansichten gab es nicht. Jede Äußerung wurde beifällig mit einem »Recht hast du!« oder »Gut gesagt!« aufgenommen. Hör dir einmal an, wie sie reden, hatte Besian ihr zugeflüstert. Und sie hatte zugehört und seine Aussage bestätigt gefunden. Da das Haus des Albaners eine Festung im ureigensten Sinn des Wortes ist, führte er aus, und da der innere Aufbau der Familie nach dem Kanun an staatliche Strukturen im kleinen erinnert, ist nur logisch, daß auch die Sprache des Albaners staatsmännisch ist. Beim Abendessen war Besian dann wieder auf sein Lieblingsthema gekommen, Gast und Gastfreundschaft. Er erläuterte, das Phänomen Gast habe wie jede andere bedeutende Erscheinung neben seiner subtilen auch eine groteske Seite. Heute und hier besitzen wir die Allgewalt von Göttern, sagte er. Wir können tun, was wir wollen, auch den größten Unsinn. Selbst wenn wir jemand umbrächten, für alles würde der Hausherr die Schuld auf sich nehmen, denn er hat sein Brot mit uns geteilt (Das Brot sühnt den Schaden). Doch sogar für uns, die Götter, gibt es eine Grenze. Und welche? Alles dürfen wir tun, bis hin zum Mord, nur eines nicht: den Kessel über dem Feuer verrücken. Diana konnte das Lachen kaum unterdrücken. Das ist doch komisch, murmelte sie, unglaublich komisch. Ja sicher, antwortete er. Aber es ist wahr. Würde ich mir heute abend erlauben, den Kessel an der Feuerstelle zu berühren, so würde der Hausherr auf der Stelle aufstehen, ans Fenster treten und mit schrecklichen

Rufen das Dorf davon unterrichten, daß sein Tisch vom Gast geschändet worden sei. Und aus einem Freund und Gast wäre im selben Moment ein Todfeind geworden. Aber warum, fragte Diana, warum denn? Besian zuckte mit den Schultern. Ich weiß nicht, antwortete er, ich weiß nicht, wie ich es ausdrücken soll. Vielleicht will es die Dialektik der Dinge, daß den großartigsten Erscheinungen ein Makel anhaftet, nicht, um sie abzuwerten, sondern um sie näher an die Wirklichkeit heranzubringen. Während Besian sprach, blickte sie sich verstohlen um, und ein paar Mal war sie nahe daran zu sagen: Das ist bestimmt alles ganz großartig, aber ein bißchen mehr Sauberkeit könnte auch nicht schaden. Schließlich bedurfte es einer *salle de bain* als wesentlicher Voraussetzung, um ein weibliches Wesen mit einer Prinzessin oder einer Bergfee vergleichen zu können, oder nicht? Diana hatte sich jedoch zurückgehalten, nicht aus Mangel an Mut, sondern weil sie Besians Phantasie keinen Dämpfer versetzen wollte. Eigentlich behielt sie ihre Gedanken nur selten für sich, sprach offen aus, was sie dachte, und das wußte er. Deshalb nahm er es auch nicht übel, wenn sie einmal etwas Kränkendes sagte, denn das war immerhin auch ein Unterpfand für ihre Aufrichtigkeit.

Ungefähr zum hundertsten Mal wälzte sich Diana auf die andere Seite. Das Durcheinander der Gedanken in ihrem Kopf hatte sich also nicht erst mit dem Schlafengehen eingestellt, sondern schon vorher, im Empfangszimmer. Zwar hatte sie sich bemüht, aufmerksam zuzuhören, doch ihre Gedanken waren bald wie ein Vogel von Zweig zu Zweig geflattert. Nun, wiederkäuend (sie mußte noch einmal lächeln), fühlte sie, wie der Schlaf sich manchmal zaudernd näherte, doch dann wurde er durch ein Dielenknarren oder einen Flohbiß jählings wieder vertrieben. Einmal stöhnte sie: »Warum hat er mich nur hierhergebracht?« und wunderte sich sofort über diesen Stoßseufzer, denn sie war noch wach genug, um ihre eigene Stimme zu hören, auch wenn sie die Worte nicht verstand. Jetzt tat sich der Schlaf in Gestalt einer morgendlichen Einöde vor ihr auf, mit vielen Tellern darin, die keinesfalls mit einem Bissen ausgewischt werden wollten, doch sie tat das Verbotene, griff danach, was allenthalben ein jämmerliches Klappern zur Folge hatte.

Das ist wirklich eine Tortur, dachte sie und öffnete die Augen. Von der finsteren Wand gegenüber hob sich schwach ein erleuchtetes Viereck ab. Lange starrte sie wie gebannt auf das aschgraue Fleckchen. Wo mochte das Viereck herkommen, und weshalb war es ihr nicht schon früher aufgefallen? Offensichtlich begann es draußen zu dämmern. Diana konnte den Blick nicht von dem schmalen Fenster abwenden. Inmitten der drückenden Finsternis des Zimmers kam dieser Flicken eines noch fahlen Morgens einer erlösenden Botschaft gleich. Diana spürte, wie ihr Alpdruck unter seinem beruhigenden Einfluß rasch verflog. Dieses graue Viereck vertrat viele Morgen, sonst wäre es dem Schrecken der Nacht nicht so kühl, gelassen und voller Geringschätzung entgegengetreten. Seinem Eingreifen war es zu verdanken, daß Diana nun ganz schnell einschlummerte.

Wieder war die Kutsche auf einer Bergstraße unterwegs. Ein grauer Tag mit einem stumpfen Horizont, der sich hoch oben im Gebirge schloß. Vor kurzem waren ihre Begleiter umgekehrt, und beide waren nun wieder allein auf den Samtsitzen, Spuren nächtlicher Schlaflosigkeit im Gesicht, der Krone des Gastes entkleidet.

»Wie war die Nacht?« fragte er. »Konntest du schlafen?«

»Ein bißchen, gegen Morgen.«

»Ich habe auch fast gar nicht geschlafen.«

»Das dachte ich mir.«

Besian nahm ihre Hand. Zum ersten Mal seit ihrer Heirat hatten sie eine Nacht getrennt verbracht. Aus den Augenwinkeln betrachtete er eine Weile ihr Profil. Diana war blaß. Er wollte sie in die Arme schließen, getraute sich aber nicht.

»Ich hatte gestern abend solche Sehnsucht nach dir«, flüsterte er ihr ins Ohr. »Aber...«

Er überschüttete sie mit zärtlichen, auch ein wenig unanständigen Worten, bei denen sie sich auf die Lippen biß, den Blick stets abgewandt, hin- und hergerissen zwischen dem Wunsch, er möge endlich schweigen, und der Verlokkung, noch mehr davon zu hören.

Beim Reden musterte sie Besian verstohlen. Mehr als blaß war ihr Gesicht, fast kalt kam es ihm vor. Schwer lag ihre Hand in der seinen. Heimlich fragte er sich: »Was hat sie nur?«, doch über seine Lippen kam die Frage nicht. Tief, sehr tief in seinem Innern schlug schwach eine Alarmglocke an.

Vielleicht wäre es doch übertrieben gewesen, es Kälte zu nennen. Mehr als das war es Abkehr, das erste Stadium einer Entfremdung, falls man dieses Wort verwenden durfte.

Die Kutsche schwankte rhythmisch, und er überlegte, ob es doch vielleicht nichts von beidem sei. Ganz sicher, sagte er sich, nichts davon. Es war viel einfacher. Schlicht eine Dosis Abstand oder Versternung, wenn man es so nennen konnte, wie sie bei jedem Menschen einmal festzustellen und am Ende eines der Geheimnisse seines Rückzugs ist. Also Dianas Dosis an Himmelwerdung war an diesem Morgen ein wenig größer als üblich und bedrückte ihn, weil er sich daran gewöhnt hatte, daß sie immer nah und durchschaubar war.

Der aschfarbene Schimmer des Tages fand sich nur sparsam im Innern des Wagens ein, und obendrein verschluckten auch noch die Samtbezüge einen Teil davon, so daß er noch lichtloser wurde. Besian Vorpsi glaubte vom Verlust in seiner frühen Phase zu kosten, in der noch nicht sicher zu entscheiden war, ob er nun bitter oder eher süß schmeckte. Denn er nahm für sich in Anspruch, so fein zu empfinden, daß er dem Verlust schon begegnete, wo andere noch den Sieg erlebten.

Er lächelte vor sich hin und erkannte daran, daß er durchaus nicht unglücklich war. Sie hatte wahrscheinlich diese Ferne bei ihm schon immer gespürt, so daß nun nichts dagegen einzuwenden war, wenn auch sie ein wenig Abstand bezog. So erschien sie ihm eher noch begehrenswerter.

Besians Anspannung entlud sich in einem tiefen Seufzer. Es würde in ihrem Leben noch öfter passieren, daß sie einander vorübergehend Rätsel aufgaben, und doch würde nach einer Weile mit Sicherheit der ursprüngliche Zustand wiederhergestellt sein.

O Gott, lachte er in sich hinein, da ist eine verlorene Stellung zurückzuerobern! Das unterdrückte Lachen schüttelte ihn innerlich, ohne irgendwo die Oberfläche seiner Haut zu erreichen. Und zum vierten Mal musterte er verstohlen das Gesicht seiner Frau, in der Hoffnung, dort eine Widerlegung seiner albernen Befürchtungen zu entdecken. Doch in Diana Vorpsis ebenmäßigen Zügen war nichts zu lesen.

Sie fuhren bereits einige Stunden, als der Wagen plötzlich hielt. Noch bevor sie fragen konnten, sahen sie den Kutscher absteigen und auf Besians Seite an das Fenster treten. Dann öffnete er die Tür, um mitzuteilen, daß dies ein günstiger Ort sei, das Mittagessen einzunehmen.

Nun erst bemerkten sie das schiefgiebelige Bauwerk, vor dem sie gehalten hatten. Ein Gasthof vermutlich.

»Wir brauchen noch vier oder fünf Stunden bis zum Turm von Orosh«, erfuhr Besian vom Kutscher, »und wir werden wohl nirgends sonst ein Mittagessen bekommen. Außerdem müssen die Pferde ein wenig ausruhen.«

Wortlos stieg Besian aus dem Wagen und reichte seiner Frau helfend die Hand. Diana hüpfte herab. Ohne den Arm des Gatten loszulassen, sah sie zum Gasthaus hinüber. Ein paar Leute waren herausgekommen und musterten die Ankömmlinge neugierig. Ein anderer, er war als letzter aus der Tür der Herberge getreten, kam humpelnd näher, gefolgt von einem stummelschwänzigen Hund.

»Die Herrschaften befehlen?« sagte er.

Das war ganz offensichtlich der Wirt. Ob das Gasthaus für sie etwas zu essen und für die Pferde Futter habe, erkundigte sich der Kutscher.

»Aber gewiß! Bitte, treten Sie ein«, antwortete der Herr

der Herberge. Seine Hand zeigte auf die Tür, seine Augen dagegen auf ein Stück Mauer, wo es weder eine Pforte noch einen anderen Einlaß gab. »Bitte sehr, die Herrschaften, und herzlich willkommen.«

Diana schaute verblüfft, doch Besian flüsterte ihr zu: Er schielt!

Die Reisenden gingen zur Tür, den Wirt einmal zur Rechten, dann wieder zur Linken. Die Bewegungen seiner krummen Glieder drückten eifriges Bemühen um die Gäste, jedoch auch eine gewisse Unruhe aus.

»Es gibt ein Nebenzimmer«, erklärte er. »Der Tisch dort ist wohl besetzt, doch ich habe noch einen anderen für Sie. Seit drei Tagen ist Ali Binaku mit seinen Gehilfen unser Gast«, setzte er stolz hinzu. »Wie meinen Sie? Also, das ist Ali Binaku in eigener Person! Kennen Sie ihn nicht?«

Besian zuckte mit den Schultern.

»Kommen Sie aus Shkodra? Nein? Aus Tirana! Ach, gewiß doch, mit dieser Kutsche. Bleiben Sie über Nacht?«

»Nein, wir sind unterwegs zum Turm von Orosh.«

»Ah ja, das habe ich mir gedacht. Seit zwei Jahren habe ich keine solche Kutsche mehr zu Gesicht bekommen. Sind Sie Verwandte des Prinzen?«

»Nein, aber er hat uns eingeladen.«

Sie gingen durch den großen Schankraum zum Nebenzimmer, und Diana spürte, wie die Blicke der Einheimischen an ihr hingen. Einige von ihnen aßen an einem langen, schmutzigen Eichentisch zu Mittag, andere hockten auf schwarzen Filzbeuteln in einer Ecke. Ein paar, die direkt auf dem Boden saßen, rückten ein wenig zur Seite, um die kleine Gruppe vorbeizulassen.

»Seit drei Tagen haben wir Hochbetrieb hier im Gasthaus. In der Nähe gibt es ein Grenzproblem.«

»Ein Grenzproblem?«

»Bitte einzutreten«, sagte der Wirt und stieß mit der Hand eine halbzerborstene Tür auf. »Deshalb ist auch Ali Binaku mit seinen Gehilfen da.«

Die letzten Worte kamen leise, gerade als die Ankömmlinge über die Schwelle des Nebenzimmers traten.

»Da sind sie«, flüsterte der Wirt, mit dem Kopf auf eine leere Ecke weisend. Die beiden, die sich inzwischen an sein Schielen gewöhnt hatten, sahen daraufhin in die andere Richtung, wo an einem ebenfalls eichenen, jedoch etwas kleineren und etwas weniger schmutzigen Tisch als in der Gaststube drei Männer ihr Mittagessen einnahmen.

»Gleich bringe ich Ihnen den Tisch«, sagte der Wirt und verschwand. Zwei der Essenden sahen zu den neuen Gästen herüber, während der dritte mit seiner Mahlzeit fortfuhr, ohne auch nur einmal aufzublicken. Draußen war Gepolter zu hören, unterbrochen von kurzen Schlägen, die näher kamen, und schließlich erschienen in der Zimmertür zuerst zwei Tischbeine, dann ein Stück vom Leib des Wirts und am Ende, verbogen und ineinander verhakt, inmitten von Flüchen und Verwünschungen des letzteren, der ganze Tisch und der ganze Wirt. Er stellte den Tisch ab und ging wieder, um ein paar Holzschemel zu holen.

»Setzen Sie sich, mein Herr«, sagte er, die Schemel an den Tisch rückend. »Setzen Sie sich, meine Dame. Was wollen Sie essen?«

Was es wohl gebe, erkundigte sich Besian, und Diana meinte, ihr genügten zwei gebratene Eier und etwas Käse.

Der Wirt sagte unablässig »Wie Sie wünschen!« und stolperte eine Zeitlang durch den engen Raum, um die neuen Gäste zu bedienen, ohne die alten darüber zu vernachlässigen. Wie er so zwischen den beiden Gruppen erlauchter Gäste umherirrte, ohne recht zu wissen, welches nun die wichtigere war, drückte sein ganzes Sein nichts anderes als ein einziges großes Bemühen aus. Die Ungewißheit bog ihn noch krummer, als er sowieso schon war, und manchmal schien ein Teil seiner Glieder der einen Gruppe zuzustreben, während der andere Teil die zweite Gruppe ansteuerte.

»Für was die uns wohl halten mögen?« fragte Diana.

Ohne den Kopf zu heben, musterte Besian von unten herauf die drei essenden Männer. Der Wirt beugte sich über ihren Tisch, um mit einem Lappen etwas wegzuwischen, und man sah sofort, daß er über die Neuankömmlinge aus Tirana Bericht erstattete. Der kleinste der drei Männer tat so, als höre er nicht zu, oder er hörte wirklich nicht zu. Der zweite blickte zerstreut aus farblosen Augen, die in sein träges, gleichgültiges Gesicht paßten. Der dritte im karierten Jackett starrte unentwegt Diana an. Er hatte getrunken, das war nicht zu übersehen.

»Wo streitet man denn über Grenzen?« fragte Besian, als der Wirt Dianas gebratene Eier brachte.

»An der Wolfssteige«, antwortete dieser. »Eine halbe Stunde von hier, in dieser Richtung. Falls die Herrschaften hinwollen, mit der Kutsche geht es schneller.«

»Sollen wir, Diana?« fragte Besian. »Das muß etwas Außergewöhnliches sein.«

»Wie du willst«, antwortete sie.

»Ist der Grenzstreit alt?« fragte Besian den Wirt. »Gab es Tote?«

Der Wirt seufzte tief.

»Gewiß doch, mein Herr. Dieser Fetzen Land will nur Tod. Jeden Meter eine Murana, solange man denken kann.«

»Da müssen wir unbedingt hin«, sagte Besian.

»Wie du willst«, wiederholte seine Frau.

»Schon dreimal war Ali Binaku da, und trotzdem nehmen Streit und Blutvergießen kein Ende«, fuhr der Wirt fort.

Der kleine Mann am Nebentisch stand auf. Die beiden anderen schlossen sich ihm an, und Besian begriff: das also war Ali Binaku.

Der nickte grüßend, ohne jemand anzublicken, und ging hinaus, gefolgt von den beiden andern. Am Schluß ging der Mann im karierten Jackett. Noch einmal verschlang er Diana mit einem Blick aus alkoholisch geröteten Augen.

»Was für ein widerlicher Kerl«, stieß Diana hervor.

Besian machte eine vage Handbewegung.

»Man sollte es ihm vielleicht nicht übelnehmen«, meinte er. »Wer weiß, wie lange er schon im Gebirge herumreist, ohne Frau, ohne Ablenkung. Seiner Kleidung nach zu schließen, kommt er aus der Stadt.«

»Deswegen könnte er seine schmutzigen Blicke trotzdem irgendwo anders hinwerfen«, antwortete Diana und stocherte mit der Gabel auf ihrem Teller herum, auf dem eines der Eier noch unberührt war.

Besian rief nach dem Wirt, um zu bezahlen.

»Wenn der Herr und die Dame zur Wolfssteige wollen: Ali Binaku mit seinen Gehilfen ist gerade dorthin aufgebrochen. Sie können mit dem Wagen ihren Pferden folgen. Andernfalls, wenn Sie einen Begleiter wünschen...«

»Wir fahren ihren Pferden nach«, sagte Besian.

Sie gingen hinaus. Der Kutscher trank im Schankraum Kaffee. Er stand sogleich auf und folgte ihnen. Besian blickte auf die Uhr.

»Wir haben doch bestimmt zwei Stunden Zeit, um bei der Klärung eines Grenzproblems dabeizusein, oder nicht?«

Der Kutscher wiegte zweifelnd den Kopf hin und her.

»Ich weiß nicht recht, mein Herr. Bis nach Orosh ist es noch weit. Aber wenn Sie möchten...«

»Es reicht, wenn wir heute abend den Turm von Orosh erreichen«, fuhr Besian fort. »Jetzt ist es kaum Mittag, also haben wir noch genügend Zeit. Eine so seltene Gelegenheit sollte man nicht auslassen«, wandte er sich an Diana.

Sie hatte den Fuchspelzkragen ihres Mantels hochgeschlagen und stand, auf eine Entscheidung wartend, da.

Ihre Kutsche hatte Ali Binakus kleine Schar zu Pferde bald eingeholt. Eine Weile lang fuhren sie neben ihr her. Die ganze Zeit über saß Diana tief in den Sitz gekauert, um den aufdringlichen Blicken des Mannes in der karierten Jacke zu entfliehen, dessen Pferd abwechselnd links und rechts von der Kutsche auftauchte.

Bis zur Wolfssteige war es weiter, als der Wirt behauptet hatte. Schon von fern sahen sie eine kahle Hochfläche, auf der Menschen wie kleine schwarze Kleckse umherwimmelten. Beim Näherkommen versuchte sich Besian Vorpsi ins Gedächtnis zu rufen, was der Kanun über Grenzen aussagte. Diana lauschte still. Totengebein im Grab und Grenzsteine rührt man nicht an, hieß es dort. Geschieht ein

Mord als Folge des Grenzverrückens, wird der Täter durch das Dorf hingerichtet.

»Wir werden doch hoffentlich nicht erleben müssen, wie jemand erschossen wird?« sagte Diana beklommen. »Das hätte gerade noch gefehlt.«

Besian lächelte.

»Hab keine Angst. Man will sich wohl friedlich einigen, sonst hätte man nicht diesen, wie heißt er noch, Ali Binaku gerufen.«

»Er scheint ein einflußreicher Mann zu sein«, sagte Diana. »Aber ich begreife nicht, daß er sich einen solchen Gehilfen hält. Ich meine den mit der Clownsjacke.«

Besian starrte ungeduldig nach vorne zum Plateau.

»Das Setzen der Grenzsteine ist ein monumentaler Akt«, sagte er, den Blick noch immer in die Ferne gerichtet. »Ich weiß nicht, ob wir das Glück haben, heute dabeisein zu dürfen. Sieh dort, eine Murana.«

»Wo?«

»Dort drüben, hinter dem Busch. Rechts...«

»Ah, ja«, rief Diana.

»Da, noch eine.«

»Ja, ich sehe sie. Und dort hinten noch eine dritte.«

»Das sind die Totenmale, von denen der Wirt erzählt hat. Sie dienen als natürliche Grenze zwischen Feldern und Grundbesitz.«

»Da, noch eine«, sagte Diana.

»Der Kanun kennt eine klare Regelung«, fuhr Besian fort: »Wird einer erschlagen, während man die Grenze erst festsetzt, so bleibt die Grenze dort, wo der Steinhaufen getürmt ist.«

Diana blickte verstohlen nach draußen. Am Straßenrand lief ein streunender Hund schon eine Weile neben der Kutsche her.

»Bezeichnet solch ein Steinhaufen die Grenze, so dürfte kein Mann je wagen, ihn wegzurücken«, sprach Besian weiter. »Denn das Land ist, wie es im Kanun heißt, mit Blut und Totenschädel gewonnen.«

»So viele Gründe für das Sterben!« sagte Diana. Sie sprach gegen die Scheibe, die sogleich beschlug, als gelte es, einen Vorhang vor den Anblick draußen zu legen.

Die drei Reiter vor ihnen machten halt und stiegen ab. Ein Stück davon entfernt hielt die Kutsche. Schon beim Aussteigen spürten Diana und Besian, wie sich aller Aufmerksamkeit auf sie richtete. Ringsum waren Männer, Frauen und viele Kinder.

»Siehst du die Kinder?« fragte Besian. »Die Festlegung der Grenzen ist das einzige wichtige Ereignis im Leben des Hochländers, zu dem auch die Kinder gerufen werden. Man will, daß die Grenzen in Erinnerung bleiben.«

Sie unterhielten sich noch eine Weile, schien dies doch die beste Art, sich gegen die Neugier der Hochländer zu wehren. Aus dem Augenwinkel betrachtete Diana die jungen Frauen, deren schwarze Filzröcke bei jeder Bewegung auf und nieder tanzten. Alle hatten die Haare schwarz gefärbt und auf die gleiche Art geschnitten: eine Locke über der Stirn und seitlich glatt herabfallend wie der Bühnenvorhang eines Theaters. Aus einigem Abstand beobachteten sie die Ankömmlinge aus der Hauptstadt, vor allem die Frau, ohne ihre Neugierde zu verbergen.

»Frierst du?« fragte Besian seine Frau.

»Ein bißchen.«

Es war tatsächlich kalt auf dem Plateau, und die Bläue der Alpen ringsum ließ es in seiner Grauheit noch eisiger wirken.

»Wie gut, daß es nicht regnet«, meinte Besian.

»Regnet?!« wunderte sie sich. Einen Moment lang kam ihr Regen wie etwas unvorstellbar Armseliges gegenüber dem winterlichen Luxus dieser Bergwelt vor.

In der Mitte des Plateaus unterhielten sich Ali Binaku und seine Gehilfen mit einer Gruppe von Männern.

»Gehen wir hin«, sagte Besian. »Vielleicht bekommen wir etwas mit.«

Als sie langsam zwischen den verstreut dastehenden Menschen hindurchgingen, fingen sie bruchstückhaft Getuschel auf, ein kaum verständliches Zischeln im Dialekt des Hochlands, von dem sie nur wenig verstanden. Nur die Worte »Prinzessin« und »Königsschwester« schnappten sie auf, und zum ersten Mal an diesem Morgen mußte Diana lachen.

»Hast du gehört?« fragte sie Besian. »Sie halten mich für eine Prinzessin.«

Erfreut, daß sie wieder etwas auflebte, drückte er ihren Arm.

»Ist deine Müdigkeit ein wenig verflogen?«

»Ja«, sagte sie. »Hier ist es schön.«

Inzwischen hatten sie Ali Binakus Gruppe fast erreicht. Umgeben von Hochländern, die beide Gruppen von Neuankömmlingen einander entgegenzuschieben schienen, machte man sich kurzerhand miteinander bekannt. Besian sagte, wer er war und woher er kam, und das gleiche tat

Ali Binaku, sehr zum Erstaunen der Hochländer, die wohl meinten, er sei auf dem ganzen Erdball so berühmt, daß es sich für ihn erübrige, über sich und sein Tun Auskunft zu geben. Während sie miteinander sprachen, schloß sich der Kreis der Leute um sie herum noch enger, wobei man nicht aufhörte, sie alle, vor allem aber Diana anzustarren.

»Der Wirt hat uns erzählt, hier auf diesem Plateau habe es oft Grenzstreitigkeiten gegeben«, sagte Besian.

»Ja«, antwortete Ali Binaku. Er sprach leise, fast monoton, ohne jede Gefühlsregung (wahrscheinlich eine Folge seines Berufs als Kanunausleger). »Ich nehme an, Sie haben die Totenmale an der Straße gesehen.«

Besian und Diana nickten.

»So viele Tote, und das Problem noch immer nicht gelöst?« sagte Diana.

Ali Binaku sah sie ruhig an. Verglichen mit dem neugierigen Starren der Menge ringsum, vor allem aber den glühenden Blicken des Karierten, der sich als Geometer vorgestellt hatte, wirkten Ali Binakus Augen für Diana wie die Augen einer klassischen Statue.

»Diese Grenze hier ist durch Blut gewonnen, um sie gibt es keinen Streit mehr«, sagte Ali Binaku. »Sie ist auf ewig ins Antlitz der Erde eingegraben. Es ist der andere Teil, um den gestritten wird«, fuhr er fort, auf die andere Seite des Plateaus hinüberweisend.

»Der unblutige Teil?« sagte Diana.

»Richtig, meine Dame. Schon seit vielen Jahren will der Streit zwischen beiden Dörfern um diese Weide nicht aufhören.«

»Es bedarf also der Präsenz des Todes, um eine Grenze

dauerhaft zu machen?« unterbrach ihn Diana. Sie wunderte sich selbst über diese Kühnheit, vor allem aber über ihren Ton, in dem neben Ironie unüberhörbar auch Protest mitschwang.

Ali Binaku lächelte kühl.

»Aus keinem andern Grund sind wir hier, meine Dame, als um dem Tod entgegenzuwirken.«

Besian warf seiner Frau einen fragenden Blick zu. Ein unbekannter Funke blitzte in seinen Augen auf. Hastig, wie um den kleinen Zwischenfall vergessen zu machen, stellte er Ali Binaku eine Frage, ohne richtig auf die Antwort zu hören.

Alles starrte auf die kleine Gruppe der sich Unterhaltenden. Nur einige Greise blieben abseits. Gleichgültig saßen sie auf ein paar großen Steinen.

Ali Binaku sprach ruhig weiter. Es dauerte eine Weile, bis Besian begriff, daß er etwas gefragt hatte, das besser ungefragt geblieben wäre: nach den Morden, die sich im Verlauf der Grenzstreitigkeiten ereignet hatten.

»Wenn der von der Büchse Getroffene nicht auf dem Fleck tot liegen bleibt, sondern sich aufrafft und, ob nun aufrecht oder auf dem Bauch kriechend, über die fremde Grenze dringt, wie tief auch immer: dort, wo er durch seine Wunden ermattet niedersinkt und stirbt, dort wird der Steinhaufen getürmt, und dort bleibt er für immer, und sei es auch auf fremdem Grund.«

Nicht nur Ali Binaku selbst strahlte Kälte aus, etwas Kaltes, nicht Alltägliches lag auch in der Art seiner Rede.

»Und wenn zwei sich gegenseitig töten?« fragte Besian. Wie so oft, wenn es jemand darum geht, ein Gespräch nicht einschlafen zu lassen, stellte er Fragen, deren Antwort er bereits wußte. Das merkte man deutlich.

Ali Binaku blickte auf. Diana konnte sich nicht erinnern, je einem derartig kleinen Mann begegnet zu sein, dessen Autorität so wenig unter seiner Körpergröße litt.

»Geschieht es, daß zwei Männer sich Schuß gegen Schuß töten, ziemlich entfernt einer vom andern, so bleiben die Grenzen dort, wo beide niederfielen, und der Grund dazwischen heißt Niemandsland.«

»Niemandsland«, wiederholte Diana. »Genau wie zwischen Staaten.«

»Erst gestern abend haben wir uns ja noch darüber unterhalten«, sagte Besian. »Nicht nur in der Redeweise, sondern auch im ganzen Denken und Handeln der Bewohner des Hochlands gibt es etwas Etatistisches.«

»Und als es noch keine Gewehre gab?« fragte Besian weiter. »Der Kanun ist älter als alle Feuerwaffen, oder nicht?«

»Viel älter, gewiß.«

»Verwendete man damals nicht eine Steinplatte?«

»Doch«, erwiderte Ali Binaku. »Als es noch keine Gewehre gab, benützte man Gewichtssteine. Stritten sich zwei Familien oder zwei Dörfer oder zwei Banner, bestimmte jede Seite einen Steinträger. Wer die Steinplatte am weitesten trug, hatte gewonnen.«

»Und was soll heute geschehen?« fragte Besian.

»Heute wird eine Grenzüberprüfung vorgenommen.«

Ali Binakus Blick wanderte über die verstreute Menge, bis er an der kleinen Gruppe der Greise hängenblieb. So uralt, wie sie zu sein schienen, vergaßen sie manchmal bestimmt, weshalb sie überhaupt hier waren.

»Man hat die ältesten Männer des Banners zusammengerufen, um Zeugnis über den Grenzverlauf auf der Weide abzulegen.«

»Das sind die Schiedsalten, bekannt für ihre Unparteilichkeit. Diesen Friedensstiftern wagt sich niemand zu nähern, besonders nicht in einem solchen Moment.«

Ali Binaku zog eine goldene Uhr mit Kette aus der Westentasche.

Die Hochländer, vor allem die Frauen und Kinder, ließen sie nicht aus den Augen, doch inzwischen hatten sich die beiden ein wenig daran gewöhnt. Diana achtete nur darauf, den halbbetrunkenen Blicken des Geometers auszuweichen. Er und der andere Gehilfe, den man ihnen im Gasthaus als Arzt vorgestellt hatte, folgten Ali Binaku auf Schritt und Tritt, obwohl sich dieser niemals an sie wandte, so als hätte er gar nichts mit ihnen zu tun.

Ein aufgeregtes Drängeln unter den Leuten ließ erkennen, daß der feierliche Augenblick nahte. Ali Binaku verließ die beiden und ging mit seinen Gehilfen von einer Gruppe zur andern. Erst jetzt, da sich die Menschenansammlung auflöste, bemerkten Besian und Diana die alten Grenzsteine, die sich quer über die Hochfläche hinzogen.

Plötzlich entstand gespannte Erwartung auf dem Plateau. Diana legte ihren Arm um Besian und schmiegte sich an ihn.

»Und wenn etwas passiert?« fragte sie.

»Was denn?«

»Diese Hochländer tragen alle Gewehre, siehst du nicht?«

Besian blickte sie starr an. Fast hätte er ihr vorgehalten:

Nur weil du zwei Bergbauern mit löchrigen Schirmen begegnet bist, glaubst du, man müsse das Hochland nicht ernst nehmen. Jetzt siehst du plötzlich, wie gefährlich es ist, oder? Doch gleich wurde ihm klar, daß sie ja nie ein Wort über die Schirme verloren hatte. Das hatte er sich alles nur eingebildet.

»Daß ein Mord geschieht?« sagte er. »Das glaube ich nicht.«

Tatsächlich trugen alle Hochländer Waffen, und über dem Plateau lag eine eisige Spannung. An manchen Ärmeln waren schwarze Bänder zu erkennen. Diana schmiegte sich noch enger an ihren Gatten.

»Gleich beginnt es«, sagte der, ohne den Blick von den alten Männern zu wenden, die sich inzwischen erhoben hatten.

Diana spürte in sich eine merkwürdige Leere. Zufällig fiel ihr umherwandernder Blick auf die Kutsche. Sie stand am Rande des Plateaus, schwarz. Das verschnörkelte Rokoko der Türen und des gleich einer Konzerthausloge mit Samt ausgeschlagenen Coupés wirkte inmitten der grauen Bergwelt gänzlich fremd. Sie wollte Besian am Ärmel zupfen, um ihn auf die Kutsche aufmerksam zu machen, doch im gleichen Augenblick flüsterte er:

»Es fängt an!«

Einer der Greise hatte sich aus der Gruppe gelöst und traf seine Vorbereitungen.

»Gehen wir doch noch etwas näher heran«, sagte Besian und zog sie an der Hand mit sich. »Offenbar haben sich die beiden streitenden Parteien darauf geeinigt, daß dieser alte Mann die Grenze markiert.«

Der einsame Greis tat einige Schritte vorwärts und blieb dann vor einem Stein und einem frischen Erdklumpen stehen. Schweigen breitete sich auf dem Plateau aus, oder es schien doch so, denn in Wahrheit wurden die menschlichen Geräusche vom ständigen Brausen des Bergwinds übertönt, der auf diese Art dem Element Mensch die Macht entzog, ganz und gar Stille einkehren zu lassen. Trotzdem war sie zu spüren.

Der Greis bückte sich, packte mit beiden Händen den Stein und nahm ihn in den gebeugten Arm. Ein anderer Mann legte den Erdklumpen dazu. Das vertrocknete, mit aschgrauen Flecken bedeckte Gesicht des Alten blieb unbewegt. In das tiefe Schweigen hinein ertönte aus unbestimmbarer Richtung der durchdringende Bronzeklang einer Stimme:

»So führe uns denn an, und so du nicht mit Rechtlichkeit handelst, belaste dich dies Gewicht im ewigen Leben.«

Die Augen des Greises starrten einen Augenblick lang in die Ferne. Seine Glieder schienen zu keiner weiteren Bewegung fähig, ohne daß die ganze angejahrte Struktur in sich zusammenbrach. Und doch, der Alte setzte sich in Bewegung.

»Gehen wir noch ein wenig näher heran«, flüsterte Besian.

Die beiden befanden sich nun inmitten der Menschentraube, die dem alten Mann folgte.

»Wer spricht da?« wisperte Diana.

»Der Alte«, antwortete Besian, ebenfalls flüsternd. »›Mit dem Stein und Erdklumpen in der Armbeuge wird geschworen‹, heißt es im Kanun.«

Die dumpfe, wie den Höhlen entliehene Stimme des Greises war kaum zu vernehmen.

»Bei Stein und Erde, mit denen ich mich beschwerte, so hörte ich es von den Vätern: hier sind die alten Grenzen der Weide, und hier setze auch ich sie fest. Und belog ich euch, so sollen Stein und Erde noch im Jenseits auf meine Seele drücken.«

Der Alte durchquerte, von der Menge gefolgt, langsam das Plateau. Noch ein letztes Mal hörten sie ihn sagen: »So ich euch belog, sollen Stein und Erde in diesem und im andern Leben auf mir lasten.« Dann warf er die Gewichte ab.

Einige der Hochländer, die dem alten Mann gefolgt waren, begannen sogleich an allen Stellen, die er markiert hatte, zu graben.

»Jetzt werden die alten Grenzsteine ausgegraben und neue gesetzt«, erklärte Besian seiner Frau.

Von überallher waren Schläge auf Stein zu hören. Jemand rief: Bringt die Kinder herbei. Sie sollen sich alles genau anschauen.

Diana sah gedankenverloren zu, wie die Grenzsteine eingegraben wurden. Plötzlich entdeckte sie zwischen den schwarzen Umhängen der Bergbewohner ein paar ekelhafte Karos, die näher kamen. Hilfesuchend zupfte sie ihren Mann am Ärmel. Er sah sie fragend an, doch es blieb keine Zeit mehr für Erklärungen, denn schon stand der Geometer vor ihnen. Das Grinsen ließ seinen Blick noch betrunkener wirken.

»Was für eine Komödie!« sagte er mit einer Kopfbewegung zu den Hochländern hin. »Was für eine Tragi komödie! Sie sind doch Schriftsteller, oder nicht? Schreiben Sie über diese Idiotie, ich bitte Sie.«

Besian warf ihm einen schroffen Blick zu, ohne zu antworten.

»Entschuldigen Sie, wenn ich mich so taktlos aufdränge. Eh? Bitte entschuldigen Sie, vor allem die Dame.«

Er verbeugte sich ziemlich theatralisch, und Diana roch seinen Schnapsatem.

»Sie wünschen?« sagte sie kalt, ohne ihre Abneigung zu verbergen.

Ihr Gegenüber öffnete zwei oder drei Mal den Mund, um etwas zu sagen, doch ihr Verhalten schien ihn so zu verwirren, daß er doch lieber schwieg. Er sah zu den Hochländern hinüber, und so stand er eine Weile da, die Miene, in der sich ein Teil, und zwar der schlechteste, seiner Verachtung spiegelte, unbewegt.

»Es ist wirklich zum Heulen«, murmelte er dann. »Nirgendwo auf der ganzen Welt ist dem Geometerstand je größere Schmach zugefügt worden.«

»Was?«

»Warum sollte ich es nicht sagen dürfen? Schließlich bin ich Geometer. Ich habe studiert, verstehen Sie? Landvermessung. Und jetzt ziehe ich schon seit Jahren durchs Hochland, ohne meinen Beruf ausüben zu können. Weil die Hochländer nichts vom Handwerk des Geometers halten. Sie haben ja selbst gesehen, wie sie Grenzfragen entscheiden. Mit Steinen und Verwünschungen und Hexerei und was auch sonst noch immer. Seit Jahren habe ich meine Instrumente nicht mehr aus dem Reisesack geholt. Der liegt im Gasthaus in einer Ecke. Eines Tages wird man sie noch stehlen, wenn sie nicht überhaupt schon gestohlen sind. Aber dazu lasse ich es nicht kommen. Lieber verkaufe ich sie vorher und vertrinke das Geld. Oh, schlimme Zeiten! Ich muß gehen, meine Herrschaften; Ali Binaku, mein Meister, gibt mir ein Zeichen. Entschuldigen Sie, Herr Schriftsteller, wenn ich Sie belästigt habe. Verzeihung, schöne Dame. Leben Sie wohl!«

»Ein merkwürdiger Typ«, meinte Besian, als der Geometer weg war.

»Und was machen wir nun?« fragte Diana.

Sie suchten in der sich lichtenden Menge nach dem Kutscher, der auf einen Blick hin sogleich herankam.

»Fahren wir los?«

Besian nickte.

Als sie zum Wagen gingen, legte der greise Mann gerade die Hand auf die frisch eingepflanzten Grenzsteine, Verwünschungen ausstoßend gegen jene, die es je wagen sollten, sie zu verrücken.

Als sie die Kutsche bestiegen, spürte Diana, wie sich die für eine gewisse Zeit von der Grenzmarkierung in Anspruch genommene Aufmerksamkeit der Hochländer wieder ganz auf sie beide konzentrierte. Sie kletterte zuerst hinein, während Besian noch einmal von weitem Ali Binaku und seinen Gehilfen abschiednehmend zuwinkte.

Diana war ein wenig müde und schwieg fast auf dem ganzen Rückweg zum Gasthaus.

Ehe sie weiterfuhren, wollte Besian noch einen Kaffee trinken.

Während er ihn servierte, erzählte der Wirt von berühmten Entscheidungen Ali Binakus, die im ganzen Hochland in aller Munde waren. Er war überaus stolz auf seinen Gast, das ließ sich nicht überhören.

»Wenn er in der Gegend hier zu tun hat, quartiert er sich stets bei mir ein«, berichtete er.

»Wo lebt er denn?« fragte Besian, um etwas zu sagen.

»Nirgendwo«, erwiderte der Wirt. »Ali Binaku, nun, der ist überall und nirgends. Immer unterwegs, denn immer gibt es irgendwo Streit und Zank, und die Leute brauchen einen Schlichter.«

Er erzählte immer noch von Ali Binaku und dem seit Jahrhunderten währenden Hader unter den Menschen, als der Kaffee schon auf dem Tisch stand, und auch später, als er die Tassen weg- und das Geld entgegennahm, und noch immer, als er die beiden hinausbegleitete.

Als sie in die Kutsche steigen wollten, spürte Besian Dianas Hand auf seinem Arm.

»Sieh doch, Besian«, sagte sie leise.

Ein paar Schritte von ihnen entfernt stand ein junger, sehr bleicher Hochländer, der aus starren Augen zu ihnen herüberblickte. Das schwarze Band an seinem Ärmel war nicht zu übersehen.

»Ein Bluträcher«, sagte Besian, und an den Wirt gewandt: »Kennst du ihn?«

Die schielenden Augen des Wirts sahen ein paar Meter an dem Hochländer vorbei. Der Wanderer hatte wohl eben die Herberge betreten wollen und war stehengeblieben, um sich die seltsamen Gäste und ihre Kutsche anzusehen.

»Nein«, antwortete der Wirt. »Vor drei Tagen ist er schon einmal hier vorbeigekommen, auf dem Weg nach Orosh, wo er die Blutsteuer entrichten wollte. He, mein Junge«, sprach er den Unbekannten an, »wie heißt du?«

Der Hochländer sah überrascht herüber. Diana war schon in der Kutsche verschwunden, aber Besian blieb noch einen Augenblick auf dem Trittbrett stehen, wohl um die Antwort des Unbekannten abzuwarten. Hinter der Fensterscheibe erschien, leicht bläulich gefärbt wie das Glas, Dianas Gesicht.

»Gjorg«, antwortete der junge Mann mit der schwankenden, ein wenig brüchigen Stimme eines Menschen, der schon lange nicht mehr gesprochen hat.

Besian nahm neben seiner Frau Platz.

»Er hat vor einigen Tagen getötet und kommt nun aus Orosh zurück.«

»Ich habe es gehört«, sagte sie leise, ohne den Blick von dem Unbekannten zu wenden.

Der Hochländer stand wie festgenagelt und starrte die junge Frau aus fiebrigen Augen an.

»Wie bleich er ist«, stieß Diana hervor.

»Er heißt Gjorg«, erläuterte Besian und setzte sich zurecht. Draußen war die Stimme des Wirts zu hören.

»Du kennst den Weg?« fragte er laut den Kutscher. »Sieh dich vor bei den Gräbern der Brautführer; die meisten nehmen dort den falschen Weg, fahren nach links statt nach rechts.«

Die Kutsche ruckte an. Die in dem leichenblassen Gesicht ungewöhnlich dunkel wirkenden Augen des Unbekannten hingen nach wie vor am Viereck des Fensters, in dem Dianas Gesicht war. Auch sie glaubte nicht die Kraft zu haben, den Blick von dem Wanderer loszureißen, der so plötzlich am Straßenrand aufgetaucht war, obwohl sie doch spürte, daß sie nicht weiter zu ihm hätte hinsehen dürfen. Während sich die Kutsche entfernte, wischte sie ein paar Mal die beschlagene Scheibe blank, doch stets senkte sich der Hauch ihres Atems wieder darauf, als sei es wichtig, schnell einen Vorhang zwischen sie und ihn zu legen.

»Du hattest recht«, sagte sie und lehnte sich erschöpft im Sitz zurück. Die Kutsche hatte die Herberge hinter sich gelassen, und draußen war keine Menschenseele mehr zu erblicken.

Besian warf seiner Frau einen verwunderten Blick zu. Soll ich sie fragen, überlegte er, worin ich denn recht hatte? Doch irgend etwas hielt ihn davon ab. Tatsächlich hatte er die ganze morgendliche Fahrt über das Empfinden gehabt, es gebe etwas, in dem sie nicht mit ihm übereinstimmte. Nun aber, da sie selbst seine Vermutung entkräftete, erschien es ihm unnötig, ja sogar gefährlich, eine Erklärung zu fordern. Wichtig war, daß die Reise sie nicht enttäuschte. Und eben dies hatte sie gerade zum Ausdruck gebracht. Besian fühlte sich neu belebt. Er glaubte sogar zu ahnen, wenn auch nur verschwommen, worin er recht gehabt hatte.

»Hast du bemerkt, wie bleich dieser Mann aus den Bergen war, der vor ein paar Tagen getötet hat?« fragte Besian, wobei er ohne rechten Grund auf den Ring an ihrem Finger sah. »Der junge Mann, den wir vorhin gesehen haben, du weißt schon.«

»Er war wirklich schrecklich blaß«, meinte Diana.

»Welche Zweifel, welche Erschütterungen mag er durchlebt haben, als er auszog, um den Mord zu begehen. Was sind schon die Skrupel, die Shakespeare seinem Hamlet mitgegeben hat, im Vergleich zur Zerrissenheit dieses Hamlets unserer Bergwelt?«

Ihr Blick ruhte bewundernd auf ihm.

»Vielleicht kommt dir der Vergleich des Dänenprinzen mit einem Mann aus dem Hochland überzogen vor?«

»Nein, gar nicht«, meinte Diana. »Du sagst so schöne Dinge, und du weißt, wie sehr ich dich dafür schätze.«

Ihm fiel ein, daß seine Beredsamkeit ihm wesentlich geholfen hatte, Diana zu erobern.

»Hamlet sah den Geist des Vaters, der ihn zur Vergeltung drängte«, fuhr Besian beflügelt fort. »Kannst du ermessen, welch gräßliche Gespenster einen Hochländer heimsuchen, um ihn zur Blutrache anzustiften?«

Diana starrte ihn aus weitaufgerissenen Augen gebannt an.

Er sprach von den Häusern der Familien, die Blutrache zu üben hatten. Dort hing in irgendeinem Winkel das blutige Hemd des letzten Opfers, und es blieb dort, bis die Blutschuld getilgt war.

»Kannst du dir vorstellen, wie furchtbar das ist? Hamlet erschien der Geist des Vaters nur zwei oder drei Mal um Mitternacht, und auch das nur für wenige Augenblicke. Bei uns dagegen hängt das Rache gebietende Hemd wochen-, ja monatelang Tag und Nacht in den Türmen. Das Blut verfärbt sich, und die Leute sagen: Der Tote wird ungeduldig, er will endlich gerächt werden.«

»Vielleicht war er deshalb so blaß«, meinte Diana.

»Wer?«

»Er..., der Hochländer dort.«

»Ach ja, bestimmt.«

Einen Moment meinte Besian, das »blaß« habe in Dianas Mund eher wie »schön« geklungen, doch er schob den Gedanken sogleich von sich.

»Was wird er jetzt wohl tun?« fragte Diana.

»Wer?«

»Dieser..., also, der Hochländer.«

»Was wird er wohl tun?« Besian zuckte mit den Schultern. »Wenn er den Mord erst vor vier oder fünf Tagen begangen hat, wie der Wirt sagt, und wenn ihm das große, also einmonatige Ehrenwort gewährt wurde, dann bleiben ihm nicht mehr als fünfundzwanzig Tage eines normalen Lebens.«

Besian lächelte schmerzvoll, doch ihr Gesicht blieb unbewegt.

»Das ist eine Art letzter Vergünstigung, die ihm auf dieser Erde zuteil wird«, fuhr er fort. »Der berühmte Satz, die Lebenden seien nur Tote auf Urlaub, hat in unseren Bergen eine ziemlich unmittelbare Gültigkeit.«

»Ja, so sah er aus, wie auf Urlaub aus dem Jenseits«, rief sie. »Und dann das Zeichen an seinem Ärmel.« Diana atmete heftig. »Du hast ganz recht«, fuhr sie dann fort. »Ein richtiger Hamlet.«

Besian blickte hinaus, ein erstarrtes Lächeln auf der oberen Hälfte seines Gesichts.

»Wenn man bedenkt: Hamlet betrieb seinen Mord mit Leidenschaft. Anders bei ihm.« Besian wies mit der Hand gegen die Fahrtrichtung der Kutsche. »Die Kraft, die ihn antreibt, liegt außerhalb seiner selbst, vielleicht manchmal sogar außerhalb seiner Zeit.«

Diana lauschte gebannt, obwohl sie nicht alles von dem begriff, was er sagte.

»Es bedarf eines titanenhaften Willens, auf einen Befehl hin in den Tod aufzubrechen, den man aus gewaltiger Ferne erhält«, fuhr Besian fort. »Denn dieser Befehl kommt tatsächlich meist von sehr weit her, manchmal sogar von längst vergangenen Generationen.«

Wieder atmete Diana heftig.

»Gjorg«, sagte sie leise. »So hieß er doch, oder?«

»Wer?«

»Der Hochländer..., beim Gasthaus.«

»Ach ja, Gjorg. So war es wohl. Er hat dich beeindruckt, nicht?«

Sie nickte.

Einige Male sah es nach Regen aus, doch die kleinen Tröpfchen verloren sich wohl in der unermeßlichen Weite, ohne je den Boden zu erreichen. Nur ein paar wenige landeten auf den Scheiben der Kutsche und zitterten darauf wie Tränen. Schon eine ganze Weile schaute Diana dem Zittern dieser Tropfen zu, die dem Glas einen Hauch von Wehmut verliehen.

Sie war nun überhaupt nicht mehr müde. Im Gegenteil, sie empfand eine innere Leichtigkeit, in der sie sich selbst fast durchsichtig vorkam, obwohl alles kalt und freudlos war.

»Ein endloser Winter«, meinte Besian. »Er will und will nicht gehen.«

Diana schaute immer noch hinaus auf die Straße. Da war etwas in ihr, das die Anspannung zerbröckeln ließ, um einer Leere Platz zu machen, in der sich das ganze Gedankengedränge verflüchtigte. Die Erzählungen des Wirts aus der Herberge gingen ihr durch den Kopf, von schwierigen Fällen, in denen Ali Binaku den Kanun auszulegen gehabt hatte. Es waren eigentlich keine ganzen Geschichten, die da träge im Fluß ihrer Gedanken schwammen, sondern nur einzelne Splitter, Bruchstücke, Bilder. Da waren zum Beispiel die beiden aus den Angeln gerissenen und vertauschten Haustüren. Die eine war in einer Sommernacht durchschossen worden. Der Herr des beleidigten Turms hatte Vergeltung zu fordern, doch was sollte er tun? Blut durfte wegen einer durchschossenen Tür nicht vergossen werden, doch auch ihre Schändung war nicht zu dulden. Ali Binaku, zum Schiedsrichter berufen, beschloß: Die Tür am Haus des Schuldigen soll herausgerissen, die durchschossene Tür soll dafür eingesetzt werden. Mitsamt dem Loch soll sie dort bleiben, ein Leben lang, ohne das Recht, sie irgend einmal zu reparieren oder auszuwechseln.

Diana stellte sich vor, wie Ali Binaku in Begleitung seiner beiden Helfer, des Arztes und des Geometers, von Ortschaft zu Ortschaft zog. Eine merkwürdigere Gruppe konnte man sich kaum vorstellen. Da erhielt eines Nachts jemand Besuch von einem Gast. Er schickte seine Frau zum Nachbarn (und der nächste Nachbar wohnte eine halbe Stunde entfernt), um etwas zu borgen. Stunden vergingen, ohne daß die Frau zurückkehrte. Bis zum Morgen verbarg der Hausherr seine Sorge vor dem Gast. Doch weder an diesem noch am folgenden Tag kehrte die Frau zurück. Etwas war geschehen, was man im Hochland so gut wie nie erlebt hatte: die drei Nachbarsbrüder hielten die Frau in ihrem Haus gewaltsam fest, und jeder schlief eine Nacht mit ihr.

Schaudernd vor Schrecken versetzte sich Diana in die Lage der Frau. Um sich von der gräßlichen Vorstellung zu befreien, schüttelte sie den Kopf, doch sie war nicht leicht zu vertreiben.

Nach der dritten Nacht kehrte die Frau nach Hause zurück, und der Mann erfuhr alles. Was konnte der Beleidigte tun? Der Vorfall war gänzlich unerhört und konnte nur durch Blut gesühnt werden. Doch die liederlichen Brüder stammten aus einer weitverzweigten und mächtigen Sippe, und schon in den ersten Monaten der Blutfehde wäre die Familie des gedemütigten Mannes ausgelöscht worden. Außerdem gehörte der nicht zu den Mutigsten. Und so tat er etwas, was ein Hochländer bei einer Vergewaltigung nur selten tut: er rief das Gericht der Ältesten an. Doch ein Urteil war nicht leicht zu finden. Einerseits, weil es sich um einen seit Menschengedenken beispiellosen Fall handelte. Also rief man Ali Binaku, und er stellte zwei Möglichkeiten zur Auswahl: entweder schickte jeder der drei Brüder seine Frau für eine Nacht zu dem beleidigten Mann, damit er mit ihr schlafe, oder sie bestimmten einen von sich, der von dem Gekränkten getötet wurde, wobei sein Blut verlorenging. Die Brüder berieten sich und wählten die zweite Lösung: einer von ihnen sollte sterben, und zwar der mittlere.

Der Tod des mittleren Bruders lief vor Dianas Augen ab wie ein Film in Zeitlupe. Der mittlere Bruder erbat sich vom Altenrat das dreißigtägige Ehrenwort. Am einunddreißigsten Tag legte sich der Beleidigte in den Hinterhalt und tötete ihn kalten Blutes.

Und dann? hatte Besian gefragt. Nichts dann, hatte der Wirt geantwortet. Der Mann stand auf und ging weg, einfach so. Und alles nur wegen einer Dummheit.

Diana, an der Grenze schreckhaften Verstummens, dachte an die Zeit, die dem Hochländer namens Gjorg noch zu leben blieb. Eine Galgenfrist, dachte sie und seufzte.

»Dort, ein Fluchtturm«, sagte Besian und stieß mit dem Finger gegen die Scheibe.

Diana blickte in die Richtung, in die er zeigte.

»Siehst du den alleinstehenden Turm? Mit den engen Schießscharten?«

»Wie schaurig!« sagte Diana.

Schon oft hatte sie von den berüchtigten Türmen erzählen hören, in denen nach Ablauf des Ehrenworts alle jene Bluträcher Zuflucht suchten, die es vorzogen, von zu Hause wegzugehen, um ihre Familien nicht in Gefahr zu bringen. Dies war jedoch das erste Mal, daß sie tatsächlich einen Fluchtturm zu Gesicht bekam und mehr darüber erfuhr.

»Von den Schießscharten aus sind alle Straßen des Dorfes zu überblicken, so daß sich niemand nähern kann, ohne von den Eingeschlossenen entdeckt zu werden«, erklärte Besian. »Eine der Schießscharten weist in Richtung der Kirchentür, für den Fall einer Versöhnung, doch dazu kommt es nur sehr selten.«

»Wie lange sind die Männer dort?« fragte Diana.

»Im Fluchtturm? Jahrelang. Bis sich draußen etwas ereignet, durch das sich das Verhältnis zwischen dem gegebenen und dem genommenen Blut verändert.«

»Gegebenes Blut, genommenes Blut«, wiederholte Diana.

»Du sprichst von diesen Dingen, als ginge es um Bankgeschäfte.«

Besian lächelte.

»In gewisser Weise stimmt das auch «, sagte er. »Im Kanun herrscht kaltes Kalkül.«

»Das ist wirklich schrecklich«, sagte Diana, und Besian wußte nicht, ob sie den Fluchtturm meinte oder seine letzte Bemerkung. Sie hatte sich wieder zum Fenster gebeugt und betrachtete noch einmal den düsteren Turm, von dem nur noch die eine Flanke zu sehen war.

Dort wird auch der blasse Hochländer Zuflucht suchen, dachte sie. Aber vielleicht wird er getötet, noch ehe er sich in dieser Steinmasse verkriechen kann.

Gjorg, wiederholte sie im stillen seinen Namen, und ihr war, als reiße irgendwo im unteren Teil ihrer Brust ein Abgrund auf. Etwas stürzte dort ein, schmerzlich und süß zugleich.

Diana spürte, daß ihr der Schutzmechanismus abhanden kam, der sie wie alle jungen Frauen in der Phase der Verlobung oder Verliebtheit vor der Gefahr bewahrt hatte, Gefühle für einen anderen zu entwickeln. Zum ersten Mal, seit sie Besian kannte, gestattete sie sich die Freiheit, an einen anderen zu denken. Sie dachte an ihn, der jetzt auf Urlaub war, wie Besian es genannt hatte. Ein kurzer Urlaub, wenig mehr als drei Wochen. Und mit jedem Tag verkürzte sich weiter die Frist, während er durch die Berge zog mit dem schwarzen Band am Ärmel, das anzeigte, daß sein Blut, sein ganzes Blut nur geborgt war. Und bleich, wie er war, konnte man denken, daß er dieses Blut schon vor der Zeit hingab, vom Tod erwählt, ein zum Schlagen markierter Stamm im

Wald, wie Besian es ausgedrückt hatte. Von all dem zeugte sein Blick, der sich in ihren krallte: Nur wenig Zeit ist mir hier noch beschieden, Fremde!

Kein Männerblick hatte Diana je so aufgewühlt. Vielleicht die Gegenwart des Todes, dachte sie, oder das schöne Gefühl des Mitleids. Schwer zu sagen, ob die paar Tränen nun auf der Scheibe oder in ihren Augen waren.

»Ein langer Tag«, sagte sie zum eigenen Erstaunen laut.

»Bist du müde?« fragte Besian.

»Ein bißchen.«

»Noch eine Stunde, höchstens zwei Stunden, dann sind wir da.«

Er legte ihr den Arm um die Schulter und drückte sie leicht an sich. Sie saß ruhig da, ohne sich zu entziehen, aber auch ohne ihm nachzugeben. Er spürte es, doch der Duft ihres Nackens verlockte ihn, sich zu ihrem Ohr hinabzubeugen und zu flüstern:

»Wie schlafen wir heute nacht?«

Sie zuckte die Schultern.

»Der Turm von Orosh ist immerhin ein fürstliches Haus, und ich glaube schon, daß sie uns im gleichen Zimmer schlafen lassen«, fuhr er leise und mit einem verschwörerischen Unterton fort.

Sein Blick fiel schräg auf ihr Profil und unterstrich noch die zärtliche Heimlichkeit seiner Stimme. Doch sie sah nach vorne, ohne zu antworten. Unschlüssig, ob er nun gekränkt sein sollte oder nicht, lockerte er ein wenig seine Umarmung und hätte den Arm womöglich ganz weggezogen, wäre ihr nicht, wohl weil sie dies spürte, im letzten Augenblick doch noch eingefallen, etwas zu sagen...

»Wie?« meinte er.

»Ich habe gefragt, ob der Prinz von Orosh in Blutsverwandtschaft zur königlichen Familie steht.«

»Überhaupt nicht«, antwortete er.

»Wie kann er sich dann Prinz nennen?«

Besian runzelte die Stirn.

»Das ist ein wenig kompliziert«, sagte er. »In Wahrheit ist er kein Prinz, auch wenn er in manchen Kreisen so genannt wird und obwohl ihn die Leute im Hochland oft Prenk rufen, was soviel heißt wie Prinz. Aber er ist besser bekannt als der ›Hauptmann‹, wenngleich...«

Besian fiel ein, daß er sich schon lange keine Zigarette mehr angezündet hatte. Wie alle Leute, die selten rauchen, hantierte er ziemlich umständlich mit Packung und Streichhölzern. Diana konnte sich des Eindrucks nicht erwehren, daß er immer so verfuhr, wenn er schwierige Erklärungen ein wenig hinauszögern wollte. Tatsächlich war das, was Besian ihr über den Turm von Orosh zu berichten begann (schon damals in Tirana, als die in einer steifen, etwas eigentümlichen Sprache abgefaßte Einladung der Kanzlei des Prinzen eingetroffen war, aus der sie erfahren hatten, sie seien in Orosh zu jeder Jahreszeit und zu jeder Tages- oder Nachtstunde willkommen, waren seine Erklärungen unzureichend gewesen), also was er ihr nun in der Kutsche erzählte, war auch nicht klarer als die Ausführungen damals in Tirana auf dem Kanapee seines Arbeitszimmers bei einem Glas Tee. Aber das lag vielleicht auch daran, daß der Turm, in dem sie bald Gäste sein würden, stets von einem Nebel eingehüllt war.

»Er ist eigentlich kein richtiger Prinz«, sagte Besian.

»Andererseits jedoch ist er auch mehr als ein Prinz, nicht nur, weil die Familie aus dem Turm von Orosh sehr viel älter ist als das königliche Haus, sondern vor allem auch wegen der Art, wie sie über das ganze Hochland herrscht.«

Dies sei eine besondere Form der Herrschaft, fuhr er fort, eine Herrschaft kraft des Kanun, vergleichbar mit keinem anderen System des Herrschens auf der ganzen Welt. Seit urvordenklichen Zeiten hätten sich im Hochland weder die Polizei noch die staatliche Verwaltung eingemischt. Der Turm selbst verfüge weder über eine eigene Polizei noch über Beamten, und trotzdem stehe das Hochland völlig unter seiner Kontrolle. So sei es in der Türkenzeit gewesen, sogar schon vorher, und auch später, während der serbischen und österreichischen Besatzung, danach in der ersten und auch der zweiten Republik und nun im Königreich. Vor einigen Jahren habe es im Parlament den bislang letzten Vorstoß einer Gruppe von Abgeordneten gegeben, die staatliche Verwaltung auch im Hochland zu etablieren, doch die Bemühungen seien gescheitert. Es sei davon zu träumen, das Regiment des Kanun über das ganze Land hin auszudehnen, hätten die Fürsprecher Oroshs gemeint, anstatt zu versuchen, ihn aus seinem Mutterboden im Hochland herauszureißen, denn dazu sei ohnedies keine Macht der Welt in der Lage.

Noch einmal fragte Diana nach der fürstlichen Abstammung der Herren des Turmes, und es kam Besian so vor, als sei diese Frage mit der gleichen schlichten Geradheit gestellt, mit der eine Frau zu wissen begehrt, ob die Kleinodien, die man vor ihr ausbreitet, auch wirklich aus Gold seien.

Er führte aus, seiner Meinung nach stammten die Herren des Orok nicht wirklich von einem alten albanischen

Fürstengeschlecht ab. Zumindest sei davon nichts bekannt. Letzten Endes liege ihre Herkunft ziemlich im dunkeln. Er halte zwei Möglichkeiten für denkbar: entweder sei die Familie einem frühen, aber nicht sehr bekannten Adelsstamm entsprossen, der die Stürme der Zeit überstanden habe, oder es handele sich schlicht und einfach um eine Sippe, die sich seit Generationen mit der Auslegung des Kanun befasse. Bekanntlich hätten solche Häuser, Tempel des Rechts irgendwo zwischen Orakeln und Gerichtsarchiven, im Laufe der Zeit immer größere Macht angehäuft, bis dann ihre Herkunft in Vergessenheit geraten sei und sie sich in Herrscherhäuser verwandelt hätten.

»Ich sagte, Ausleger des Kanun«, fuhr Besian in seinen Erklärungen fort, »denn bis auf den heutigen Tag ist im Kanun festgeschrieben, daß der Turm von Orosh sein Hüter sei.«

»Steht er selbst denn nicht außerhalb des Kanun?« fragte Diana. »Ich glaube, du hast einmal so etwas gesagt.«

»Ja, so ist es. Er allein im ganzen Hochland steht außerhalb des Kanun.«

»Um ihn weben sich viele schaurige Legenden, oder nicht?«

Besian dachte einen Moment lang nach.

»Eigentlich wundert es nicht, daß ein solcher viele Jahrhunderte alter Turm von Geheimnis umwittert ist.«

»Wie schön!« rief Diana fröhlich und wurde ihm plötzlich wieder vertraut. »Fein, daß wir dort übernachten werden. Nicht?«

Er atmete tief durch, wie nach langer Müdigkeit. Erneut drückte er ihre Schulter und blickte sie mit vorwurfsvoller

Zärtlichkeit an, als wolle er sagen: Quäl mich doch nicht so! Erst warst du so weit weg, und plötzlich bist du wieder so nah!

Auf ihrem Gesicht lag wieder jenes Lächeln, das ihm nur die eine Seite zeigte, hauptsächlich aber vorwärts in die Ferne gerichtet war.

Besian sah hinaus.

»Bald wird es dunkel«, sagte er.

»Ich glaube, bis zum Turm ist es nun nicht mehr weit«, meinte Diana.

An beiden Fenstern der Kutsche hielten sie Ausschau. Der Spätnachmittagshimmel lastete in schwerer Bewegungslosigkeit. Die Wolken schienen für immer und ewig dort oben festgefroren, und wenn sich ringsum noch etwas rührte, dann nicht am Himmel, sondern auf der Erde. Die hohen Bergrücken zogen in der Ferne vorbei.

Sie saßen Hand in Hand, und ihre Augen suchten am Horizont weiter nach dem Turm. Das Geheimnis rückte immer näher. »Sieh doch, dort«, riefen sie ein paar Mal wie aus einem Munde, doch er war es nicht. Es waren nur Felsschroffen oder Wolken, die dazwischenklebten.

Ringsum war nichts als ödes Land, so als hätten sich alle anderen Häuser, ja das Leben selbst zurückgezogen, um den Turm von Orosh in seiner Einsamkeit nicht zu stören.

»Wo er nur bleibt?« fragte Diana verdrießlich.

Ihre Augen suchten den ganzen Horizont nach dem Turm von Orosh ab, und es hätte sie nicht sehr gewundert, wenn der irgendwo hoch oben am Himmel in den Wolkenklüften aufgetaucht wäre anstatt zwischen den Felsen auf der Erde.

Das Licht der Kupferlampe in der Hand des Mannes, der sie im zweiten Stock des Turmes erwartete, zuckte furchterregend über die Wände.

»Hier herüber, die Herrschaften«, sagte er bereits zum dritten Mal und leuchtete den beiden mit der Lampe voraus. Die Fußbodendielen knarrten zu dieser mitternächtlichen Stunde noch lauter als sonst. »Hier herüber, die Herrschaften.«

Drinnen erhellte eine weitere Kupferlampe mit kurzem Docht nur schwach die Wände und die Ornamente auf einem kirschroten Teppich. Diana stieß einen Seufzer aus.

»Ich bringe Ihnen jetzt Ihre Sachen«, sagte der Mann und verschwand lautlos.

Sie standen noch eine Weile da, zuerst einander und dann den Raum ansehend.

»Was hältst du von dem Prinzen?« fragte er leise.

»Ich weiß nicht, wie ich es ausdrücken soll«, antwortete Diana fast flüsternd. Unter anderen Verhältnissen hätte sie gesagt, er sei ein wenig schwer zu fassen, alles in allem künstlich wie die Sprache seiner Einladung, doch Erklärungen dieser Art zu so später Stunde kamen ihr ziemlich unsinnig vor. »Ich weiß nicht, wie ich es ausdrücken soll«, wiederholte sie. »Aber der andere, den sie Verwalter des Blutes nennen, der hat mir nicht gefallen.«

»Mir auch nicht«, meinte Besian. »Er hat sich mir gegenüber ziemlich hochnäsig, fast feindselig verhalten.«

»Ich habe es bemerkt.«

Sein Blick und dann auch der ihre streiften mehrmals das schwere Bett aus Eichenholz, auf dem eine Fransendecke aus dunkelroter Wolle lag. An der Wand über dem

Kopfende des Bettes hing ein Kreuz, gleichfalls aus Eichenholz.

Besian trat an eines der Fenster. Er stand noch immer dort, als in der Tür wieder der Mann mit der Kupferlampe auftauchte. In der anderen Hand trug er mit einiger Mühe zwei Taschen.

Er war gerade dabei, sie abzustellen, als Besian, ohne sich umzudrehen, das Gesicht fast an der Fensterscheibe, ihn fragte:

»Was ist das, dort draußen?«

Der Mann kam mit leichten Schritten heran. Diana sah die beiden eine Weile über das Fensterbrett gebeugt hinunterstarren wie in einen Abgrund.

»Das ist eine Art Gelaß, mein Herr, eine Art Anbau, ich weiß nicht, wie ich es nennen soll, wo Leute aus dem ganzen Hochland darauf warten, die Blutsteuer zu entrichten.«

»Ach«, hörte Diana die Stimme ihres Mannes. Da er fast am Fenster klebte, klang sie ein wenig merkwürdig. »Das ist also die berühmte Vorhalle der Mörder.«

»Der Blutnehmer, mein Herr.«

»Ja, der Blutnehmer... Ich weiß, ich weiß. Ich habe davon gehört.«

Besian stand immer noch am Fenster. Der Mann aus dem Turm zog sich lautlos ein paar Schritte zurück.

»Gute Nacht, mein Herr! Gute Nacht, die Dame!«

»Gute Nacht«, sagte Besian mit der gleichen unnatürlichen Stimme.

»Gute Nacht«, sagte Diana, ohne von den geöffneten Taschen aufzublicken. Eine Weile lang kramte sie mit trägen Bewegungen in ihren Sachen, konnte sich aber nicht entscheiden, was sie zur Nacht anziehen wollte. Nach dem schweren Abendessen spürte sie im Magen ein unangenehmes Drücken. Sie schaute auf die roten Fransen an dem gewaltigen Bett und das schwere Kreuz an der Wand.

Noch immer wühlte sie in ihren Sachen, als seine Stimme ertönte:

»Komm her und sieh dir das an.«

Diana stand auf und ging zum Fenster. Er machte ihr Platz, und sie fühlte, wie die Eiseskälte der Scheibe tief in ihr Innerstes drang. Jenseits dieser Scheibe hing die Nacht wie in einem Abgrund.

»Sieh dort«, sagte Besian mit dünner Stimme.

Sie starrte hinaus in die Finsternis, ohne etwas zu sehen. Zu spüren war nur die Nacht in ihrer Endlosigkeit, die frösteln machte.

»Dort«, sagte er und berührte die Scheibe. »Da unten. Siehst du nicht das Licht?«

»Wo?«

»Dort hinten... ganz unten.«

Ihre Augen nahmen schließlich einen schwachen Schimmer wahr. Eher als ein Licht war dies eine blasse Rötung in den Eingeweiden der Nacht.

»Ich sehe es«, flüsterte sie. »Was ist das?«

»Der berühmte Vorbau, in dem die Blutnehmer tagelang, ja manchmal wochenlang auf die Entrichtung der Blutsteuer warten.«

Er spürte Dianas heftiges Atmen an seiner Schulter.

»Warum müssen sie so lange warten?« fragte sie.

»Ich weiß nicht. Der Turm hat es nicht eilig mit der

Steuer. Vielleicht sollen immer Wartende im Vorbau sein. Dir ist kalt! Leg dir doch etwas um.«

»Dieser Hochländer dort an der Straße, war er hier?«

»Ja, sicher. Der Wirt hat es uns doch erzählt, oder nicht.«

»Ja, drei Tage habe er hier verbracht, bis er die Blutsteuer entrichten konnte. So hat er uns erzählt.«

»Ja, genau.«

Diana seufzte.

»Hier war er also.«

»Alle Bluträcher des Hochlands, ohne Ausnahme, gehen durch diesen Vorbau«, sagte Besian.

»Furchterregend. Was meinst du?«

»So ist es. Seit über vierhundert Jahren, seit der Turm von Orosh steht, sind stets Mörder in diesem Anbau, Tag und Nacht, Sommer und Winter.«

Sein Gesicht war dicht an ihrer Stirn.

»Natürlich ist es furchterregend, das kann gar nicht anders sein. Mörder, die warten, bis sie bezahlen dürfen. Das ist wirklich tragisch. Auf eine großartige Weise tragisch, möchte ich beinahe sagen.«

»Großartig?«

»Nicht im eigentlichen Sinn des Wortes... Aber trotzdem... Dieses Licht im Schoß der Nacht, wie eine Kerze über dem Tod... O Gott, das hat wirklich etwas Gewaltiges. Und wenn man bedenkt, daß es nicht um den Tod eines einzelnen Menschen geht, das Lämpchen auf seinem Grab, sondern um einen großen Tod. Ist dir kalt? Du solltest dir doch etwas umlegen.«

So standen sie eine Weile da und starrten auf das schwache Licht dort unten. Diana spürte, wie ihr die Kälte in die Glieder kroch.

»Es ist wirklich kalt«, sagte sie und verließ das Fenster. »Besian, bleib nicht dort stehen. Du wirst dich erkälten.«

Er drehte sich zu ihr um und machte ein paar Schritte ins Zimmer hinein. Da schlug eine Wanduhr, die sie bis dahin nicht bemerkt hatten, zwei Uhr, und der dumpfe Klang ließ sie beide zusammenzucken.

»O Gott, wie bin ich erschrocken!« sagte Diana.

Sie kniete wieder vor ihrer Tasche nieder und wühlte eine Weile darin herum.

»Soll ich deinen Pyjama auch herausnehmen?« fragte sie kurz darauf.

Er murmelte etwas vor sich hin und begann im Zimmer auf und ab zu gehen. Diana trat vor den Spiegel, der auf einer Truhe stand.

»Bist du müde?« fragte er nach einer Weile.

»Nein. Und du?«

»Ich auch nicht.«

Er nahm auf der Bettkante Platz und zündete sich eine Zigarette an.

»Vielleicht hätten wir den zweiten Kaffee nicht nehmen sollen«, meinte er.

Diana sagte etwas. Da sie jedoch im Mundwinkel eine Haarnadel bereithielt, um sie sich ins Haar zu stecken, blieben ihre Worte unverständlich.

Besian lehnte sich gegen das Kopfende des Betts und beobachtete zerstreut die vertrauten Bewegungen seiner Frau vor dem Spiegel. Die Truhe, der Spiegel darauf, die Wanduhr, auch das Bett und überhaupt der größte Teil des Mobiliars im Turm, alles war barock, wenn auch auf eine sehr schlichte Art.

Während sie sich kämmte, beobachtete Diana im Spiegel die Rauchfäden über Besians abwesender Miene. Der Kamm bewegte sich immer langsamer, schließlich fast zögernd, durch ihr Haar. Zuletzt schwebte ihre Hand einen Augenblick lang in der Luft. Langsam legte sie den Kamm auf die Truhe, ohne ihren Mann im Spiegel aus den Augen zu lassen; dann ging sie zum Fenster, mit behutsamen Schritten, leise, als wolle sie um jeden Preis seine Aufmerksamkeit vermeiden.

Hinter den Scheiben war Angst und Nacht. Sie lieferte sich ganz ihrem Frösteln aus, während ihre Augen in all dem Chaos beharrlich nach dem verlorenen Lichtlein forschten. Schließlich entdeckte sie es. Es war noch an der gleichen Stelle, hing in schwachen Zuckungen dort unten im Abgrund, jeden Augenblick gewärtig, von der Nacht verschlungen zu werden. Lange konnte sie ihren Blick nicht von der bläßlichen Röte inmitten der wogenden Finsternis losreißen. Es war das Rot eines primitiven Feuers, tausend Jahre altes Magma, dessen schwacher Widerschein aus dem Mittelpunkt des Erdballs hervordrang. Es war wie das Tor zur Hölle. Und plötzlich drängte sich ihr in unwiderstehlicher Dichtheit die Erinnerung an ihn, an den Mann auf, der durch diese Hölle gegangen war. Gjorg, formten ihre erstarrten Lippen einen lautlosen Ruf. Er reiste auf einer Straße, die keine Ankunft kannte, Botschaften des Todes in den Händen, an den Ärmeln, auf den Flügeln. Ein Halbgott mußte er sein, um Finsternis und Chaos am Anfang der Welt ertragen zu können. Unnachahmlich, unerreichbar wuchs er zu gewaltiger Größe, dehnte sich und wehte durch die Nacht wie ein Totengesang.

Sie konnte nun nicht mehr glauben, daß sie ihn je gesehen hatte und von ihm gesehen worden war. Selbst kam sie sich farblos vor, bar jeden Mysteriums im Vergleich zu ihm. Ein Hamlet der Berge, wiederholte sie Besians Worte. Mein unglücklicher Prinz.

Ob ich ihm noch einmal begegne? Und dort am Fenster, die Stirn eiskalt von der frostigen Scheibe, wurde ihr klar, daß sie für ein solches Wiedersehen viel gegeben hätte.

Im gleichen Moment spürte sie im Nacken den Atem ihres Mannes und auf ihrer Hüfte seine Hand. Ein paar Sekunden lang liebkoste er zart die Stelle ihres Körpers, die er besonders mochte; dann fragte er, ohne sehen zu können, was in ihrem Gesicht vorging, mit tonloser Stimme:

»Was hast du?«

Diana antwortete nicht, doch ihr Gesicht blieb dem Dunkel der Scheibe zugewandt, als warte sie darauf, von der grenzenlosen Nacht verschluckt zu werden.

Viertes Kapitel

Als Mark Ukaçjerra die Holztreppe zum zweiten Stock des Turmes hinaufstieg, hörte er eine mahnende Stimme leise sagen:

»Psst! Die Gäste schlafen noch.«

Unveränderten Schritts stieg er weiter, und die Stimme oben an der Treppe wiederholte:

»Du sollst leise sein, sage ich. Die Gäste schlafen noch, hast du nicht gehört?«

Als Mark hinaufblickte, um festzustellen, wer wohl die Kühnheit besaß, so mit ihm zu reden, erblickte er den ausgestreckten Kopf eines der Bediensteten, der herabschaute, um den Ruhestörer zu ermitteln. Der Diener schlug vor Schreck die Hand vor den Mund, als er den »Verwalter des Blutes« erkannte.

Mark Ukaçjerra erreichte den Treppenabsatz und ging wortlos, ja ohne ihn eines Blickes zu würdigen, an dem wie erstarrt dastehenden Bediensteten vorbei.

Er war ein enger Verwandter des Prinzen und wurde, da er sich im Rahmen der Aufgabenverteilung innerhalb des Turmes mit der Blutrache befaßte, »Verwalter des Blutes« genannt. Die Diener, auch sie zum Teil, wenn auch sehr weitläufig, mit dem Prinzen verwandt, fürchteten ihn kaum weniger als diesen. Nun registrierten sie verwundert, daß ihr Gefährte einem sicher geglaubten Unwetter entging, und nicht ohne Bedauern blickten sie auf andere Anlässe zurück, wo sie für die kleinsten Nichtigkeiten teuer bezahlt hatten. Doch nach einem üppigen Abendessen mit den Gästen hatte das Gesicht des »Verwalters des Blutes« an diesem Morgen die Farbe von Lehm. Ganz offensichtlich war er schlechter Laune und zudem mit seinen Gedanken anderswo. Ohne sich nur einmal umzublicken, stieß er die Tür zu einem geräumigen Gemach neben dem Gästezimmer auf und verschwand darin.

Drinnen war es kalt. Durch die Scheiben der ebenso schmalen wie hohen, in Rahmen von unlackiertem Eichenholz gefaßten Fenster drang ein Schimmer, den ihm ein feindseliger Tag zu schicken schien. Er trat heran und betrachtete die reglosen Wolken draußen. Mitten im März war es am Himmel noch Februar. Ihn beschlich das unangenehme Gefühl, diese ganze Ungerechtigkeit sei speziell gegen ihn gerichtet.

Er starrte immer noch nach draußen, als wolle er sich mit jenem Schimmer messen, der zwar grau, doch kräftig in den Augen war, und vergaß darüber für einen Augenblick die Korridore voll behutsamer Schritte und Geflüster: »Psst, Ruhe!«, einzig und allein wegen dieser hauptstädtischen Besucher von gestern abend, die in ihm, ohne daß er sich den Grund erklären konnte, ein Gefühl der Abneigung geweckt hatten.

Alles in allem war das gestrige Abendessen ein einziger Verdruß gewesen. Er hatte ohne rechten Appetit gegessen. Ständig war in seinem Bauch eine Leere, eine Art Loch zu spüren gewesen, das er zu füllen versuchte, um doch nur das Gegenteil zu erreichen: Je mehr er mit Gewalt in sich hineinstopfte, desto leerer schien sein Magen zu werden.

Mark Ukaçjerra wandte sich vom Fenster ab und betrachtete eine Weile den schweren Bücherschrank aus Eichenholz. Die meisten der Bände, die darin standen, waren sehr alt, zum Teil religiöse Schriften, manche in Latein oder altertümlichem Albanisch. Unten, in einem besonderen Fach, waren zeitgenössische Veröffentlichungen zu finden, die direkt oder indirekt mit dem Kanun und dem Turm von Orosh zu tun hatten. Da waren ganze Bücher über ihn, Buchauszüge und Zeitschriftenaufsätze, wissenschaftliche Arbeiten und Gedichte.

Mark Ukaçjerras hauptsächliches Aufgabengebiet war zwar die Blutrache, doch es gehörte auch zu seinen Pflichten, das Archiv des Turmes zu führen. Dieses hatte seinen Platz im geschlossenen, von innen mit Blech ausgeschlagenen unteren Teil des Bücherschrankes. Alle Dokumente des Turmes wurden dort verwahrt: Akten, Geheimverträge, die Korrespondenz mit ausländischen Konsuln, die Abkommen mit den albanischen Regierungen der ersten und der zweiten Republik sowie des Königreichs, Übereinkünfte mit Gouverneuren und Kommandeuren von Besatzungstruppen, ob nun türkische, serbische oder auch österreichische. Die Unterlagen waren in verschiedenen Sprachen, zum größten Teil aber in altem Albanisch abgefaßt. Ein großes Schloß, dessen Schlüssel er um den Hals trug, glitzerte gelblich zwischen den beiden Flügeln der Tür.

Mark Ukaçjerra tat noch einen Schritt auf den Bücherschrank zu und fuhr mit einer halb zärtlichen, halb schroffen Bewegung über die Reihe der zeitgenössischen Bücher und Zeitschriften. Zwar konnte er lesen und schreiben, doch nicht genug, um zu studieren, was dort über Orok stand. Ein Pater aus dem nahegelegenen Schwesternkonvent kam einmal im Monat herüber, um die Bücher und Zeitschriften, die regelmäßig im Turm eintrafen, nach ihrem Inhalt einzuordnen. Er unterschied dabei zwischen gut und schlecht, das heißt, zwischen solchen, die Gutes, und solchen, die Schlechtes über Orok und den Kanun sagten. Das Mengenverhältnis zwischen guten und schlechten veränderte sich ständig. Üblicherweise waren die guten in der Überzahl, doch es gab auch nicht wenige schlechte. Zu gewissen Zeiten nahmen die schlechten rapide zu und drohten mit den guten gleichzuziehen.

Noch einmal fuhr Mark Ukaçjerra nervös über die Rücken der Bücher und warf dabei ein paar um. Es gab Novellen, Dramen und Sagen über das Hochland, die dem Geist Entspannung schenkten, wie der Priester sagte, der sie las. Aber es gab auch bitterböses Gift, das der Prinz aus ganz unerfindlichen Gründen in seiner Bibliothek duldete. Wäre es nach ihm, Mark Ukaçjerra, gegangen, hätte man diese Bücher schon längst verbrannt. Doch der Prinz war viel zu gutmütig. Nicht nur, daß er darauf verzichtete, sie zu verbrennen oder zumindest aus dem Fenster zu werfen, er blätterte sogar ab und zu ein wenig darin. Nun ja, er war der Herr und mußte wissen, was er tat.

Gestern abend nach dem Essen, als sie die Gäste bei einem Rundgang durch das Haus auch in dieses Zimmer führten, hatte er folgende Äußerung getan: »Sooft auch Gift und Galle gegen Orok gespuckt wird, er wankt nicht und wird niemals wanken!« Doch anstatt auf die Schießscharten des Turmes war sein Blick auf den Schrank mit Büchern und Zeitschriften gerichtet gewesen, was bedeuten mochte, daß von dort nicht nur Angriffe auf den Turm, sondern auch Verteidigung zu erwarten war. »Wie viele Regierungen sind gestürzt, wie viele Königreiche vom Erdboden verschwunden«, hatte der Prinz dann noch gemeint. »Orok aber steht noch immer.«

Doch er, der Gast, der Schriftsteller, den Mark samt seiner schönen Frau vom ersten Augenblick an nicht gemocht hatte, beugte sich nur wortlos hinab, um die Titel der Bücher und Zeitschriften zu beschauen. Der Unterhaltung beim Abendessen hatte Mark nicht eindeutig entnehmen können, ob seine Arbeiten über das Hochland nun zu den guten oder den schlechten gehörten. Mit einem Wort: Geschreibsel, nicht Fisch noch Fleisch. Vielleicht hatte ihn der Prinz gerade deshalb in den Turm eingeladen, und auch noch zusammen mit seiner Frau: um herauszufinden, was in seinem Kopf vorging, und um ihn für sich zu gewinnen.

Der »Verwalter des Blutes« wandte sich vom Bücherschrank ab und sah wieder zum Fenster hinaus. Seiner Überzeugung nach war diesem Stutzer aus der Hauptstadt nicht sehr zu trauen. Nicht nur, daß er schon im ersten Augenblick, als sie mit ihren Ledertaschen die Treppe heraufgekommen waren, ein vages Gefühl der Feindschaft ihnen gegenüber empfunden hatte. Da gab es noch etwas anderes, und eben dieses andere war die Ursache seiner Abneigung: eine gewisse Furcht vor den beiden, besonders vor der Frau des Gastes. Der »Verwalter des Blutes« lächelte bitter. Hätte man erfahren, daß er, Mark Ukaçjerra, den kaum je im Leben etwas erschreckte, auch Dinge nicht, die selbst einen Räuber blaß werden ließen, hätte man also erfahren, daß er Furcht empfand vor einer Frau, man hätte gestaunt. Doch so war es. Er hatte Angst vor ihr. Sie hatte nichts von dem, was bei Tisch gesprochen worden war, geglaubt. Das war an ihren Augen abzulesen. Ein Teil der sparsam gesetzten Worte seines Herrn, des Prinzen, die für ihn stets unangreifbares Gesetz gewesen waren, verlor seine Macht, erstickte lautlos, fiel in Trümmer, sobald er ihre Augen erreichte. Wie ist das nur möglich, hatte er sich mehrmals gefragt und dann selbst die Antwort gegeben: Das ist gar nicht möglich, ich bilde mir das nur ein. Doch als er die junge Frau erneut verstohlen musterte, mußte er feststellen: es war doch so. Die Worte lösten sich auf in diesen Augen, verloren ihre Macht. Und nach den Worten zerfiel lautlos ein Teil des Turmes, er selbst, Mark Ukaçjerra, und nach ihm... Nie zuvor hatte er ähnliches erlebt, und daher, so schien es, kam diese Angst. Immerhin hatten im Gästezimmer des Prinzen schon viele bedeutende Besucher genächtigt, päpstliche Legate, Vertraute des Königs Zogu, kluge Bärtige, die man Philosophen oder Gelehrte nannte, aber keiner davon hatte bei Mark derartige Empfindungen ausgelöst.

Vielleicht lag ja alles daran, daß der Prinz gestern abend mehr als üblich geredet hatte. Jeder wußte, daß er gewöhnlich nur sehr wenig sprach. Manchmal öffnete er den Mund nur zu einem Willkommensgruß und überließ dann den anderen die Unterhaltung. Gestern jedoch hatte er zur Überraschung aller diese Gewohnheit aufgegeben. Und für wen? Für eine Frau! Keine Frau, sondern eine Hexe. Schön wie eine Bergfee, aber eine böse Fee. Sonst hätte sie gegen die Macht seines Herrn nichts auszurichten vermocht. Tatsächlich war es schon ein Fehler gewesen, sie gegen allen Brauch ins Männergemach einzulassen. Nicht grundlos verbot der

Kanun allen Frauen, das Empfangszimmer zu betreten. Doch leider war der Teufelshauch der neuen Moden inzwischen sogar hier, im Bollwerk des Kanun, in Orok zu spüren.

Mark Ukaçjerra empfand erneut diese ekelhafte Leere in seinem Magen. Dumpfer Groll mischte sich in die Übelkeit, versuchte irgendwohin auszubrechen, ohne einen Ausgang zu finden, und kehrte quälend nach innen zurück. Brechreiz befiel ihn. Tatsächlich nahm er schon seit geraumer Zeit wahr, wie aus der Ferne, aus den Städten und Ebenen, in denen Mannestum lange nichts mehr galt, ein Pesthauch heranwehte, der nun auch die Berge zu besudeln und zugrunde zu richten trachtete. Er hatte eingesetzt, als diese aufgeputzten Weibspersonen mit ihren kastanien- oder haselnußbraunen Haaren sich in den Bergen herumzutreiben begannen und den Hunger zu leben weckten, auch um den Preis der Ehrlosigkeit. Geziert thronten sie in Kutschen, richtige Kutschenhuren, mit ein paar Tagedieben, die alles mögliche sein mochten, nur keine Männer. Das schlimmste aber war, daß diese aufreizenden Püppchen nun auch noch in den Männergemächern auftauchten, und das ausgerechnet in Orok, der Wiege des Kanun. Nein, das war kein Zufall. Da brach etwas in sich zusammen, Werte welkten dahin. Und nun wollte man auch noch, daß er sich für das Nachlassen der Blutrache rechtfertigte. Hatte sein Herr nicht erst gestern abend nach einem Seitenblick auf ihn vorwurfsvoll festgestellt: »Ein paar Leute wollen Abstriche am Kanun der Väter machen.« Was hatte dieser Seitenblick des Herren von Orosh zu bedeuten? Gab man womöglich ihm, Mark Ukaçjerra, die Schuld daran, daß in letzter Zeit

Anzeichen einer Aufweichung des Kanun, vor allem der Blutrache festzustellen waren? Roch er denn nicht selbst den Gestank, der von den Zwitterstädten herüberwehte? Wohl waren in diesem Jahr die Einkünfte aus der Blutsteuer zurückgegangen, doch das war nicht allein seine Schuld, so wie die reiche Maisernte nicht allein das Verdienst des Verwalters der Äcker war. Es mußte nur schlechtes Wetter geben, und man würde schon sehen, was dann an Mais eingebracht wurde. Doch das Jahr war gut gewesen, und der Verwalter der Äcker hatte vom Prinzen ein Lob erhalten. Immerhin war Blut kein Regen, der vom Himmel fiel. Die Gründe für den Rückgang waren ziemlich schleierhaft. Sicherlich trug er einen Teil der Schuld, doch an ihm allein lag es auch nicht. Wenn man ihm nur mehr Rechte einräumen, ihm in ein paar Dingen freie Hand lassen würde! Dann könnten sie ruhig kommen und von ihm bis aufs letzte Tüpfelchen Rechenschaft über die Einkünfte aus dem Blut verlangen. Ja, dann wüßte er, was er zu tun hätte. Doch obwohl die Leute vor seinem schrecklichen Titel zitterten, reichte seine Macht nicht sehr weit. Und deshalb ging es abwärts mit der Sache des Blutes im Hochland. Die Zahl der Morde war von Jahr zu Jahr zurückgegangen, doch dieses Frühjahr war besonders katastrophal gewesen. Mit bösen Ahnungen und bangem Herzen hatte er der Abrechnung entgegengeblickt, an der seine Gehilfen nun seit einigen Tagen saßen. Das Ergebnis war noch schlimmer als befürchtet: nicht einmal siebzig Prozent der Einkünfte aus dem gleichen Zeitraum des Vorjahrs waren in die Kassen geflossen. Während alle anderen Helfer des Prinzen bedeutende Summen in die gemeinsame Schatulle einbrachten, nicht nur der Verwalter der Äcker, sondern auch der Verwalter der Herden und Weiden, der Verwalter der Zinsen, der Verwalter der Bergwerke und vor allem der Verwalter der Mühlen, dem alles unterstand, was mit Werkzeugen verrichtet wurde, von den Webereien bis hin zu den Schmieden. Er dagegen, der erste unter den Verwaltern (denn die Einnahmen der anderen stammten nur aus den Besitztümern des Turmes, seine aus dem ganzen Hochland), er also, der wichtigste Verwalter, der einst die gleiche Summe eingebracht hatte wie alle anderen zusammen, kam nun kaum mehr auf die Hälfte.

Deshalb war der Blick des Prinzen beim gestrigen Abendessen noch bitterer gewesen als seine Worte. Er schien zu sagen: du bist der Verwalter des Blutes, du müßtest der erste sein, wenn es darum geht, die Blutrache zu schüren. Du müßtest anstacheln, aufrütteln, einpeitschen, wenn sie abflaut oder einschläft. Aber was machst du? Das Gegenteil. Dir ist dein Titel genug. All das hatte in jenem Blick gelegen. O Gott, seufzte Mark Ukaçjerra, am Fenster stehend. Warum ließ man ihn denn nicht in Ruhe. Als ob er nicht schon genug Sorgen hätte.

Um die schlimmen Gedanken zu vertreiben, beugte er sich zum untersten Fach des Bücherschrankes hinunter, öffnete eine der schweren Türen und zog ein außerordentlich umfangreiches, in Leder gebundenes Konvolut hervor. Das »Buch des Blutes«. Eine Weile lang blätterte er in den dicken, in zwei Spalten eng beschriebenen Blättern. Er las nicht, sondern überflog nur kalt die vielen tausend Namen, deren Silben einander so ähnlich waren wie die Kiesel eines endlosen Flußbetts. Bis ins Detail waren darin alle Blutfehden des Hochlands verzeichnet. Der Tod, den Familien und Sippen einander schuldeten; Tilgungen auf beiden Seiten; Fälle noch nicht abgegoltenen Blutes, die nach zehn, zwanzig, manchmal hundertzwanzig Jahren erneut Blutrache nach sich zogen; endlose Aufrechnungen von Schuld und Tilgung; ganze Generationen ausgelöscht; der Stammbaum des Blutes, wie das Blut vom Vater, und der Stammbaum der Milch, wie das Blut von der Mutter genannt wurde; Mord, vergolten mit Mord; ein Toter, aus dem ein Paar von Toten wurde, dann vier Paare Ermordeter, vierzehn, vierundzwanzig, und immer noch ein Blut übrig, ein Blut voraus, ein Blut allein, das wie ein Leithammel neue Herden von Toten anführte.

Das Buch war alt, vielleicht so alt wie der Turm. Nichts fehlte darin, und es wurde aufgeschlagen, wenn jemand kam, um Nachforschungen anzustellen. Abgesandte von Familien und Sippen, die seit einer Ewigkeit ohne Blut gelebt hatten, mit deren Ruhe es jedoch schlagartig vorbei war wegen eines Zweifels, einer Vermutung, eines Gemunkels oder eines halbverrückten Traums. Dann schlug Mark Ukaçjerra, der »Verwalter des Bluts«, wie all seine vielen Vorgänger die dicken Seiten des Buches auf, verfolgte Seite um Seite, Spalte um Spalte den Stammbaum des Blutes zurück, um schließlich irgendwo haltzumachen. »Ja, ihr habt Blut zu vergelten. In diesem und jenem Jahr, in diesem und jenem Monat ist eine Schuld ungetilgt geblieben.« In solchen Augenblicken sprach aus den Augen des »Verwalters des Blutes« schwerer Vorwurf ob der langen Zeit des Vergessens. Sein Blick schien auszudrücken: Euer Friede war Lüge, ihr Elenden.

Doch das geschah nur sehr selten. Üblicherweise behielten die Angehörigen einer Familie über Generationen hinweg alle Blutschulden im Gedächtnis. Diese waren der Hauptinhalt der Überlieferung einer Sippe, und daß sie vergessen wurden, geschah nur nach lange andauernden ungewöhnlichen Ereignissen. Dazu gehörten plötzliche Katastrophen, Kriege, Bevölkerungsverschiebungen, Pestepidemien. Dann sank der Wert des Todes; er büßte seine Größe ein, seine Regeln, seine Einsamkeit, wurde alltäglich und üblich und damit banal und ohne Gewicht. In dieser schmutzig eintönigen Flut des Todes passierte es ab und zu, daß ein Blut verlorenging. Doch auch dann gab es noch das Buch, wohl verwahrt im Turm von Orosh. Mochten auch die Jahre vergehen, Sippen erblühen und neue Zweige treiben, unweigerlich kam ein Tag des Zweifels, kam ein Gemunkel, ein halbverrückter Traum, und alles lebte von neuem auf.

Mark Ukaçjerra blätterte weiter im Buch. Ab und zu hielt er inne bei Jahren des Aufschwungs der Blutrache oder umgekehrt ihres Niedergangs. Er hatte alles schon hundertmal gesehen, hundertmal hatte er den Vergleich angestellt, doch nun, da er den Band durchblätterte, konnte er nur ungläubig den Kopf schütteln. Abscheu, durchsetzt mit Drohung, lag in dieser Geste, stumme Auflehnung gegen die Vergangenheit. Hier, die Jahre 1611 bis 1628 mit den meisten Blutrachefällen im ganzen 17. Jahrhundert. Dann das Jahr 1639 mit der niedrigsten Zahl: alles in allem nur 722 Morde im ganzen Hochland. Dies war das schreckliche Jahr zweier Aufstände, wo das Blut in Strömen floß, doch ein anderes Blut, nicht das Blut des Kanun. Dann die Jahre 1640 bis 1690, ein halbes Jahrhundert, in dem das Blut, das

einst wie aus Quellen gesprudelt war, kaum noch tröpfchen‑
weise floß. Die Blutrache drohte auszusterben. Doch als sie
schon in den letzten Zügen zu liegen schien, trat heftig ein
neuer Aufschwung ein. 1691: die doppelte Zahl von Blutta‑
ten. 1693: die dreifache Zahl. 1694: die vierfache. Im Kanun
hatte es eine grundlegende Veränderung gegeben. Die Blut‑
rache, der bis dahin nur der Vollstrecker verfallen war, also
der Mann, der die Büchse abgefeuert hatte, wurde nun auf
die gesamte Sippe ausgeweitet. Die letzten Jahre des ausge‑
henden und die ersten Jahre des neuen Jahrhunderts ertran‑
ken im Blut. So ging es weiter bis zur Jahrhundertmitte, als
erste Anzeichen einer neuen Dürreperiode auftraten. Hier,
das dürre Jahr 1754. Dann 1799. Dasselbe ein Jahrhun‑
dert später. Drei Jahre – 1878, 1879, 1880 – in Folge. Doch
das war eine Zeit der Aufstände oder der Kriege mit aus‑
ländischen Feinden, und da flaute die Blutrache üblicher‑
weise ab. Das Blut dieser Jahre war dem Turm von Orosh
und dem Kanun fremd, also waren es Jahre des verlorenen
Blutes.

Doch schlechter als heuer konnte ein Frühjahr nicht be‑
ginnen. Fast schaudernd dachte er an den 17. März. Sieb‑
zehnter März, murmelte er vor sich hin. Ein Tag ohne jedes
Blut, wäre da nicht wenigstens der Mord in Brezftoht ge‑
wesen. Der erste *weiße* Tag seit einem Jahrhundert, vielleicht
sogar seit zwei, drei, fünf Jahrhunderten, oder womöglich
sogar, seit es die Blutrache gab. Auch jetzt wieder, beim
Durchblättern des Buches, spürte er, wie seine Finger zitter‑
ten. Am 16. März hatte es acht Morde gegeben, am 18. März
waren es elf gewesen und am 19. und 20. März jeweils fünf,
nur jener 17. März wäre beinahe ohne Tod geblieben. Al‑

lein schon die Vorstellung eines solchen Tages reichte aus, um Mark Ukaçjerra in blanken Schrecken zu versetzen. Und nun wäre es um ein Haar passiert, wäre die Katastrophe unvermeidlich gewesen, hätte es da nicht einen gewissen Gjorg gegeben, einen Gjorg aus Brezftoht, der diesen Tag des Herrn mit Blut besprengte. Und ihn auf diese Art rettete. Als sich der junge Mann gestern eingefunden hatte, um seine Blutsteuer zu entrichten, war er deshalb zu seiner offensichtlichen Verwirrung von Mark Ukaçjerra mit einem ganz besonderen Blick bedacht worden, schmerzlich und anerkennend zugleich.

Er hatte in väterlichem Ton mit ihm geredet, ihn Sohn genannt, mein Jüngelchen, ihn zu seinem Gewehr beglückwünscht und, als er erfuhr, wen dieses getötet hatte, an den alten Spruch erinnert: So groß wie die Lücke, die eine Büchse reißt, ist die Rache.

Schließlich legte Mark Ukaçjerra den Folianten im unteren Fach des Bücherschranks ab. Zum zehnten Mal wanderte sein Blick über die zeitgenössischen Bücher und Zeitschriften. Der Pater, der sie einsortierte, las ihm beim Einordnen ab und zu aus Schriften von Kanungegnern vor. Zum Erstaunen und Entsetzen Mark Ukaçjerras wurden darin Bestandteile des Kanun, ja sogar der Turm von Orosh ziemlich offen oder doch indirekt attackiert. Hm, knurrte Mark beim Zuhören, lies weiter. Und seine wachsende Wut zog nicht nur die Leute in ihren Strudel, die dieses schreckliche und schändliche Zeug geschrieben hatten, sondern sämtliche Bewohner der Städte und Ebenen, ja sogar die Städte und Ebenen selbst, um nicht zu sagen, alle Niederungen der Welt.

Manchmal ließ ihn die Neugier ganze Stunden zuhören, etwa wenn in einer Zeitschrift unverblümt darüber geredet wurde, ob der Kanun mit seinen harten Gesetzen die Blutrache nun eher anheizte oder ihr umgekehrt Zügel anlegte. Die eine Partei schrieb, einige der Grundsätze des Kanun, zum Beispiel, daß Blut nie verlorengehe und nur durch Blut getilgt werden könne, schürten die Blutrache und seien deshalb barbarisch. Die andere Seite hielt dagegen, diese Prinzipien seien nur dem Anschein nach monströs, tatsächlich jedoch äußerst menschlich, da die Bestimmung, Tod sei nur mit Tod zu vergelten, einen Mörder von der Tat abhalte, indem sie ihm vor Augen führe: wenn du fremdes Blut vergießt, bezahlst du mit deinem eigenen dafür.

Schriften dieser Art waren für Mark Ukaçjerra noch einigermaßen erträglich, doch gab es auch noch andere, die ihm das Blut in den Adern gerinnen ließen. Ein solch unheilvolles Elaborat war, versehen mit einem Schaubild, vor vier Monaten in einer dieser verwünschten Zeitschriften erschienen und hatte den Prinzen nächtelang um den Schlaf gebracht. In der Tabelle waren mit erstaunlicher Genauigkeit sämtliche Einnahmen des Turms von Orosh aus der Blutsteuer über einen Zeitraum von vier Jahren hinweg aufgeführt, und zwar in Gegenüberstellung zu den Einkünften aus Maisanbau und Viehzucht, aus Landverkäufen, aus Bergbau und Zinsen, und alles mündete in völlig irrwitzige Schlußfolgerungen. Eine davon war, in heutiger Zeit verrotteten im Zuge der allgemeinen Verrottung auch die Eckpfeiler des Kanun, nämlich Ehrenwort, Blutrache und Gastfreundschaft. Diese großen und bedeutsamen Bestandteile des Lebens der Albaner hätten sich im Lauf der Zeit verändert und allmählich in eine unmenschliche Maschinerie verwandelt, bis sie dann schließlich, so der Artikelschreiber, zu einem kapitalistischen Profitunternehmen verkommen seien.

In dem Aufsatz gab es viele ausgefallene Ausdrücke, die Mark nicht verstand und die ihm der Priester geduldig erklärte. So war da zum Beispiel von »Blutindustrie« die Rede, von der »Ware Blut«, vom »Mechanismus der Blutrache«. Schon der Titel der Schrift war schlichtweg ungeheuerlich: »Die Blutracheologie«.

Selbstverständlich hatte der Prinz über seine Leute in Tirana sofort das Verbot der Zeitschrift erwirkt, aber der Verfasser des Artikels ließ sich trotz aller Bemühungen des Prinzen nicht feststellen. Mark Ukaçjerra allerdings konnte das Verbot der Zeitschrift keineswegs besänftigen. Allein die Tatsache, daß solche Dinge geschrieben werden konnten, daß ein menschliches Hirn überhaupt in der Lage war, sie zu denken, war für ihn erschreckend.

Was ist das nur für ein Hexenwerk, o Jesus Christus, dachte er manchmal. Er konnte nicht begreifen, wie man drunten in den flachen Ländern, wo das Ehrenwort mit dem Wortbruch rang, derart an den Fundamenten der Welt zu rütteln wagte. Erbärmliche Huren, schimpfte er vor sich hin. Ihr verschmäht das Manneswort des Kanun, weil ihr die Worte der Schlange vorzieht.

Die große Wanduhr schlug sieben. Er trat ans Fenster. Sein Blick verlor sich in der Weite der Bergwelt, und er spürte, wie das Gedankengedränge in seinem Kopf einer großen Leere wich. Doch dieser Zustand hielt wie üblich nicht lange an. Nach und nach füllte sich sein Verstand mit einer gräulich wabernden Masse, etwas mehr als Nebel und etwas weniger als Denken. Irgendwo dazwischen, verschwommen, flüchtig, unvollständig. Sobald ein Teil Kontur annahm, versank der andere. Und Mark spürte, daß dies noch für Stunden, ja Tage so weitergehen konnte.

Es geschah nicht zum ersten Mal, daß das Rätsel Hochland Marks Verstand so in Lähmung versetzte. Allgemein galt es als die statthafte, normale und vernünftige Welt. Der andere Teil »dort unten« war doch nicht mehr als eine sumpfige Niederung, aus der nichts heraufkam als Krankheit und Fäulnis.

Bewegungslos am Fenster stehend, bemühte er sich wie schon so oft zuvor vergebens, die Endlosigkeit des Hochlands, das sich von Mittelalbanien bis über die Staatsgrenzen hinaus erstreckte, zu ermessen. All diese Berge standen in einer Beziehung zu Mark, denn von überall her trafen Blutsteuern bei ihm ein. Und trotzdem waren sie ihm ein Rätsel geblieben. Wie leicht hatten es doch der Verwalter der Felder und Weinberge oder der Verwalter der Minen. Mais konnte man sehen, und sehen konnte man, wenn Mehltau die Reben befiel oder wenn Bergwerke erschöpft waren. Die Äcker dagegen, deren Verwaltung ihm das Schicksal zugewiesen hatte, waren unsichtbar. Manchmal glaubte er, das Rätsel lösen zu können, sperrte es in seinem Gehirn ein, um es endlich zu ergründen. Doch dann verflüchtigte es sich allmählich wieder, so wie die Wolken am Himmel sich auf unerklärliche Weise zerstreuten. Seine Gedanken kehrten zu den Äckern des Todes zurück, und vergeblich versuchte er herauszufinden, was sie fruchtbar machte und was sie verdorren ließ. Es gab da eine Dürre besonderer Art, und oft herrschte sie auch noch inmitten der winterlichen Regen, was sie schrecklicher machte als alles andere.

Mark Ukaçjerra seufzte. Den Blick in die Ferne gerichtet, versuchte er sich das unermeßlich weite Hochland vorzustellen, mit all seinen Plateaus, Wildbächen, Schluchten, Schneefeldern, Waldlichtungen, Dörfern, Kirchen. Doch was interessierte ihn, Mark Ukaçjerra, das alles? Für ihn bestand das Hochland nur aus zwei Elementen: einem, das Tod erzeugte, und einem anderen, unfruchtbaren. Langsam zog der todbringende Teil, Ländereien, Güter und Menschen, an seinem inneren Auge vorbei: Tausende von großen und kleinen Wasserläufen, von Westen nach Osten oder von Süden nach Norden fließend, an deren Ufern so viel Streit entstanden und dann so viel Blut geflossen war; Hunderte von Mühlenwegen, viele tausend Grenzsteine, die ebenfalls leicht Anlaß von Streit und danach Blutvergießen werden konnten; Zehntausende von Eheabsprachen, die zum Teil nicht eingehalten wurden, was verschiedene Gründe, aber stets nur ein Ergebnis hatte, namlich Verdruß; die Männerwelt des Hochlands insgesamt, gefährlich, kaltblütig, mit dem Tod spielend, als sei er ein Sonntagszeitvertreib. Und so fort. Der unfruchtbare Teil war leider genauso groß: Friedhöfe, die, mit Tod gemästet, kein Sterben mehr dulden wollten, weshalb dort Mord und Händel, ja selbst Wortgefechte verboten waren; Verlorene, jene also, deren Blut der Kanun wegen Art oder Umständen ihres Todes für verwirkt erklärte; Priester, die niemals ins Blut fielen; die Frauenschaft des Hochlands insgesamt, die vom Blut nicht betroffen war.

Oft war Mark allerlei Unsinn im Kopf herumgegeistert, den er nie jemand zu erzählen gewagt hätte. Was wäre, wenn Frauen ebenso ins Blut fallen würden wie die Männer? Später hatte er sich dafür geschämt, sogar eine Art Entsetzen empfunden. Doch das waren seltene Anwandlungen, hauptsächlich aus Verzweiflung geboren, wenn er sich am Ende eines Monats oder eines Quartals die Statistiken ansah. Müde versuchte er diese Gedanken zu verjagen, doch sie kamen wieder. Nur diesmal nicht als Blasphemie gegenüber dem Kanun, sondern schlicht in Form eines Staunens. So wunderte er sich darüber, daß freudige Anlässe wie Hochzeiten derart oft in Hader und Blutvergießen endeten, etwas Düsteres wie Bestattungen hingegen fast nie. Das brachte ihn darauf, die frischen mit den alten Blutfehden zu vergleichen. Beide hatten ihre Vorzüge und Nachteile. Die alten waren verläßlich wie seit langem bestellte Äcker, jedoch auch ein wenig kalt und zähflüssig. Die frischen Blutfehden dagegen hatten Schwung und ergaben in einem Jahr manchmal so viele Tode wie die alten in zwanzig Jahren. Da sie jedoch noch nicht in einem sicheren Bett verliefen, konnte es geschehen, daß sie bald mit einer Versöhnung beendet wurden. Die alten Blutfehden dagegen ließen sich nur schwer beilegen. Ganze Generationen waren von der Wiege an so mit der Blutrache vertraut, daß ihnen ein Leben ohne sie kaum vorstellbar erschien, sowenig wie sie auf die Idee gekommen wären, sich ihrer zu entledigen. Nicht umsonst hieß es: »Das Blut, wenn es erst ins zwölfte Jahr geht, ist wie ein Eichbaum, den reißt man nicht mehr so leicht aus.« Dennoch war Mark Ukaçjerra zur Überzeugung gelangt, daß beide Arten von Blutfehden, die über lange Zeit hinweg gewachsenen alten wie die ungestümen frischen, einander förderlich waren und daß es nicht ohne Auswirkungen auf die anderen blieb, wenn die einen verdorrten. In letzter Zeit war zum Beispiel nur sehr schwer auszumachen gewesen, welche von beiden nun rascher abflaute. O Gott, rief er aus, wenn das so weitergeht, ist es bald aus mit mir.

Jeder Schlag der Uhr ließ ihn zusammenzucken. Er zählte mit. Sechs, sieben, acht... Jenseits der Tür, auf dem Flur, war nur das schwache Scharren eines Besens zu hören. Die Gäste schliefen noch.

Der Schimmer des Tages, obwohl kräftiger geworden, hatte immer noch die feindselige Kälte der Ferne, aus der er kam. O Gott, seufzte Mark, diesmal so tief, daß seine Rippen zu vibrieren schienen wie das Gebälk einer einstürzenden Hütte. Er starrte wieder in den grauen Himmel, der sich verlassen über den Berghängen dehnte, ohne daß man hätte sagen können, ob sie ihre Düsternis von ihm nahmen oder umgekehrt.

In Mark Ukaçjerras Blick lag Frage, Drohung und Flehen um Gnade zugleich. Was hast du nur? schien er die vor ihm daliegende Landschaft fragen zu wollen. Warum ist es nur so weit gekommen?

Immer hatte er geglaubt, das Hochland, das zu den größten und bedeutendsten Gebirgsregionen Europas gezählt wurde, genau zu kennen. Es bedeckte ganz Nordalbanien, und es erstreckte sich noch über seine Grenzen hinaus auf die albanischen Gebiete von Kosova, das die Slawen »Altserbien« nannten, in Wirklichkeit war es jedoch nur ein Teil von ihm, dem Hochland, selbst. Er hatte also gemeint, es zu kennen, doch in letzter Zeit war er immer häufiger auf etwas gestoßen, das ihn eher befremdete. Marks Gedanken quälten sich mühsam über karge Plateaus, als forschten sie nach dem Ursprung dieses unbegreiflichen, ja, noch schlimmer, höhnischen Untertons im Schimmer des Tages. Vor allem, wenn der Wind zu heulen begann und Einsamkeit auf den Almen einkehrte, kam ihm alles fremd vor.

Er wußte, dort drehte sich das in unvordenklicher Zeit entstandene Räderwerk des Todes, eine uralte Mühle, die Tag und Nacht nicht zu mahlen aufhörte. Niemand kannte ihre Geheimnisse besser als er, der Verwalter des Blutes. Doch es half ihm nicht, jenes Gefühl der Entfremdung abzuschütteln. Als wolle er sich vom Gegenteil überzeugen, hetzten seine Gedanken wie im Fieber durch die kalte Weite, die sich in seinem Gehirn seltsam ausdehnte, halb Landkarte, halb Tischtuch eines Leichenmahls.

Am Fenster der Bibliothek stehend, stellte er sich diese schauerliche Karte vor. In starrer Ordnung lagen vor seinem inneren Auge alle Felder des Hochlands. Sie teilten sich in zwei große Gruppen: solche, die bestellt wurden, und solche, die wegen der Blutrache brachlagen. Das Prinzip der Unterteilung war einfach: die Männer, die Blut zu nehmen hatten, arbeiteten auf den Äckern, auf die sie sich getrost hinauswagen konnten, da sie ja zu töten an der Reihe waren. Umgekehrt ließen jene Männer, die Blut zu geben hatten, den Boden brachliegen, um sich in den schützenden Fluchtturm zurückzuziehen. Das dauerte so lange, bis der Mord geschehen war. Dann kehrte sich alles um. Die Sippe, die bis gestern nach Blut getrachtet hatte, verlor nun, da es genommen war, mit dem Anspruch auf die Bezeichnung »Rächer« auch das Recht, sich einzuschließen, und die bis gestern eingeschlossene und nun befreite Sippe schlüpfte in die Rächerrolle.

Für Mark Ukaçjerra waren die brachliegenden Felder ein wahrer Augenschmaus. Je mehr ihre Zahl in den letzten Jahren mit dem Rückgang der Blutrache abgenommen hatte, desto kostbarer waren sie für ihn geworden. Viele Sippen nahmen Entbehrungen in Kauf, weil eine Blutschuld zu tilgen war, andere verfuhren umgekehrt: sie schoben die Blutrache Jahr um Jahr hinaus. Du bist frei, ein Mann zu bleiben, frei bist du auch, deine Mannesehre zu verwirken, sagte der Kanun. Jeder wählte frei zwischen Mais und Blut. Manche entschieden sich für die Schande und den Mais, andere für das Blut.

Nicht selten geschah es, daß bestellte und brachliegende Felder direkt nebeneinanderlagen. Die Schollen der frischgepflügten Äcker hatten für Mark Ukaçjerra etwas Ekelhaftes. Der Nebel, der von ihnen aufstieg, ihr weicher Frauengeruch widerten ihn an. Das ausgedörrte Brachland mit seinen Rissen, die einmal Falten glichen, dann wieder zusammengebissenen Kiefern, rührte ihn dagegen fast zu Tränen. Und überall an den weiten Berghängen das gleiche Bild: Äcker und Brache, diesseits und jenseits der Straße, zusammengedrängt und doch wie Fremde, einander voll Haß betrachtend. Und das unglaublichste war: nach einem viertel, einem halben Jahr tauschten sie ihr Geschick. Die Brache wurde unversehens wieder fruchtbar, die Felder aber verödeten.

Wohl zum zehnten Mal an diesem Morgen seufzte Mark Ukaçjerra tief. Noch immer waren seine Gedanken weit weg. Von den Feldern wechselten sie hinüber zu den Straßen, von denen er einen Teil im Dienst bereist hatte, zu Fuß oder zu Pferd. Die Große Straße der Verwünschten Almen, die Straße der Schatten, die Straße am Schwarzen Drin, die Straße am Weißen Drin, die Schlechte Straße, die Große Straße der Banner, die Straße des Kreuzes. Auf ihnen wanderten Tag und Nacht die Menschen des Hochlands. Bestimmte Abschnitte dieser Straßen standen unter dem ewigen Ehrenwort. So war der Teil der Großen Straße der Banner von der Steinernen Brücke bis zu den Großen Kastanien durch das Ehrenwort der Nikaj und der Shala geschützt. Wem auch immer dort etwas zustoßen mochte, sein Blut fiel auf den Kreis Nikaj und Shala. Auch für ein Stück der Straße der Schatten zwischen den Äckern der Reka und der Mühle des Tauben galt das Ehrenwort. Die ganze Straße der Felsen bis zur Kühlen Quelle stand gleichfalls unter dem Ehrenwort. Nicht anders die Gehöfte der Nikaj und Shala. Unter dem Schutz des Ehrenworts befand sich die Alte Herberge an der Straße des Kreuzes, ausgenommen die Ställe. Ebenso die Herberge der Witwe, einschließlich vierhundert Schritt Wegs vom nördlichen Tor aus. Die acht Schlunde der Elfenquelle, je vierzig Schritte im Umkreis. Die Gehöfte der Rrëza. Die Krillawiesen.

Er versuchte sich all die anderen Orte ins Gedächtnis zu rufen, die unter einem besonderen oder unter dem allgemeinen Ehrenwort standen, was bedeutete, daß es dort nicht gestattet war, zum Zwecke der Blutrache einen Schuß abzugeben. Das galt für ausnahmslos alle Mühlen, vierzig Schritte links und rechts, wie auch für alle Wasserfälle, vierhundert Schritte links und rechts, da im Klappern der Mühlräder oder im Tosen des herabstürzenden Wassers der warnende Zuruf des Schützen untergehen mochte. Der Kanun vergaß nie etwas. Oft hatte sich Mark Ukaçjerra den

Kopf darüber zerbrochen, ob solche Plätze unter dem Ehrenwort nun die Zahl der Bluttaten begrenzten oder aber eher anwachsen ließen. Manchmal glaubte er, der Schutz, der jedem Wanderer verheißen war, halte den Tod fern, dann wieder schien ihm, daß gerade die Straßen oder Herbergen, die unter dem Ehrenwort standen, neue Blutfehden auslösen mußten, weil jeder, der dort zu Tode kam, mit absoluter Sicherheit gerächt wurde. Seinem Empfinden nach war das unklar und zwiespältig wie so vieles im Kanun.

Im Zusammenhang mit den vielen Balladen über die Blutrache, die allenthalben im Hochland gesungen wurden, hatte er sich schon die gleiche Frage gestellt. Es gab über die Dörfer und Kreise verstreut unzählige Rhapsoden. Auf allen Straßen traf man sie, in allen Gasthäusern hörte man ihnen zu. Schwer zu entscheiden, ob durch sie die Morde zu- oder eher abnahmen. Nicht anders war es bei den Geschichten über längst oder noch nicht so lange vergangene Begebenheiten, die von Mund zu Mund weitergegeben wurden. An langen Winterabenden erzählte man sie am Feuer, und die Reisenden trugen sie hinaus, bis sie dann eines Nachts abgewandelt zurückkamen, so wie ein früherer Gast durch die Zeit verändert wiederkehrt. Manchmal fand er solche Erzählungen in diesen abscheulichen Zeitschriften wieder, in Spalten gebettet wie in Särge. Denn was in Büchern stand, war für Mark Ukaçjerra nicht mehr als der Leichnam dessen, was erzählt oder zur Lahuta gesungen wurde.

Doch ob er wollte oder nicht, all dies hatte mit seiner Arbeit zu tun. Vor zwei Wochen war er vom Prinzen sogar gewissermaßen darauf hingewiesen worden. Der fing nämlich an, ihm den schlechten Gang der Geschäfte vorzuhalten, und obwohl die Äußerungen des Prinzen einigermaßen dunkel blieben, war ihnen doch mehr oder weniger folgendes zu entnehmen: Wenn du, mein lieber Verwalter des Blutes, dieser Aufgabe überdrüssig bist, so vergiß bitte nicht, daß es eine Menge Leute gibt, die sich darum reißen würden. Und nicht nur irgendwer, sondern Leute, die auf der Hochschule waren.

Es war das erste Mal, daß der Prinz, und das mit einem so drohenden Unterton, etwas wie Hochschulen erwähnte. Zwar hatte er Mark verschiedentlich aufgetragen, sich mit Hilfe des Priesters in allen Fragen des Blutes kundig zu machen. Diesmal jedoch war sein Ton sehr viel entschiedener gewesen. Schon beim bloßen Gedanken daran meinte Mark Ukaçjerra, seine Schläfen müßten platzen. Dann such dir eben einen von diesen parfümierten Besserwissern und gib ihm meine Stelle, murmelte er vor sich hin. Mach doch ruhig so ein neunmalkluges Bürschchen zu deinem Verwalter des Blutes, wenn du für Hochschulen so viel übrig hast. Nach drei Wochen, wenn das Verwalterlein den Verstand verloren hat, wirst du dann an Mark Ukaçjerra denken. Hm!

Eine Zeitlang gab er sich wilden Phantasien hin, die alle gemeinsam hatten, daß der Prinz klein beigab, während er selbst triumphierte. Auf jeden Fall muß ich eine Reise durch das Hochland machen, nahm er sich schließlich vor, als er spürte, daß die Trunkenheit des Augenblicks verflog. Es konnte nichts schaden, wenn er, wie schon vor vier Jahren einmal, für den Prinzen einen exakten Bericht über die Lage mit Prognosen für die Zukunft ausarbeitete. Vielleicht liefen auch die Geschäfte des Prinzen einfach nicht so, wie sie sollten, und er, Mark Ukaçjerra, mußte nun als Sündenbock herhalten. Doch wie dem auch sein mochte, der Prinz war der Herr, und dem Verwalter stand es nicht an, über ihn ein Urteil zu fällen. Mark Ukaçjerras Ärger war verraucht. Seine Gedanken, für ein paar Augenblicke durch den plötzlichen Zorn gefesselt, schweiften nun befreit wieder in die Ferne, über die Berge. Ja, diese Reise war unerläßlich. Erst recht jetzt, wo er sich so wenig wohl fühlte. Vielleicht löste sich der Groll der letzten Tage unterwegs. Und auch der Schlaf mochte sich wieder einfinden. Außerdem war es vielleicht nicht das schlechteste, für einige Zeit aus dem Blickfeld des Prinzen zu verschwinden.

Das Reisevorhaben begann sich langsam, ohne besonderen Schwung, aber hartnäckig in ihm festzusetzen. Und wieder dachte er an die Straßen, über die er vielleicht ziehen würde, nur daß sie sich jetzt unter seinen Opanken oder den Hufeisen des Pferdes verändert hatten. Und anders erschienen ihm in der Erinnerung auch die Herbergen und Türme, in denen er übernachten konnte, das nächtliche Wiehern der Pferde, die Wanzen.

Es würde eine Dienstreise sein, und er würde dabei wahrscheinlich komplett überprüfen müssen, was ihm als Mühle des Todes im Gedächtnis war, Mühlstein und Geräte, die endlose Zahl von Rädern und Rädchen. Der ganze Mechanismus war zu kontrollieren, wollte er herausfinden, wo die Maschine stockte, wo sie rostete und nicht mehr sauber lief, wo etwas abgebrochen war.

Uh! Ein brennender Schmerz fuhr durch seinen Bauch. Du solltest lieber schauen, was dir selber fehlt, zuckte es in ihm auf, ohne daß er den Gedanken zu Ende führte. Vielleicht verschwand ja mit der Luftveränderung auch diese widerwärtige Leere. Doch, doch, er würde so rasch wie möglich von hier verschwinden. Sich alles genau ansehen, lange Gespräche führen, vor allem mit den Auslegern des Kanun, ihre Meinung einholen. Die Fluchttürme würde er besuchen, sich dann mit den Pfarrern zusammensetzen, sie nach Lehrern fragen, die flüsternd über den Kanun herzogen, sich ihre Namen notieren, um beim Prinzen ihre Entlassung zu erwirken. Und so weiter. Mark Ukaçjerra lebte auf. Ja, er würde dem Prinzen einen ausführlichen Bericht über all diese Dinge vorlegen können. Mark begann in der Bibliothek auf und ab zu gehen. Manchmal blieb er an einem der Fenster stehen, um sich dann, mit jedem neuen Gedanken, wieder in Bewegung zu setzen. Eben dachte er an die Ausleger des Kanun, deren Meinung der Prinz stets große Bedeutung beimaß. Es gab rund zweihundert von ihnen im Hochland, doch nur etwa drei Dutzend von ihnen waren berühmt. Wenn nicht alle der berühmten, so mußte er doch mindestens die Hälfte von ihnen treffen. Sie waren die tragenden Säulen des Kanun, das Gehirn des Hochlands, von ihnen konnte man gewiß ein kompetentes Urteil erwarten und wahrscheinlich auch Lösungsvorschläge. Ganz gewiß würde es so sein, aber damit durfte er sich nicht begnügen. Seine Vernunft riet ihm, nicht nur solche Treffen durchzuführen, sondern auch an die Basis des Todes hinabzusteigen, zu den Bluträchern. Er mußte sich in den Fluchttürmen mit den Eingeschlossenen zusammensetzen, mit jenen, die das Brot und Salz des Kanun waren. Diese Idee gefiel ihm besonders gut. Was immer auch die berühmten

Deuter an Klugem von sich gaben, was Tod und Kanun anbelangte, so gehörte das letzte Wort den Bluträchern.

Er rieb seine Stirn und versuchte sich ins Gedächtnis zurückzurufen, was er zwei Jahre zuvor an Informationen über die Fluchttürme zusammengetragen hatte. Ah, jetzt erinnerte er sich genau. Es gab einhundertvierundsiebzig solcher Türme im ganzen Hochland, und rund eintausend Männer hatten dort Zuflucht gefunden. Er versuchte sie sich vorzustellen. Da standen sie, einsam, finster und reizbar, mit dunklen Schießscharten, die Tore von innen versperrt. Und dieses Bild verflocht sich mit den Wasserläufen, die für manchen der Eingeschlossenen die Ursache seines Aufenthalts im Turm waren, mit den Straßen und Gasthäusern, die unter dem Ehrenwort standen, den Auslegern des Kanun, den Chronisten, den Lahutaspielern. Sie alle waren die Schrauben, Riemen und Lager des alten Räderwerks, das seit vielen hundert Jahren unentwegt in Betrieb war. Seit vielen hundert Jahren, wiederholte er. Jeden Tag, jede Nacht. Sommer und Winter. Ohne einmal stehenzubleiben. Doch dann hatte dieser 17. März die Ordnung der Dinge gestört. Beim Gedanken daran seufzte Mark Ukaçjerra erneut. Wäre jener Tag wirklich so verlaufen, wie es zunächst ausgesehen hatte: diese ganze Mühle des Todes mitsamt dem Mühlrad, den schweren Mühlsteinen, all den Federn und Rädchen hätte wohl scheußlich geknirscht, um dann in den Grundmauern zu erbeben und schließlich in tausend Stücke zu zerbersten.

O Herr, daß uns ein solcher Tag erspart bleiben möge, stieß er hervor, und erneut spürte er jenes widerliche Stechen irgendwo zwischen Herz und Magen. Szenen des gestrigen

Abendessens fielen ihm wieder ein, die Unzufriedenheit des Prinzen, und das eben noch empfundene Hochgefühl wich schlagartig einer sonderbaren Freudlosigkeit. Zum Teufel mit allem, dachte er. Es war eine besondere Art der Bitterkeit. Wie eine graue breiige Masse drang sie allmählich überall ein, ohne spitze Stacheln, ohne schmerzende Schrammen. Oh, die hätte er tausendmal lieber ertragen als diesen Brei, vor dem man sich nirgends in Sicherheit bringen konnte. Und nun machte man ihm auch noch das Leben schwer, als ob seine Alpträume nicht schon genug gewesen wären. Noch nie hatte er jemand davon erzählt. Seit drei Wochen stellten sie sich immer öfter ein, und jäh befiel ihn die Frage, die er tage- und nächtelang von sich weggeschoben hatte: War er womöglich vom Blut befallen?

Vor sieben Jahre war ihm das schon einmal passiert. Er hatte alle möglichen Ärzte zu Rate gezogen und die verschiedensten Arzneien geschluckt, doch alles hatte nichts genützt. Bis ein alter Mann aus Gjakova ihm erklärte: »Laß doch die Doktoren und die Arzneien, mein Sohn. Gegen das, was dich plagt, helfen kein Arzt und keine Medizin, du bist vom Blut befallen.« – »Vom Blut?« hatte er sich gewundert. »Ich habe doch niemand getötet, Gevatter.« Der Alte antwortete: »Das hat nichts zu sagen, mein Sohn. Hättest du jemand umgebracht, wäre alles vielleicht einfacher. Aber bei dir kommt es vom Beruf.« Und er hatte erzählt, daß auch viele andere Verwalter des Blutes von der gleichen Krankheit befallen worden und, noch schlimmer, zum Teil gar nicht mehr davon genesen waren. Er selbst immerhin hatte sich auf den Almen bei Orosh wieder erholt. Offensichtlich half die Luft dort gegen derartige Leiden.

Sieben Jahre lang hatte Mark nichts mehr gespürt, bis sich dann in letzter Zeit die Beschwerden wieder gemeldet hatten. Diese verdammte Arbeit, dachte er. Schlimm genug, wenn man vom Blut eines einzelnen Menschen befallen wird, aber das ist nichts gegen dieses Blut ohne Anfang und Ende. Bäche vom Blut ganzer Generationen durchströmten das Hochland, vermischten sich, altes und frisches, angesammelt in Jahren und Jahrhunderten.

Vielleicht ist es ja doch nicht so schlimm, jagte er einem letzten Hoffnungsschimmer nach. Vielleicht handelte es sich ja nur um eine vorübergehende Verstimmung. Auf jeden Fall war es zum Verrücktwerden. Er lauschte. Vom Flur draußen kam ein Geräusch ... Ja, tatsächlich. Eine Tür knarrte, dann waren Schritte und Stimmen zu hören.

Die Nachtgäste sind aufgestanden, dachte er.

Fünftes Kapitel

Gjorg kehrte am 25. März nach Brezftoht zurück. Er war den ganzen Tag fast pausenlos unterwegs gewesen. Anders als auf dem Hinweg hatte er sich dabei ständig in einer Art Trance befunden, so daß ihm der Weg kürzer erschienen war. Staunend befand er sich plötzlich in der vertrauten Umgebung seines Dorfes. Unwillkürlich ging er langsamer, und auch sein Herz schlug träger, während sein Blick über die Hügel ringsum wanderte. Der Schnee ist vollends weggetaut, dachte er. Die wilden Granatapfelsträucher waren zwar noch da, aber er seufzte trotzdem erleichtert. Die Inseln verharschten Schnees waren ihm furchteinflößender erschienen.

Da, an dieser Stelle... eine kleine Murana war während seiner Abwesenheit aufgeschichtet worden. Gjorg stand nun direkt davor. Einen Moment lang war er nahe daran, sich auf das Totenmal zu stürzen, die Steine zu packen und wegzuschleudern, um alle Spuren zu beseitigen. Doch während sein Gehirn noch mit dem Gedanken spielte, tastete seine Hand schon wie im Fieber nach einem Stein auf der Straße. Sie fand ihn und warf ihn mit einer eigenartig abgehackten Bewegung auf die Murana. Mit einem dumpfen Geräusch traf der Stein auf, kullerte noch ein Stückchen und blieb dann zwischen den anderen Steinen liegen. Gjorg starrte angestrengt auf die Stelle, als fürchte er, der Stein könne noch einmal weghüpfen, doch der lag nun ganz einfach und selbstverständlich da, als habe er schon seit Jahren seinen Platz hier. Trotzdem rührte sich Gjorg nicht von der Stelle.

Sein Blick hing wie gebannt an der Murana. Das also war geblieben vom ... vom ... Leben dieses anderen, lag ihm auf der Zunge, doch statt dessen murmelte er vor sich hin: Das ist nun also von deinem Leben übriggeblieben.

Die ganze Pein, all diese schlaflosen Nächte, der stumme Streit mit dem Vater, die Zweifel, die Rechtfertigungen, das ganze Leiden – nichts anderes war dabei herausgekommen als dieser sinnlose Haufen nackter Steine. Er wollte weggehen, doch er konnte nicht. Die Welt ringsum begann sich in Windeseile aufzulösen, alles verwehte, nur er blieb und der Steinhaufen vor ihm, nur sie, Gjorg und die Murana, ganz allein auf Gottes weitem Erdboden. Ihm kamen die Tränen. Warum nur? fragte er sich. Warum das alles? Die Frage war so nackt wie die Steine dort. Sie tat weh, o Gott, wie tat sie weh, und er versuchte, sich endlich in Bewegung zu setzen, sich loszureißen, wegzukommen, möglichst weit weg, und sei es in die Hölle, nur nicht hierzubleiben, hier an dieser Stelle.

Daheim empfing man Gjorg mit gedämpfter Herzlichkeit. Der Vater erkundigte sich kurz nach der Reise, die Mutter musterte ihn verstohlen aus verschleierten Augen. Er sagte, wie müde er nach der Wanderung und den schlaflosen Nächten sei, und legte sich zur Ruhe. Lange krallten sich die Schritte und das Gewisper im Turm in seinen Schlummer, bis er dann endlich fest einschlief. Am nächsten Morgen erwachte er spät. Wo bin ich?, fragte er sich mehrmals und schlief wieder ein. Als er dann aufstand, war sein Kopf noch immer schwer und wie mit Watte gefüllt. Er hatte zu nichts Lust. Nicht einmal zum Denken.

So verging dieser Tag und der nächste und auch der übernächste. Ein paar Mal schritt er um den Turm herum und betrachtete aus reglosen Augen den Zaun, der schon längst hätte repariert werden müssen, die rechte Dachkante, die im vergangenen Winter eingedrückt worden war. Dann stand er eine Weile vor dem schadhaften Herdstein der Feuerstelle, ehe er sich abwandte, um nach dem Kamm des Webstuhls zu schauen. Doch irgendwie ging es nicht. Auch das leckende Butterfaß ließ er unrepariert. Er spürte, daß er mit seinen Händen nichts zustande bringen würde. Er hatte einfach keine Lust zu arbeiten. Schlimmer noch, es kam ihm ganz unnötig vor, etwas in Ordnung zu bringen.

Die letzten Märztage waren angebrochen. Bald würde der April kommen. Mit seiner hellen und mit seiner dunklen Hälfte. Todesapril. Starb er nicht, würde er sich im Fluchtturm verkriechen. Das Halbdunkel dort würde seine Sehkraft so schwächen, daß er, auch wenn er am Leben bliebe, von der Welt nicht mehr viel zu sehen bekommen würde.

Allmählich erwachte er wieder aus seiner Lethargie. Was ihn als erstes beschäftigte, war: ob es einen Weg jenseits von Tod und Blindheit gebe. Doch es gab keinen, außer einem einzigen. Lange überlegte er: sollte er ein wandernder Holzhacker werden? Hochländer, die ihre Heimat verließen, gingen gewöhnlich diesen Weg. Die Axt auf dem Rücken (den Stiel zwischen den Schulterblättern fest in den Kragen des Mantels geklemmt, so daß die schwärzlich glänzende Schneide am Nacken gleich einer Fischflosse hervorragte) zogen sie von Stadt zu Stadt, den wehmütig gedehnten Ruf auf den Lippen: »Holz zu schlagen?« Nein, dann lieber den Apriltod (er war inzwischen davon überzeugt, daß dieser Ausdruck, der nur in seinem eigenen Kopf existierte, von allen verstanden und sogar verwendet wurde), also lieber hierbleiben, als in den verregneten Straßen der Städte vor eisenvergitterten, stets mit modrigem schwarzem Staub überzogenen Kellerfenstern herumzulungern, ein armseliger Holzknecht (in Shkodra hatte er einmal einen Hochländer vor einem solchen Fenster Holz hacken sehen), nein, dann hundertmal lieber den Apriltod.

Eines Morgens, es war der vorletzte Tag im März, begegnete er auf der steinernen Treppe des Turmes seinem Vater. Gjorg wollte nicht, daß Schweigen eintrat, doch es ließ sich nicht vermeiden. Dann drangen wie durch eine Wand die Worte des Vaters zu ihm:

»Was gibt es, Gjorg?«

»Vater, ich möchte in den Tagen, die mir bleiben, noch einmal die Berge sehen.«

Der Vater schaute ihm lange in die Augen, ohne etwas zu sagen. Eigentlich ist es egal, dachte Gjorg schläfrig. Es lohnt nicht, wenn wir uns deswegen auch noch streiten. Die ganzen Tage hatte es unter der Oberfläche zwischen ihnen gegärt. Zwei Wochen früher oder später, das machte keinen großen Unterschied. Wirklich, es ging auch, ohne daß er noch einmal die Berge gesehen hatte. Er hätte das Thema wohl besser gar nicht angeschnitten. Schon wollte er sagen: Ach, nicht nötig, Vater, doch der war schon die Treppe hinaufgestiegen.

Kurz darauf kam er mit einem Beutel in der Hand zurück. Er war sehr klein im Vergleich zu dem Beutel, der die Blutsteuer enthalten hatte. Der Vater reichte ihn Gjorg.

»Geh, mein Junge, und gute Reise!«

Gjorg nahm den Beutel.

»Danke, Vater.«

Der Vater sah ihn unverwandt an.

»Aber vergiß nicht«, sagte er leise. »Das Ehrenwort läuft am 17. April ab.«

Seine Lippen zuckten.

»Vergiß es nicht, mein Sohn«, wiederholte er.

Gjorg war nun schon seit mehreren Tagen unterwegs. Wechselnde Landstraßen. Seltsame Gasthäuser. Unbekannte Gesichter. Aus der Abgeschlossenheit seines Dorfes heraus war ihm das Hochland immer starr und leblos erschienen, besonders im Winter. Doch so war es nicht. Es war voller Bewegung. Es gab ein ständiges Hin und Her von den Randgebieten ins Zentrum und vom Zentrum in die Randgebiete. Manche reisten von links nach rechts, und andere kamen ihnen entgegen, auf dem Weg von rechts nach links. Da waren Anstiege und Abstiege, und meist so viele davon während einer einzigen Reise, daß man am Ende nicht zu sagen wußte, ob es mehr aufwärts oder mehr abwärts gegangen war.

Ab und zu wurde sich Gjorg des Laufs der Tage bewußt. Die Zeit verrann auf ganz ungewöhnliche Weise. Bis zu einer bestimmten Stunde erschien der Tag lang, sehr lang, dann aber, wie ein Tautropfen, der an einer Pfirsichblüte zittert, ehe er plötzlich fällt, riß er ab und ging zu Ende. Es war nun April, aber vom Frühling war noch kaum etwas zu spüren. Keine Knospen zeigten sich an den Bäumen. Nur manchmal erschien ihm ein bläulicher Streifen über den Alpen so unerträglich, daß ihm der Atem stocken wollte. Jetzt ist er also da, der April! sagten die Reisenden, die sich in den Gasthäusern begegneten. Der Frühling kam spät, sehr spät in diesem Jahr. Er dachte an den Hinweis seines Vaters auf die Frist des Ehrenworts, aber nicht an alles, nicht einmal nur an einen Teil, sondern bloß an das »mein Sohn« am Ende. Und der Stummel Zeit vom ersten bis zum siebzehnten April. Für die anderen war der April vollständig, nur für ihn nicht: für ihn war er in zwei Hälften zerrissen. Schließlich versuchte er, diese Gedanken von sich wegzuschieben, und horchte auf die Erzählungen der Reisenden, die, wie er verwundert feststellte, manchmal kein Brot und Salz im Beutel hatten, aber immer Geschichten.

Man bekam viel zu hören in den Herbergen, allerhand Begebenheiten und Anekdoten über alle möglichen Leute und Zeiten. Er hielt sich immer ein wenig abseits, zufrieden, wenn man ihn in Ruhe ließ, und lauschte. Ab und zu schweiften seine Gedanken ab, versuchten Bruchstücke des Gehörten mit seinem eigenen Leben zu verknüpfen oder, umgekehrt, Bruchstücke seines eigenen Lebens in die Geschichten der anderen einzufügen. Manchmal war das leicht, meistens aber nicht.

Wahrscheinlich wäre das bis zum Schluß so weitergegangen, hätte er nicht eines Tages in einem Gasthaus, das sich Neue Herberge nannte (die meisten Gasthäuser hießen Alte oder Neue Herberge), ein Gespräch über eine Kutsche aufgeschnappt, die innen mit schwarzem Samt ausgeschlagen war. Eine Kutsche aus der Stadt mit verschnörkelten

Türen. Ob sie es ist? fragte er sich und lauschte gebannt, um mehr zu erfahren. Ja, sie war es. Man sprach von einer schönen Frau mit hellen Augen und kastanienbraunem Haar.

Gjorg erbebte. Unwillkürlich blickte er sich um. Ein schmutziges Gasthaus, in dem es bitter nach Rauch und feuchtem Filz roch. Und nicht genug, aus dem Mund, der von der Frau sprach, quollen nicht nur Worte, sondern auch eine Wolke von Tabak- und Zwiebelgestank. Gjorgs unruhig umherwandernde Augen schienen zu sagen: »Hört doch auf, hier ist nicht der richtige Ort, von ihr zu sprechen.« Doch die anderen fuhren fort, zu reden und zu lachen. Gjorg saß wie in einer Falle, zwischen Hören und Nichthören, mit dröhnenden Ohren. Und plötzlich überfiel ihn mit schonungsloser Klarheit die Erkenntnis, weshalb er sich tatsächlich auf den Weg gemacht hatte. Er hatte es sich nur nicht eingestehen wollen, hatte es hartnäckig aus seinen Gedanken verdrängt, unterdrückt. Er war überzeugt gewesen, es in tiefster Tiefe eingeschlossen zu haben. Doch es war da, mitten in ihm: Nicht um die Berge noch einmal zu sehen, war er aufgebrochen, noch einmal sehen wollte er vor allem sie, diese Frau. Unbewußt hatte er nach jener Kutsche mit den Quasten und den verschnörkelten Lehnen gesucht, die immer noch unentwegt durch das Hochland fuhr, während er weit weg davon heimlich flüsterte: Warum bist du dort, Schmetterlingskutsche? Tatsächlich erinnerte sie ihn mit der schwarzen Stoffbespannung, den Bronzegriffen an den Türen und all den Schnörkeln an einen Sarkophag, den er einst bei seinem einzigen Besuch in Shkodra aus Anlaß einer Prozession in der Kathedrale gesehen hatte, umtost von den schweren Klängen einer Orgel. Und dann der Blick der Frau mit den kastanienbraunen Locken in dem Schmetterlingskutschensarg: er war Gjorg durch und durch gegangen, süßer und erschütternder als alles andere auf der Welt. Sein Blick hatte sich mit den Blicken vieler Frauen getroffen, flammenden, scheuen, betörenden, koketten, schmeichelnden, berechnenden, stolzen. Doch solche Augen hatten ihn noch nie angesehen. Sie waren fern und nah zugleich, begreiflich und unbegreiflich, fremd und schmerzlich. In ihnen loderte erregend ein Feuer, doch es lag auch etwas Besänftigendes in ihnen, das einen hinaustrug über alles Verlangen, über das Leben, dorthin, von wo aus man sich selbst in Frieden betrachten konnte.

In seinen Nächten (Schlaffetzen versuchten sie chaotisch zu füllen wie die spärlichen Sterne den dunklen Herbsthimmel) zerfloß einzig dieser Blick nicht mit seinem Schlaf. Er schwebte darin wie ein einsamer Brillant, in den man alles Licht dieser Welt gegossen hatte.

Nur um diesen Augen noch einmal zu begegnen, zog er durch das große Bergland. Und da sprachen sie nun über diese Frau wie über ein ganz gewöhnliches Wesen, Münder voll schadhafter Zähne, hier, im verräucherten Schankraum eines schmutzigen Gasthauses. Gjorg sprang auf, riß das Gewehr von der Schulter und schoß, einmal, zweimal, viermal. Er tötete alle im Raum, dann jene, die zu Hilfe kamen, den Wirt und die zufällig anwesenden Gendarmen eingeschlossen; schließlich rannte er hinaus, auf seine Verfolger feuernd, einzelne zuerst, dann ganze Dörfer, Banner, Kreise... Das stellte er sich vor, während er doch in Wirklichkeit nur aufstand und den Gasthof verließ. Das Licht des Mondes drüben über den Mandelbäumen war kaum zu ertragen. Eine Weile lang stand er mit halbgeschlossenen Augen da. Ein Satz fiel ihm ein, den er Jahre zuvor an einem naßkalten Septembertag in der Schlange vor einem Maislager der Unterpräfektur gehört hatte: Es heißt, die Mädchen aus der Stadt küssen auf den Mund.

Weite Strecken legte Gjorg ganz geistesabwesend zurück, so daß er schließlich mehr und mehr das Gefühl bekam, auf Wegen zu gehen, die sich nicht gleichmäßig dahinzogen, sondern viele Lücken, große Sprünge aufwiesen. Oft fand er sich plötzlich auf einer neuen Straße, vor einer neuen Herberge wieder, obwohl er eigentlich geglaubt hatte, noch bei der alten zu sein, von der er in Wahrheit schon Stunden zuvor aufgebrochen war. Und so wurde seine Wanderung in dem Maße, wie sich sein Verstand von den realen Dingen löste, immer mehr ein Streifzug durch den Traum, Stunde um Stunde und Tag um Tag.

Nun verbarg er nicht mehr, daß er ihre Kutsche suchte. Ein paar Mal schon hatte er sich erkundigt: Habt ihr vielleicht eine Kutsche gesehen, mit Schnörkeln, mit... wie soll ich nur sagen?

Was denn, hatten die Leute geantwortet, da mußt du dich schon deutlicher ausdrücken. Was für eine Kutsche?

Also, sagte er, eine Kutsche, die anders aussieht als andere Kutschen. Mit schwarzem Samt, bronzebeschlagen, wie ein Sarg...

Meinst du das im Ernst? Bist du verrückt geworden, Mensch?!, sagten die Leute.

Einmal wurde ihm von einer ähnlichen Kutsche berichtet, doch es war, wie sich bald herausstellte, die Kutsche des

Bischofs vom Nachbarkreis, der aus unerfindlichen Gründen das schlechte Wetter bereiste.

Sollen sie doch in schmutzigen Gasthäusern hocken, sollen sie ruhig schlechte Zähne haben, wenn sie nur etwas von ihr erzählen, dachte er.

Zwei oder drei Mal stieß er auf ihre Spur, verlor sie dann aber wieder. Die Nachbarschaft des Todes machte ihm die Begegnung mit ihr noch erstrebenswerter. Auch ließ der zurückgelegte Weg seinen Hunger, sie zu sehen, nur größer werden. Er wollte es nicht mehr leugnen: er hatte Feuer gefangen für diese Frau.

Eines Tages begegnete ihm ein Mann auf einem Maultier. Es war der »Verwalter des Blutes« aus dem Turm von Orosh. Wohin war er wohl unterwegs? Gjorg wandte noch einmal den Kopf, um sich zu vergewissern, daß es wirklich der Verwalter des Blutes war. Der andere hatte sich gleichfalls umgedreht und blickte ihn an. Was will er nur von mir? überlegte Gjorg.

Eines Tages erfuhr er, man habe eine Kutsche gesehen, die genauso ausschaue wie die von ihm beschriebene, doch sie sei leer gewesen. Tags darauf schilderte man sie ihm genau, sogar den Kopf der schönen Frau mit dem kastanienbraunen, wie die einen, oder haselnußbraunen Haar, wie die anderen sagten, hinter der Fensterscheibe.

Wenigstens ist sie noch im Hochland, dachte er. Wenigstens ist sie noch nicht wieder dort hinuntergereist.

Unterdessen verbrauchte sich sein April in Windeseile. Tag um Tag verstrich, und er, der für Gjorg ohnedies der kürzeste aller Monate gewesen wäre, schrumpfte und zerrann im Handumdrehen.

Wohin sollte er gehen? Er wußte es nicht. Einmal verlor er Zeit auf einer sinnlosen Wanderung, dann wieder landete er versehentlich an einem Ort, an dem er schon einmal gewesen war. Die Frage, ob er nicht eine ganz falsche Richtung eingeschlagen hatte, quälte ihn immer öfter. Ihm war, als sei er schon immer auf dem falschen Weg gewesen und werde ihn auch bis zu Ende gehen, in den paar Tagen, die ihm, dem unsteten Wanderer durch den eigenen verkrüppelten April, noch blieben.

Sechstes Kapitel

Das Ehepaar Vorpsi befand sich weiter auf Reisen. Von der Seite musterte Besian Vorpsi verstohlen seine Frau. Sie sah abgespannt aus, ihre Wangen waren ein wenig blaß, was sie ihm, wie schon einige Tage zuvor, noch begehrenswerter erscheinen ließ. Sie ist müde, dachte er, obwohl sie es nicht zugibt. Eigentlich wartete er schon tagelang darauf, daß sie endlich die durchaus begreiflichen Worte aussprach: Oh, bin ich müde. Ungeduldig wartete er darauf, ja er schmachtete geradezu danach, als sei dies die Rettung von allem Übel. Doch sie wollte und wollte nichts sagen. Bleich starrte sie auf die Straße und schwieg. Ihr Blick, den er stets zu deuten gewußt hatte, auch wenn sie ärgerlich oder verletzt gewesen war, blieb ihm nun unergründlich. Zumindest unzufrieden ist er, dieser Blick, dachte er, oder, schlimmer noch, kalt. Aber das war noch nicht alles. Er hatte seine Mitte eingebüßt, und nur noch die Ränder waren übrig.

In der Kutsche wurde kaum noch ein Wort gewechselt. Ab und zu startete er einen Versuch, die Stimmung etwas aufzuhellen, doch da er sich selbst nicht in die Position des Unterlegenen bringen mochte, blieben seine Bemühungen doch eher zurückhaltend. Am schlimmsten war, daß er es nicht fertigbrachte, zornig auf sie zu sein. Aus Erfahrung wußte er, daß in den Beziehungen zwischen Mann und Frau Empörung und dann Streit eine festgefahrene, ganz ausweglos erscheinende Situation oft im Nu klären konnten, so wie ein Gewittersturm die lastende Schwüle vertreibt. Doch etwas im Ausdruck ihrer Augen schützte sie vor seinem Zorn. Es war wie bei einer Schwangeren. Eine Sekunde lang fragte er sich: Ist sie gar schwanger? Doch ohne daß er es wollte, führte sein Gehirn eine einfache Rechnung aus, und auch diese letzte Hoffnung verflog sogleich. Besian Vorpsi unterdrückte einen Seufzer, weil er nicht wollte, daß sie ihn seufzen hörte, und betrachtete wieder die Berge. Es dämmerte.

So saß er eine Weile da, und als er wieder zu denken anfing, kehrte sein Gehirn an den Ausgangspunkt zurück. Zumindest war daraus zu schließen, daß ihr die Reise nicht gefiel, daß sie ganz und gar enttäuscht war, daß seine Idee, die Flitterwochen im Hochland zu verbringen, sich als unglaubliche Dummheit erwies, daß sie deshalb unverzüglich die Rückreise antreten mußten, noch heute, jetzt gleich, in dieser Minute noch. Doch sie bat ja nie darum, und als er beiläufig auf die Möglichkeit einer vorzeitigen Abreise zu sprechen kam, um ihr eine Brücke zu bauen, da erwiderte sie nur: Wie du willst. Wenn du umkehren möchtest, kehren wir eben um. Mach dir wegen mir keine Gedanken.

Natürlich war er ein paar Mal nahe daran gewesen, die Reise abzubrechen und sofort zurückzufahren, doch die schwache Hoffnung, es sei noch etwas einzurenken, hielt ihn davon ab. Er mutmaßte sogar, wenn überhaupt noch etwas zu reparieren sei, dann nur, solange sie sich noch hier im Hochland aufhielten. Waren sie erst einmal wieder unten, dann ließ sich nichts mehr retten.

Es war inzwischen finster geworden, und ihr Gesicht war nicht mehr zu erkennen. Er beugte sich zum Fenster, ohne feststellen zu können, wo sie sich befanden. Inzwischen fiel Mondschein auf die Straße. Lange saß er so da, und das Zittern der Scheibe übertrug sich von der Stirn auf seinen ganzen Körper. Im Mondlicht wirkte die Straße wie gekalkt. Zur Linken verrutschten die Umrisse einer kleinen Kirche. Dann tauchte eine Wassermühle auf, die eher in dieser Einöde zu stehen schien, um Schnee zu mahlen als Mais. Seine Hand tastete auf dem Sitz nach ihr.

»Diana«, sagte er leise. »Sieh doch einmal hinaus. Ich glaube, diese Straße steht unter dem Ehrenwort.«

Sie beugte sich herüber. Mit verhaltener Stimme, die sparsam gesetzten Worte auf eine Weise miteinander verknüpfend, die ihm selbst immer unnatürlicher vorkam, erläuterte er, was eine Straße unter dem Ehrenwort war. Das eisige Licht des Mondes, so war sein Eindruck, half ihm dabei.

Als die Worte dann erschöpft waren, näherte er sein Gesicht ihrem Nacken und umarmte sie scheu. Das Mondlicht fiel ab und zu auf ihre Knie. Sie saß bewegungslos, ohne sich anzuschmiegen, ohne ihn wegzustoßen. So gut roch sie, so vertraut, daß er nur mit Mühe einen Schmerzenslaut unterdrücken konnte. Eine letzte Hoffnung, es werde sich doch noch etwas lösen bei seiner Frau, stieg in ihm auf. Er wartete auf ein winziges Schluchzen oder doch wenigstens einen Seufzer. Doch sie blieb, wie sie war, auf eine Art schweigend und doch wieder nicht, einsam, so einsam wie ein Feld, auf dem Sterne wachsen. O Gott, dachte er, was ist nur mit mir los?

Es war ein klarer Tag mit ein paar Wolken am Himmel. Die Pferde trabten leicht über die grobgepflasterte Straße des

Kreuzes. Draußen vor dem Fenster rollten immer wieder die gleichen Landschaften vorbei, nur daß sie nun beim Auftauchen oder Verschwinden manchmal in ein bläuliches Licht getaucht waren. Der Schnee begann wegzutauen. Er schmolz zuerst unten, wo er die Erde berührte, und hinterließ einen Hohlraum unter einer nur langsam sich auflösenden Kruste.

»Welchen Tag haben wir heute?« fragte Diana.

Er warf ihr einen überraschten Blick zu.

»Den elften April.«

Sie setzte zum Sprechen an. Sprich, dachte er. So sprich doch, ich bitte dich. Ein Rest Hoffnung umhüllte ihn wie warmer Wasserdampf. Sag, was du willst, nur sprich.

Aus den Augenwinkeln sah er, daß sich ihre Lippen wieder bewegten, vielleicht, um dem ungesagten Satz eine neue Gestalt zu geben.

»Erinnerst du dich an den Hochländer, dem wir an dem Tag damals begegneten, als wir den Prinzen besuchten?«

»Ja«, sagte er, »ich erinnere mich. Natürlich.«

Was sollte nur dieses gänzlich unangebrachte »Natürlich«? Einen kurzen Augenblick lang tat er sich leid. Er wußte selbst nicht, warum. Vielleicht, weil er derart bereitwillig alles tat, um das Gespräch aufrechtzuerhalten. Vielleicht auch aus einem anderen Grund, den er in diesem Moment noch nicht kannte.

»Sein Ehrenwort dauert bis Mitte April, oder nicht?«

»Ja«, antwortete er. »In etwa. Ja doch, genau, bis Mitte April.«

»Es ist mir eingefallen«, sagte sie, ohne den Blick vom Fenster zu nehmen. »Einfach so.«

Einfach so, dachte er. Der Ausdruck kam ihm fatal vor, wie ein vergiftetes Schmuckstück. Irgendwo in einem Winkel seines Ichs wollte Zorn aufbranden. Du machst das alles einfach so? Einfach so, nur um mich zu quälen? Oder etwa nicht? Doch die Woge Zorn legte sich augenblicklich wieder.

In den letzten Tagen hatte sie zwei oder drei Mal abrupt den Kopf gewandt, um nach jungen Hochländern zu schauen, an denen die Kutsche vorbeifuhr. Einmal war ihm der Einfall gekommen, sie glaube vielleicht, den Hochländer aus dem Gasthof wiederfinden zu können, doch es war ihm eigentlich gänzlich unwichtig erschienen. Auch jetzt, da sie nach ihm fragte, war das nicht anders.

Das plötzliche Anhalten der Kutsche riß ihn aus seinen Gedanken.

»Was ist?« rief er, ohne jemand direkt anzusprechen.

Der Kutscher war abgestiegen und kam kurz darauf ans Fenster. Er wies auf den Straßenrand. Erst jetzt entdeckte Besian Vorpsi die alte Frau, die dort halb saß, halb lag. Die Hochländerin sah herüber und sagte etwas. Besian Vorpsi öffnete die Tür.

»Da ist eine alte Frau an der Straße, die sagt, daß sie nicht weiterkann«, erklärte der Kutscher.

Besian Vorpsi stieg aus, vertrat sich ein wenig die Beine und ging dann zu der Alten, die sich ständig das Knie rieb und »Uh!« machte.

»Was fehlt dir, Mütterchen?« fragte er.

»Oh, dieses verfluchte Reißen!« stöhnte die Alte. »Schon den ganzen Morgen sitze ich hier und komme nicht weiter.«

Sie trug ein besticktes Leinenkleid wie alle Hochländerinnen der Gegend, und unter dem Kopftuch schaute eine Locke ergrauter Haare hervor.

»Den ganzen Morgen warte ich schon darauf, daß jemand vorbeikommt und mir weiterhilft.«

»Woher bist du?« fragte der Kutscher.

»Aus dem Dorf dort.« Die Alte wies unbestimmt nach vorne. »Es ist nicht weit, direkt an der großen Straße.«

»Wir nehmen sie in der Kutsche mit«, entschied Besian.

»Danke, mein Sohn.«

Zu zweit griffen sie die alte Frau vorsichtig an den Armen, halfen ihr auf und führten sie zur Kutsche. Dianas Augen hinter der Scheibe verfolgten alles aufmerksam.

»Guten Tag, meine Tochter«, sagte die Alte, als man sie in den Wagen hob.

»Guten Tag, Mütterchen«, sagte Diana und machte ihr Platz, damit sie sich setzen konnte.

»Uh«, seufzte die Alte, als sich die Kutsche in Bewegung setzte. »Den ganzen Morgen allein und verlassen an der Straße. Keine Menschenseele weit und breit. Ich dachte, ich sterbe.«

»Das ist wirklich eine ziemlich einsame Straße«, meinte Besian. »Ist dein Dorf groß?«

»Groß«, bestätigte die Alte, und ihre Züge bewölkten sich. »Ganz schön groß, wahrhaftig, aber die meisten Männer sitzen im Fluchtturm. Deshalb habe ich schon gedacht, ich müßte elend auf der Straße sterben.«

»Eingeschlossen wegen des Blutes?«

»Ja, mein Sohn, wegen des Blutes. Schon immer wurde gemordet und getötet in meinem Dorf, aber so schlimm wie heute war es noch nie.« Die Alte seufzte tief.

»Von den zweihundert Häusern im Dorf liegen nur zwanzig nicht im Blut. Du wirst schon sehen, mein Sohn. Das ganze Dorf ist wie zu Stein erstarrt, als sei die Pest ausgebrochen.«

Besian sah zum Fenster hinaus, doch das Dorf war noch nirgends zu sehen.

»Vor zwei Monaten erst habe ich selbst einen Enkel begraben«, fuhr die Hochländerin fort. »So ein hübscher, netter Junge.«

Sie begann von dem Enkel und seinem gewaltsamen Tod zu berichten. Während sie sprach, fing sich die Reihenfolge der Wörter in ihren Sätzen auf merkwürdige Weise zu verändern an. Und nicht nur die Reihenfolge. Es änderten sich auch die Zwischenräume, als zöge ein eigenartiger Lufthauch schmerzlich und betörend hindurch. Wie eine fast reife Frucht ging ihre Rede vom normalen in einen neuen Zustand über: in eine Keimform von Lied oder Klage. So entstehen also Lieder, dachte Besian.

Er konnte den Blick nicht von der alten Hochländerin abwenden. Im Übergang zum Lied hatten sich auch in ihrem Gesicht die unvermeidlichen Veränderungen vollzogen. Ihre Augen weinten, doch ohne Tränen. So war ihre Klage noch eindringlicher.

Die Kutsche hatte inzwischen das große Dorf erreicht. Das Quietschen der Räder klang in der verlassenen Straße träge nach. Zu beiden Seiten erhoben sich steinerne Türme, die im hellen Tageslicht noch stummer wirkten.

»Das hier ist der Turm der Shkrela, und jener dort gehört den Krasniqi. So verworren ist ihre Blutfehde, daß keiner genau weiß, wer an der Reihe ist zu töten. Beide Parteien haben sich deshalb in ihren Türmen eingeschlossen«, erklärte die Alte. »Der hohe, dreistöckige Turm da drüben gehört den Vithdreqi, die in Blutfeindschaft mit den Bunga liegen. Dort ist ihr Turm. Seht ihr die Mauer aus dunklem Stein, die dahinten gerade noch hervorlugt? Das hier sind die Türme der Markaj und der Dodanaj, die im Blut miteinander liegen. Aus jeder ihrer Türen hat man in diesem Frühjahr schon zwei Särge getragen. Und die beiden Türme dort hinten gehören den Ukaj und den Kryezeze. Sie stehen einander in Schußweite gegenüber, deshalb feuern sie aufeinander, ohne hinauszugehen, von den Fenstern aus, und nicht nur die Männer, sondern auch die Frauen und Mädchen.«

Die Hochländerin erzählte noch eine Weile weiter, während sich die beiden Vorpsi abwechselnd zum linken oder zum rechten Fenster der Kutsche beugten, um nach dem Bericht der Alten eine Vorstellung von dieser merkwürdigen Siedlungsform des Blutes zu bekommen. Im eisernen Schweigen dieser Türme war kein Zeichen von Leben zu erkennen. Das verwaschene Sonnenlicht, das schräg auf die Steinmauern fiel, verstärkte noch den Eindruck der Verlassenheit.

Irgendwo mitten im Dorf ließen sie die Alte aussteigen und halfen ihr noch bis zur Tür ihres Turmes. Dann setzte die Kutsche ihre Fahrt durch das verzauberte Königreich der Steine fort. Wenn man sich vorstellt, daß es hinter diesen Mauern mit den schmalen Schießscharten Menschen gibt, dachte Besian Vorpsi, Mädchen mit warmer Brust und frischverheiratete Frauen. Und fast war ihm, als könne er fühlen, wie unter der äußeren Starre des Steins der Puls des Lebens pochte. Die innere Spannung mußte furchtbar sein. Von außen jedoch ließen die Mauern, die Linien der Schießscharten und die verwaschenen Strahlen der Sonne darauf nichts erkennen. Und was geht dich das an? schrie es plötzlich in ihm. Kümmere dich doch lieber um die Starre deiner eigenen Frau. Eine Woge von Zorn schien nun, endlich, in ihm hochsteigen zu wollen, und er wandte sich schroff Diana zu, um das abscheuliche Schweigen, endlich, zu durchbrechen, zu reden, Erklärungen abzufordern, erschöpfende Erklärungen für ihr Benehmen, ihr Schweigen, ihre Rätselhaftigkeit.

Nicht zum ersten Mal dachte er daran, von ihr eine Erklärung zu verlangen. Hundertmal hatte er sich die entsprechenden Sätze zurechtgelegt, freundliche: Diana, was hast du nur, willst du mir nicht sagen, was dich quält?, aber auch ganz schroffe, solche, die ohne einen »Teufel« nicht auskamen: Was, zum Teufel, hast du? Welcher Teufel reitet dich? Ach, geh doch zum Teufel! In Fällen wie diesem war das Wort wirklich nicht zu ersetzen. Auch jetzt wartete es, von der Wut hochgespült, ganz vorne auf seiner Zunge streitsüchtig darauf, in all diese leicht von den Lippen gehenden Sätze hineinzuhüpfen. Doch wie immer verzichtete er auch diesmal wieder darauf, das Wort auf sie loszulassen. Statt dessen verwendete er es gegen sich selbst, wie jemand, der einen Fehler wiedergutmachen will, indem er die Folgen auf sich nimmt. Das Gesicht noch seiner Frau zugewandt, dachte er, anstatt sie heftig anzufahren: Was, zum Teufel, ist nur los mit mir?!

Was, zum Teufel, ist nur los?! wiederholte er. Und wie immer ließ er es auch diesmal ohne die Forderung nach einer Erklärung bewenden. Später, beruhigte er sich. Später wird sich schon noch eine Gelegenheit dazu ergeben. Ihm war nie klar gewesen, warum er sich stets um eine Aussprache gedrückt hatte. Nun glaubte er die Ursache einigermaßen zu kennen: er fürchtete ihre Antwort. Diese Angst ähnelte der Beklemmung, die er einst in einer Winternacht in Tirana erfahren hatte, als man während einer spiritistischen Sitzung im Bekanntenkreis auf die Stimme eines verstorbenen Freundes wartete. Er wußte nicht, warum, aber er konnte sich Dianas Erklärung nur so vorstellen: wie durch eine Nebelwand herandringend.

Längst hatte die Kutsche das verzauberte Dorf hinter sich gelassen, und er sagte sich wieder, daß er nur aus einem einzigen Grund die Aussprache mit seiner Frau hinausgeschoben hatte: aus Angst. Ich habe Angst vor ihrer Antwort, dachte er. Ich habe Angst, aber weshalb eigentlich?

Ein Schuldgefühl ergriff während dieser Reise immer mehr von ihm Besitz. Eigentlich war es schon früher aufgekommen, viel früher, und vielleicht hatte er diese Reise überhaupt nur unternommen, um dieses Schuldgefühl loszuwerden. Doch das Gegenteil war eingetroffen. Er hatte sich davon nicht freimachen können, es lastete nur noch schwerer auf ihm. Und nun peinigte ihn ganz offensichtlich die Furcht, was Diana zu erklären hatte, könne mit jenem Gefühl der Schuld zusammenhängen. Nein, nein, besser, sie schwieg sich durch dieses ganze Golgatha, besser, sie erstarrte zur Mumie, als daß sie etwas aussprach, das ihm womöglich weh tat.

Die Straße war an beiden Seiten zu tiefen Rillen ausgefahren, so daß die Kutsche hin- und herschwankte. Als sie an ein paar Schmelzwassertümpeln vorbeikamen, fragte Diana:

»Wo essen wir zu Mittag?«

Er sah sie erstaunt an. Die Worte dünkten ihm herz-ergreifend in ihrer Schlichtheit.

»Wo es geht«, antwortete er. »Was meinst du?«

»Also gut«, sagte sie.

Er spürte ein jähes Bedürfnis, sich ihr zuzuwenden, doch die merkwürdige Furcht, etwas Gläsernes dort neben ihm könne dabei zu Bruch gehen, ließ ihn reglos sitzen bleiben.

»Vielleicht in einem Gasthof?« sagte er mit schwankender Stimme. Vor allem das letzte Wort bereitete ihm Mühe. »Oder lieber nicht?«

»Wie du möchtest«, antwortete sie.

Eine warme Welle stieg in ihm hoch. Alles war doch eigentlich ganz einfach, und er mit seiner Gabe, alles zu komplizieren, hatte sich schon im ersten Akt eines Dramas gewähnt, wo es doch bloß um eine Müdigkeit nach langer Fahrt, ein banales Kopfweh oder etwas Ähnliches gegangen war.

»In irgendeinem Gasthof«, wiederholte er. »Im ersten, zu dem wir kommen, nicht?«

Sie nickte.

Vielleicht ist es wirklich besser so, dachte er freudig. Die ganze Zeit hatten sie bei Unbekannten, Freunden ihrer Freunde, übernachtet. Oder anders ausgedrückt: Es war eine Freundeskette gewesen, mit einem einzigen Ausgangspunkt, nämlich jenem Freund, bei dem sie die erste Nacht ihrer Reise verbracht hatten und den sie als einzigen gut kannten. Jeden Abend spielte sich mehr oder weniger das gleiche ab: Gesetzte Worte des Willkommens, eine Runde um das Feuer im Empfangsraum, Gespräche über die Zeit, das Vieh und den Staat. Dann ein von vorsichtigen Unterhaltungen begleitetes Abendessen, der Kaffee danach und am nächsten Morgen die traditionelle Verabschiedung an der Dorfgrenze. Für eine jungverheiratete Frau konnte das schon ziemlich verdrießlich werden.

Ein Gasthof, jubelte er innerlich. Eine ganz gewöhnliche Herberge an der Straße, das war die Rettung. Daß er nicht schon früher darauf gekommen war! Dummkopf, schimpfte er fröhlich mit sich selbst. Ein Gasthof, und sei er noch so schmutzig und voll Viehgestank, würde sie einander wieder näherbringen. Eben weil er sie nicht mit Komfort umgab (denn Komfort gab es hier nirgends), sondern mit seiner Ärmlichkeit, in deren Umkreis das Glück der temporären Gäste noch um ein Vielfaches heller erstrahlte.

Früher als gedacht kamen sie zu einem Gasthof, in einer öden Gegend an der Gabelung der Straße des Kreuzes und der Großen Straße der Banner. Weit und breit war weder ein Dorf noch ein anderes Zeichen von Leben zu erblicken.

»Gibt es hier etwas zu essen?« rief Besian, als erster über die Schwelle tretend.

Der Wirt, ein langer und dürrer Kerl mit schläfrig herabhängenden Augenlidern, brummte:

»Kalte Bohnen.«

Er wachte ein wenig auf, als Diana hereinkam, gefolgt vom Kutscher mit einer ihrer Taschen in der Hand, endgültig aber, als er eines der Kutschpferde wiehern hörte. Er rieb sich die Augen und rief mit schriller Stimme:

»Was wünschen die Herrschaften? Ich kann Ihnen gebratene Eier mit Käse machen. Und Raki gibt es auch.«

Sie ließen sich am einen Ende des langen Eichentisches nieder, der, wie in den meisten Gasthäusern, den größten Teil des Schankraums einnahm. Zwei Hochländer, die in einer Ecke auf dem Boden hockten, blickten neugierig herüber. Eine junge Mutter saß da, den Kopf an die Wiege mit dem Säugling gelehnt, und schlief. Daneben hatte jemand auf ein paar bunten Umhängetaschen seine Lahuta liegenlassen.

Während sie auf das Essen warteten, sahen sie sich schweigend um.

»In den anderen Gasthäusern war mehr los«, sagte Diana schließlich. »Hier geht es schon sehr ruhig zu.«

»Das ist doch auch besser so, oder nicht?« Besian sah auf die Uhr. »Zu dieser Zeit...« Geistesabwesend trommelte er ständig mit den Fingern auf den Tisch. »Aber es sieht nicht übel aus, was meinst du?«

»Es ist ganz nett. Vor allem von außen.«

»Es hat eines dieser steilen Dächer, die dir so gut gefallen.«

Sie nickte. Ihr Gesicht war müde, hatte sich aber etwas aufgehellt.

»Sollen wir heute nacht hierbleiben?«

Kaum war die Frage heraus, fühlte Besian ein dumpfes Herzklopfen. Was ist nur mit mir geschehen? fragte er sich. Als er das junge Mädchen damals, kurz nach dem Kennenlernen, zum ersten Mal zu sich eingeladen hatte, war er weniger aufgeregt gewesen als jetzt, da sie ihm in Ehren angetraut war. Man könnte verrückt werden, dachte er.

»Wie du möchtest«, antwortete Diana.

»Was?«

Sie sah ihn erstaunt an.

»Du hast mich doch gefragt, ob wir heute hier übernachten sollen?«

»Und du hast nichts dagegen?«

»Natürlich nicht.«

Ein Wunder, dachte er. Am liebsten hätte er den süßen Kopf, der ihm all die Tage soviel Qual bereitet hatte, an sich gedrückt. Eine Welle heißer Empfindungen, die ihm bisher fremd gewesen waren, durchströmte ihn. Nach so vielen Nächten in getrennten Zimmern würden sie nun zusammen schlafen, hier in diesem einsamen Berggasthof, weitab von allem Leben. Er konnte von Glück reden, daß es so gekommen war. Wäre er sonst in die Vergünstigung einer derart tiefen und raffinierten Erfahrung gekommen: das erste Zusammensein mit der geliebten Frau noch einmal erleben zu dürfen. Denn so fern war sie ihm in den letzten Tagen gewesen, daß er nun meinte, sie aufs neue zu entdecken wie damals in ihrer Mädchenzeit. Ja, dieses wiederholte Erleben schien ihm noch verführerischer, noch süßer. Es bestätigte sich also wieder einmal: Ende gut, alles gut.

Er nahm eine Bewegung hinter seinem Rücken wahr, und gleich darauf tauchten vor seinen Augen runde, gänzlich überflüssige Dinge mit durchdringendem Geruch auf. Es waren die Teller mit den Spiegeleiern.

Besian hob den Kopf.

»Haben Sie ein anständiges Schlafzimmer?«

»Ja«, erwiderte der Wirt mit fester Stimme. »Sogar ein Zimmer mit Kamin.«

»Wirklich? Das ist ja wunderbar.«

»Ja, gewiß«, fuhr der Wirt fort. »Sie können lange suchen, bis Sie in dieser Gegend einen Gasthof finden, der ein solches Zimmer hat.«

Das ist wirklich Glück, dachte Besian.

»Wenn Sie mit dem Essen fertig sind, können Sie es sich ansehen.«

»Sehr gerne.«

Er hatte keinen Appetit. Auch Diana aß ihre gebratenen Eier nicht. Sie bestellte weißen Schafskäse, den sie liegenließ, weil er zu kräftig schmeckte. Dann wollte sie Joghurt und schließlich wieder Eier, aber diesmal gekochte. Besian bestellte immer das gleiche wie sie, ohne etwas anzurühren.

Gleich nach dem Essen stiegen sie ins Obergeschoß hinauf, um sich das Zimmer anzuschauen. Was der Wirt als den Stolz aller Herbergen auf dieser Seite des Hochlands gerühmt hatte, erwies sich als kärgliches Zimmerchen mit zwei holzgerahmten Fenstern nach Norden hinaus. Ein großes Bett stand darin, über das eine Wolldecke gebreitet war. Und den Kamin gab es in der Tat, sogar mit Spuren von Asche darin.

»Das Zimmer ist in Ordnung«, sagte Besian mit einem fragenden Seitenblick auf seine Frau.

»Könnten Sie wohl im Kamin ein Feuer machen?« fragte diese den Wirt.

»Gewiß, meine Dame. Auf der Stelle.«

Besian meinte in ihren Augen, zum ersten Mal seit langer Zeit, ein Fünkchen Fröhlichkeit zu entdecken.

»Es gibt ja sogar Pantoffeln«, sagte er und beugte sich hinunter, um sie sich anzuschauen.

Der Wirt verschwand und kam gleich darauf mit einem Arm voll Holz zurück. Ziemlich ungeschickt zündete er ein

Feuer an, und man sah, daß er dies nicht allzu oft tat. Die beiden Vorpsis schienen überhaupt zum ersten Mal ein Feuer zu erblicken. Schließlich ging der Wirt, und Besian verspürte wieder das dumpfe Pochen tief unten in seiner Brust. Ein paar Mal streifte sein Blick das große Bett, das unter der milchweißen Wolldecke wirklich einladend aussah. Diana stand mit dem Rücken zu ihm am Feuer. Zögernd, als nähere er sich einer Fremden, tat Besian zwei Schritte auf sie zu und umfaßte ihre Schultern. Sie stand mit gekreuzten Armen bewegungslos da, während er ihren Nacken und ihren Mundwinkel zu küssen begann. Ab und zu nahm er den rötlichen Widerschein des Feuers auf ihren Wangen wahr. Schließlich, als seine Zärtlichkeiten immer hartnäckiger wurden, murmelte sie:

»Nicht jetzt.«

»Warum denn nicht?«

»Es ist so kalt im Zimmer. Außerdem muß ich mich waschen.«

»Du hast recht«, sagte er und küßte sie aufs Haar. Wortlos löste er sich von ihr und ging hinaus. Das Poltern seiner Schritte auf der Treppe gab seine ganze Freude wieder. Gleich darauf kam er mit einem großen Topf voll Wasser zurück.

»Danke«, sagte Diana und lächelte ihn an.

Fieberhaft hantierend, versuchte er den Topf über das Feuer zu bekommen. Dann fiel ihm etwas ein, und er beugte sich in den Kamin, um hinaufzusehen. Zwei oder drei Mal setzte er an, wobei er sich mit vorgehaltenen Händen vor den Funken schützte, bis er schließlich gefunden hatte, was er suchte, denn er rief:

»Da ist er ja!«

Diana beugte sich gleichfalls vor und entdeckte einen rußgeschwärzten Haken, der wie in den meisten Kaminen direkt über dem Feuer hing. Besian hob den Eimer und versuchte, sich mit einer Hand am Mauerwerk des Kamins abstützend, ihn mit der anderen an den Haken zu hängen.

»Vorsicht!« rief Diana. »Du wirst dich verbrennen.«

Doch inzwischen war es ihm gelungen, den Eimer an den Haken zu hängen, und vergnügt wedelte er mit der Hand, die er sich in der Hitze ein wenig verbrannt hatte.

»Hast du dich verbrannt?«

»Überhaupt nicht.«

Sie nahm seine Hand in die ihre, und er bedauerte, daß er nicht geschickt genug gewesen war, sie sich noch mehr zu verbrennen. Feuerrot müßte sie sein, dachte er, damit ich ihr richtig leid tue.

Auf der Treppe waren Schritte zu hören. Es war der Kutscher, der ihre Sachen brachte. Besian blickte zerstreut zu ihm hin, und ihm war, als ob all diese Leute, die mit Holz, mit Töpfen und Taschen in der Hand die Treppe hinauf- und hinunterstiegen, nur auf sein Glück hinwirkten. Es hielt ihn nicht mehr auf dem Fleck.

»Gehen wir einen Kaffee trinken, bis das Zimmer warm und das Wasser heiß ist?« fragte er.

»Kaffee? Wie du willst«, sagte Diana. »Sollten wir nicht lieber ein bißchen spazierengehen? Ich bin noch ganz benommen von der langen Kutschfahrt.«

Gleich darauf stiegen sie die knarrende Holztreppe hinunter, und Besian vergaß nicht, den Wirt zu bitten, nach dem Feuer zu schauen, während sie spazierengingen.

»Bei dieser Gelegenheit eine Frage: gibt es hier in der Gegend einen Ort, den es sich anzuschauen lohnt?«

»Einen Ort, hier in der Gegend?« Der Wirt schüttelte den Kopf. »Nein, mein Herr, ringsum gibt es fast nur Einöde.«

»So!«

»Doch, außer vielleicht... Warten Sie. Sie haben doch eine Kutsche, oder nicht? Von hier aus ist es nicht weit bis zum Oberen Weißwasser. Dort können Sie sich die Bergseen anschauen.«

»Das Obere Weißwasser ist hier in der Nähe?« wunderte sich Besian.

»Ja, mein Herr. Es ist nur ein Katzensprung, wie man so sagt. Die Fremden, die hier vorbeikommen, lassen sich die Gelegenheit selten entgehen.«

»Was meinst du?« wandte sich Besian an seine Frau. »Auch wenn wir der ewigen Fahrerei in der Kutsche überdrüssig sind, das Dorf lohnt den Weg. Besonders die berühmten Seen.«

»Das weiß ich noch aus der Schule«, sagte sie.

»Ich auch. Wir hatten einen Geographielehrer, der stets zu sagen pflegte: Mindestens einmal im Leben muß man die Seen des Oberen Weißwasser gesehen haben. Die Landschaft ist wundervoll. Und außerdem, wenn wir dann zurück sind, ist das Zimmer richtig warm...«

Er brach ab, um ihr mit einem Blick, den er für vielsagend hielt, tief in die Augen zu schauen.

»Gehen wir«, sagte sie.

Jemand rief den Kutscher, der wenig später mit einem nicht gerade glücklichen Gesicht ankam. Er mußte den eben ausgeschirrten Pferden aufs neue das Geschirr anlegen, was er jedoch widerspruchslos tat. Bevor sie die Kutsche bestiegen, erinnerte Besian den Wirt noch einmal an das Feuer. Als der Wagen dann hart anruckte, durchzuckte ihn plötzlich die Frage, ob es nicht doch ein Fehler war, das so mühsam gewonnene Gasthofzimmer leichtfertig aufs Spiel zu setzen. Doch dann fand er Trost bei dem Gedanken, daß sich Diana nach einer heiteren Spazierfahrt wieder rundum wohl fühlen würde.

Der Nachmittag hüllte die Einöde in ein mildes Licht. Ein Purpurschimmer unbestimmbaren Ursprungs ließ die Luft wärmer wirken, als sie tatsächlich war.

»Die Tage werden länger«, sagte er und dachte: Was rede ich denn da? Das Wetter ist schön ... Die Tage werden länger...

Das waren tausendmal verwendete Floskeln, sichere Lückenfüller in den Unterhaltungen von Leuten, die sich nicht näher kannten. Waren sie sich schon so fremd geworden, daß sie sich in Gemeinplätze flüchten mußten? Nun reicht es aber, dachte er. Ein Alpdruck wich von ihm. Das war jetzt vorüber.

Sie waren früher als gedacht beim Oberen Weißwasser. Von weitem sah es so aus, als seien die Türme mit Moos bedeckt. Noch nicht überall war der Schnee geschmolzen, und in seiner Nachbarschaft wirkten die Flecken Erde noch schwärzer. Die Kutsche fuhr ohne Aufenthalt im Dorf gleich weiter zu den Seen. Als sie ausstiegen, läuteten Kirchenglocken. Zuerst blieb Diana stehen. Suchend blickte sie sich um, doch nirgends war eine Kirche zu sehen. Nur die schwarzen Flecken Erde, dramatisch zwischen Flächen verharschten Schnees gesetzt, mühten sich eilig, ihren Blick zu füllen. Doch sie wandte ihnen den Rücken zu und schmiegte sich an die Schulter des Gatten. So spazierten sie zu einem der Seen.

»Wie viele sind es insgesamt?« fragte Diana.

»Sieben, glaube ich.«

Sie gingen auf einem dicken braunen, aus Blättern vergangener Herbste vielfach geschichteten Laubteppich, der da und dort in luxuriösem Siechtum fröhlich dahinfaulte. Außer ihrem Gewicht an seinem Arm drückte auf Besian auch das Gefühl, daß seine Frau ihm etwas sagen wollte. Das Rascheln des Laubes unter ihren Füßen linderte seine Beklemmung.

»Schau, dort ist noch ein See«, sagte sie plötzlich und zeigte auf ein Uferstück zwischen den Kiefern. Gerade, als er hinüberblickte, fuhr sie fort: »Besian, du schreibst doch bestimmt bald etwas Schöneres über das Hochland, oder nicht?«

Wie von der Tarantel gestochen fuhr er herum. Den Aufschrei »Was?« unterdrückte er in letzter Sekunde. Nein, nicht diese Frage sich noch einmal anhören müssen! Ihm war, als habe man ihm ein glühendes Hufeisen auf die Stirn gedrückt.

»Nach dieser Reise«, fuhr sie mit sanfter Stimme fort, »das ist doch eigentlich selbstverständlich ... etwas Wahreres ...«

»Sicher«, stieß er hervor. »Sicher.«

Das heiße Hufeisen war immer noch an seiner Stirn. Etwas von dem Rätsel enthüllte sich ihm ... Vom Rätsel des Schweigens ... Eigentlich war es nie ein Rätsel gewesen ... Fast hatte er gewußt, fast hatte er erwartet, daß sie dies vor der ersten Nacht ihrer neuen Liebe forderte, als Preis für das Abkommen, den Pakt…

Einsam erklang irgendwo das Klopfen eines Spechts.

»Ich verstehe dich, Diana«, sagte er mit seltsam müder Stimme. »Es ist natürlich sehr schwer für mich, aber ich verstehe dich.«

»Wunderschön ist es hier«, unterbrach sie ihn. »Wie gut, daß wir hergekommen sind.«

Geistesabwesend ging Besian weiter. Am zweiten See kehrten sie um. Auf dem Rückweg faßte er sich langsam wieder, und seine Gedanken kehrten allmählich zu dem warmen Zimmer mit dem Kamin zurück, das sie erwartete.

Sie kamen zur Kutsche, stiegen jedoch nicht ein, sondern gingen weiter, um sich das Dorf anzusehen. Der Wagen folgte ihnen.

Die ersten Leute, die ihnen begegneten, zwei Frauen mit kleinen Wasserfäßchen, blieben stehen und musterten sie ausgiebig. Gegenüber der großartigen Landschaft wirkten die Türme aus der Nähe noch düsterer. Die Dorfstraßen und vor allem der Platz vor der Kirche waren belebt. Die milchweißen Männerhosen mit den schwarzen Litzen an den Seiten, die eine merkwürdige Ähnlichkeit mit dem Symbol für Hochspannung hatten, brachten die ganze Nervosität des Gehens zum Ausdruck.

»Es muß sich etwas ereignet haben«, sagte Besian.

Eine Zeitlang beobachteten sie die Menschen, um herauszufinden, was geschehen war. Die Stimmung schien insgesamt ruhig und feierlich.

»Ist das dort drüben der Fluchtturm?« fragte Diana.

»Vielleicht. Es sieht so aus.«

Diana blieb stehen, um den etwas abseits stehenden Turm zu betrachten.

»Der Hochländer, den wir damals gesehen haben, über den wir heute gesprochen haben, wenn sein Ehrenwort jetzt abläuft, landet er doch gewiß in einem Fluchtturm, oder nicht?« fragte Diana.

»Sicher«, antwortete Besian, ohne seinen Blick von der Menschenansammlung zu wenden.

»Und wenn das Ehrenwort zu Ende geht, während er unterwegs ist, weit weg von seinem Dorf, dann kann er doch in irgendeinem beliebigen Turm Zuflucht suchen?«

»Ich glaube schon. Das ist wie bei Reisenden, die von der Nacht überrascht im ersten besten Gasthof absteigen.«

»Dann könnte er also auch in diesem Turm sein?«

Besian zuckte die Schultern.

»Möglicherweise. Aber ich glaube es nicht. Es gibt so viele Fluchttürme. Und außerdem, wir sind ihm doch ein ganzes Stück von hier entfernt begegnet.«

Diana sah noch einmal zu dem Gebäude hinüber, und als sie den Blick senkte, glaubte er in ihren Augenwinkeln so etwas wie ein lächelndes Begehren zu entdecken. Aber im gleichen Augenblick bemerkte er auch, daß ihnen aus der Menschenmenge jemand zuwinkte. Ein kariertes Jackett, ein paar bekannte Gesichter.

»Sieh mal, wer da ist«, sagte Besian und zeigte hinüber.

»Ali Binaku«, sagte Diana leise, mit einer Stimme, der sich nicht entnehmen ließ, ob ihr die Begegnung angenehm war oder nicht.

Sie trafen sich mitten auf dem Platz. Dem Geometer sah man sofort an, daß er ein paar Gläser geleert hatte. Die hellen Augen des Arztes, und nicht nur die Augen, sondern auch seine dünne, rötliche Haut wirkten kummervoll, während hinter Ali Binakus üblicher Kälte eine Spur feierlicher Müdigkeit zu entdecken war. Ihnen folgte eine nicht gerade kleine Menge von Hochländern.

»Sind Sie immer noch im Hochland unterwegs?« fragte Ali Binaku mit seiner sonoren Stimme.

»Ja«, antwortete Besian Vorpsi. »Noch ein paar Tage vielleicht.«

»Die Tage werden jetzt länger.«

»Ja, es ist auch schon Mitte April. Und Sie? Was führt Sie hierher?«

»Uns?« rief der Geometer. »Wie immer, von Dorf zu Dorf, von Banner zu Banner ... Gruppenbild mit Blutspritzern ...«

»Wie?«

»Ich wollte einen Vergleich anstellen. Wie soll ich sagen, einen Vergleich mit der Welt der Malerei ...«

Ali Binaku musterte ihn kalt.

»Gab es hier einen Schiedsspruch zu fällen?« wandte sich Besian an Ali Binaku.

Dieser nickte.

»Und was für einen Schiedsspruch«, mischte sich der Geometer wieder ein. »Heute hat er«, mit dem Kinn wies er auf Ali Binaku, »ein Urteil gesprochen, über das man noch in Generationen reden wird.«

»Man sollte nicht übertreiben«, meinte Ali Binaku.

»Ich übertreibe nichts«, sagte der Geometer. »Außerdem ist er Schriftsteller und sollte schon von deinem Schiedsspruch erfahren, Ali Binaku.«

Einige Minuten später war dann das Ereignis, das Ali Binaku und seine Gehilfen ins Dorf geführt hatte, rekapituliert, und zwar von verschiedenen Stimmen, die einander unterbrachen, ergänzten oder korrigierten, vor allem aber von der Stimme des Geometers, bis alles die Form eines Berichts angenommen hatte. Folgendes war geschehen:

Vor einer Woche war ein schwangeres Mädchen von Angehörigen der eigenen Sippe umgebracht worden. Es war klar, daß sie binnen kurzem auch den jungen Mann töten würden, der die Liebesbeziehung mit dem Opfer eingegangen war. Inzwischen hatte die Familie des Jungen in Erfahrung gebracht, daß das ungeborene Kind männlichen Geschlechts gewesen war. Sie kam nun den Dingen zuvor, indem sie der Familie des Mädchens die Blutfehde erklärte, und zwar wegen des männlichen Embryos, den sie für sich beanspruchte, obwohl ihr Sohn mit dem Opfer nicht verheiratet gewesen war. Die Familie erklärte also, sie selbst habe eine Blutschuld offen, das heißt, sie sei an der Reihe, jemand aus der Sippe des Mädchens zu töten. Auf diese Weise wollte man den schuldig gewordenen jungen Mann vor der Verfolgung bewahren, da man nun die Friedensfrist beliebig verlängern und somit der Gegenseite die Hände binden konnte. Selbstverständlich verwahrte sich die Familie des Mädchens nachdrücklich gegen diese Auslegung. Der Fall kam vor den Altenrat des Dorfes, doch es war nicht leicht, eine Lösung zu finden. Einerseits war die vom Unglück betroffene Familie des Mädchens mit Recht erbost über die Behauptung, sie schulde der gegnerischen Seite, deren Sproß den Tod des Mädchens verursacht hatte, auch noch Blut. Sie sah die Sache genau umgekehrt. Andererseits gehörte nach dem Kanun das männliche Kind, auch wenn es sich noch im Bauch der Mutter befunden hatte, zur Sippe des jungen Mannes, und sein Tod forderte genauso Blut wie der Tod eines Mannes. Der Altenrat des Dorfes sah sich außerstande, die Angelegenheit zu klären, und rief deshalb Ali Binaku, den großen Ausleger des Kanun, zu Hilfe.

Die Sache war eine Stunde zuvor verhandelt worden. (Während wir am See spazierengingen, dachte Besian.) Wie immer, wenn es um Kanunauslegungen ging, hatte sich alles sehr schnell abgespielt. Der Vertreter der Familie des Jungen hatte sich an Ali Binaku gewandt: Wissen will ich, warum man mir dieses Mehl verschüttet hat? (Gemeint war das ungeborene Kind.) Und Ali Binaku hatte direkt geantwortet: Was hatte das Mehl in einem fremden Sack zu suchen (also im Bauch des fremden, nicht angeheirateten Mädchens)? Ein Urteil ohne Sieger, und so erklärten beide Seiten das Blut für getilgt.

Kein Muskel bewegte sich in Ali Binakus blassem Gesicht. Gelassen, ohne auch nur ein Wort dazuzugeben, hörte er sich die lautstarken Berichte über seinen Schiedsspruch an.

»Ja, du bist ein berühmter Mann«, rief schließlich der Geometer, die Augen feucht vom Trinken und vor Bewunderung.

Langsam bewegte sich die Gruppe über den Dorfplatz. Einige blieben zurück, andere rückten vor.

»Wenn man emotionslos herangeht, ist das letzten Endes eine ganz einfache Angelegenheit«, sagte der Arzt, der nun neben den Vorpsis ging. »Auch in diesem letzten Fall, der so dramatisch aussieht, geht es im Kern doch nur um die Wechselbeziehung von Gläubiger und Schuldner.«

Der Arzt redete weiter, aber Besian hörte nicht sehr aufmerksam zu. Er hatte andere Sorgen: Möglicherweise war es nicht gut für Diana, wenn nun wieder über solche Dinge gesprochen wurde. Nachdem sie in den letzten beiden Tagen auf derlei Gespräche verzichtet hatten, war sie allmählich wieder aufgetaut.

»Und wie hat es Sie hierher ins Hochland verschlagen?« fragte er, um die Unterhaltung auf ein anderes Thema zu bringen. »Sie sind doch Arzt, oder nicht?«

Der andere lächelte bitter.

»Das war ich einmal, jetzt bin ich etwas anderes.«

Seine Augen blickten kummervoll, und Besian fragte sich, warum wohl gerade helle, auf den ersten Blick sogar verwaschen wirkende Augen am besten Schmerz auszudrücken vermochten.

»Ich habe in Österreich ein Chirurgiestudium absolviert, als einer aus der ersten und letzten Gruppe von Studenten, die vom Königreich ein Stipendium erhielten. Vielleicht wissen Sie, was aus der Mehrzahl dieser Studenten nach ihrer Rückkehr aus dem Ausland wurde. Ich gehöre dazu. Die völlige Enttäuschung. Keine Kliniken, keine Möglichkeit zur Berufsausübung. Eine Zeitlang war ich arbeitslos, dann habe ich in einem Café in Tirana zufällig diesen Mann da getroffen.« Er machte eine Kopfbewegung zu dem Geometer hinüber. »Er hat mir diese merkwürdige Arbeit besorgt.«

»Gruppenbild mit Blutspritzern«, wiederholte der Geometer, der herangekommen war und ihrem Gespräch zuhörte. »Wo Blut ist, da sind auch wir.«

Der Arzt ignorierte ihn.

»Und Ali Binaku braucht für seine Arbeit einen Arzt wie Sie?« fragte Besian.

»Natürlich. Sonst würde er mich nicht mitnehmen.«

Besian Vorpsi sah seinen Gesprächspartner erstaunt an.

»Da gibt es nichts zu staunen«, fuhr der Arzt fort. »Wenn nach dem Kanun Fälle verhandelt werden, Morde zum Beispiel, ganz besonders aber Verwundungen, dann ist unbedingt jemand erforderlich, der mindestens elementare Kenntnisse in der ärztlichen Kunst hat. Ein Chirurg müßte es natürlich nicht sein. Ich möchte sogar sagen, daß die bittere Ironie meines Schicksals gerade darin besteht, daß ich mich mit Dingen abgeben muß, die ein einfacher Krankenpfleger genausogut erledigen könnte, wahrscheinlich sogar eine x-beliebige Person, die ein klein wenig von menschlicher Anatomie versteht.«

»Etwas versteht...? Reicht das denn?«

Wieder erschien ein trauriges Lächeln auf dem Gesicht des Arztes.

»Wissen Sie, wo der Irrtum liegt? Sie denken bestimmt, daß ich hier Wunden verarzte, nicht wahr?«

»Natürlich. Daß Sie aus den Gründen, die Sie genannt haben, den Beruf eines Chirurgen nicht ausüben können, habe ich schon verstanden. Aber es ist ja wohl keine Schande, Wunden zu versorgen, oder?«

»Nein«, sagte der Arzt. »Wenn ich wenigstens Wunden zu behandeln hätte, dann wäre alles ja halb so schlimm. Aber das habe ich nicht. Verstehen Sie? Überhaupt nicht. Die Hochländer versorgen seit Menschengedenken ihre Wunden selbst, und heute nicht anders als früher, nämlich mit Raki, mit Tabak, mit allen möglichen barbarischen Methoden. Zum Beispiel ziehen sie bei Steckschüssen Blei mit Blei. Sie brauchen also nie einen Arzt. Ich bin aus einem anderen Grund hier. Verstehen Sie? Ich bin hier nicht als Arzt, auch nicht als Arztgehilfe, sondern als Hilfsjurist. Das kommt Ihnen komisch vor?«

»Nicht besonders«, erwiderte Besian Vorpsi. »Ich kenne mich ein bißchen aus im Kanun und kann mir deshalb vorstellen, was Sie tun.«

»Ich zähle Wunden und klassifiziere sie«, erklärte der Arzt lakonisch.

Zum ersten Mal hatte Besian den Eindruck, daß der andere sich erregte. Er sah zu Diana hin, doch ihre Blicke trafen sich nicht. Kein Zweifel, dieses Gespräch ist überhaupt nicht gut für sie, dachte er. Doch was soll's? Schauen wir, daß wir hier rasch zu einem Ende kommen und dann zurückfahren.

»Dann wissen Sie wahrscheinlich auch, daß nach dem Kanun Wunden mit einer Buße abgegolten werden. Jede einzelne Verletzung wird gesondert bezahlt, und der Preis hängt ab von der Stelle, an der sie sich befindet. Wunden am Kopf sind zum Beispiel doppelt so teuer wie Wunden am Körper, und diese wiederum sind in zwei Kategorien eingeteilt, vom Gürtel aufwärts und vom Gürtel abwärts, und so fort. Als Gehilfe von Ali Binaku habe ich einzig und allein die Aufgabe, Zahl und Sitz der Wunden festzustellen.«

Er sah zuerst Besian Vorpsi, dann seine Frau an, um die Wirkung seiner Worte auf die beiden zu prüfen.

»Bei Schiedsverhandlungen stellen Wunden ein fast größeres Problem dar als Morde«, fuhr der Arzt fort. »Sie wissen vielleicht, daß eine nicht entschädigte Wunde dem Kanun gleich viel gilt wie ein halbes Blut. Für den Kanun ist ein verletzter Mann also zur Hälfte tot, ein halbes Gespenst sozusagen. Zwei nicht abgegoltene Wunden entsprechen demnach einem Blut. Kurz gesagt, wenn jemand zwei Angehörige einer anderen Sippe oder den gleichen Mann zweimal verwundet, schuldet er ein Blut, wenn der Schaden nicht abgegolten wird.«

Wieder schwieg der Arzt eine Weile, um ihnen Zeit zu lassen, seine Darlegungen zu verarbeiten.

»Daraus ergeben sich äußerst komplizierte Probleme, vor allem in wirtschaftlicher Hinsicht«, fuhr er fort. »Sie sehen mich so erstaunt an, aber ich wiederhole: vorwiegend in wirtschaftlicher Hinsicht. Es gibt Familien, die keine zwei Wunden bezahlen können und deshalb dafür ein Menschenleben opfern. Andere ruinieren sich wirtschaftlich, zahlen für zwanzig Wunden, nur um sich das Recht auf einen neuen Mordanschlag nach der Genesung des Opfers zu erhalten. Komisch, oder nicht? Aber es geht noch weiter. Ich kannte einen Burschen im Schwarzen Tal, der seine Familie jahrelang mit den Bußgeldern für die Wunden über Wasser gehalten hat, die ihm von seinen Blutfeinden beigebracht wurden. Nachdem er ein paar Mal mit dem Leben davongekommen war, bildete er sich ein, bei seiner Erfahrung könnten ihm Kugeln nichts mehr anhaben. So wurde er der erste Mann auf der Welt, der davon lebte, daß er sich berufsmäßig Verletzungen zufügen ließ.«

»Das ist ja schrecklich!« murmelte Besian Vorpsi. Er sah zu Diana hinüber, und sie kam ihm noch blasser vor als sonst. Wenn dieses Gespräch nur endlich vorbei wäre, dachte er. Das Zimmer im Gasthof, der Kamin und der

Topf über dem Feuer dünkten ihm ferner denn je. Wir müssen weg, dachte er wieder. Wir müssen so bald wie möglich weg von hier.

Die Leute hatten sich in kleine Gruppen aufgeteilt, die über den ganzen Platz verteilt waren. Besian blieb mit Diana und dem Arzt allein.

»Sie wissen vielleicht«, fuhr der Arzt fort (Ich weiß nichts und ich will auch nichts wissen, hätte ihn Besian am liebsten unterbrochen), »daß dann, wenn zwei aufeinander schießen und der eine getötet, der andere aber nur verwundet wird, der Verletzte für den Überschuß an Blut aufkommen muß. Kurz, wie ich Ihnen schon eingangs sagte, oft muß hinter dem ganzen mythischen Dekor nach dem wirtschaftlichen Aspekt gesucht werden. Es mag zynisch klingen, aber heutzutage ist das Blut eine Ware wie jede andere.«

»O nein!« protestierte Besian. »So einfach kann man das nicht sehen. Natürlich spielt das Wirtschaftliche bei vielen Phänomenen eine Rolle, aber man sollte doch nicht übertreiben. Übrigens hätte ich Sie in diesem Zusammenhang gerne gefragt, ob Sie vielleicht einmal einen Artikel über die Blutrache geschrieben haben, der dann von der königlichen Zensur verboten worden ist?«

»Nein«, sagte der Arzt knapp. »Von mir stammen zwar die Fakten, aber den Artikel hat ein anderer geschrieben.«

»Wenn ich mich recht erinnere, wurde dort auch dieser Ausdruck verwendet, ich meine, daß Blut zur Ware geworden sei.«

»Das ist eine unumstößliche Wahrheit.«

»Haben Sie Marx gelesen?« fragte Besian.

Der andere antwortete nicht, sondern musterte Besian

nur mit einem starren Blick, der zu sagen schien: Hast du ihn denn gelesen, wenn du schon so fragst?

Besian schaute flüchtig auf Dianas Profil und erkannte, daß er dem Arzt zu widersprechen hatte.

»Sie haben den Mord, der heute hier verhandelt wurde, schon sehr vereinfacht dargestellt«, sagte er, während er noch nach einer Begründung für seinen Einwand suchte.

»Keineswegs«, meinte der Arzt. »Ich wiederhole noch einmal: Bei dem ganzen Drama, über das heute verhandelt wurde, geht es um nichts anderes als um Schulden. Also um Geld.«

»Natürlich geht es um Schulden, aber immerhin doch um Blutschulden.«

»Blut, Edelsteine, Tuch, das ist egal. Für mich sind das Schulden und sonst nichts.«

»Das ist nicht das gleiche.«

»Genau das gleiche.«

Die Stimme des Arztes klang nun ärgerlich. Seine dünne Haut leuchtete feuerrot. Besian war gekränkt.

»Das ist eine mehr als naive, um nicht zu sagen zynische Erklärung«, sagte er.

Die Augen des Arztes wurden eiskalt.

»Sie sind naiv«, erwiderte er. »Naiv und zynisch zugleich, Sie und Ihre Kunst.«

»Schreien Sie nicht«, sagte Besian.

»Ich schreie, so laut ich will«, sagte der Arzt, senkte aber trotzdem die Stimme, die nun, leise und zischend, noch drohender klang. »Ihre Bücher, Ihre Kunst, alles stinkt nach Verbrechen. Anstatt etwas für diese armen Hochländer zu tun, begaffen Sie ihr Sterben, nur um darin ausgefallene

Motive, das Schöne für Ihre Kunst aufzuspüren. Sehen Sie nicht, daß diese Schönheit tötet, wie ein junger Autor, den Sie gewiß nicht mögen, es ausgedrückt hat? Ich muß bei Ihnen an die Schloßtheater der russischen Aristokratie denken. Da gab es Bühnen für Hunderte von Schauspielern, während die Zuschauerräume so klein waren, daß gerade die fürstliche Familie hineinpaßte. Ja, an diese Aristokraten erinnern Sie mich. Sie stiften ein ganzes Volk dazu an, ein blutiges Drama vorzuführen, während Sie mit Ihren Damen in der Loge sitzen und gaffen.«

Besian stellte fest, daß Diana fehlte. Sie wird weiter vorne sein, vielleicht bei dem Geometer, dachte er matt.

»Und Sie«, unterbrach er den Arzt. »Ich spreche von Ihnen persönlich, von Ihnen als Arzt, der Sie doch angeblich alles durchschauen. Warum beteiligen Sie sich denn an diesem ganzen Theater, dieser Täuschung? Hm? Warum leben Sie auf dem Rücken des Volks?«

»Was mich angeht, so haben Sie recht«, antwortete der Arzt. »Ich bin nur ein jämmerlicher Versager. Aber wenigstens habe ich das begriffen und vergifte nicht die Welt mit Büchern.«

Besian schaute sich wieder nach Diana um, entdeckte sie aber nicht. Eigentlich ist es ganz gut, daß sie diesen schrecklichen Unsinn nicht hört, dachte er. Der Arzt sprach, und Besian versuchte sich darauf zu konzentrieren, doch als er den Mund öffnete, kam keine Antwort heraus, sondern er sagte mehr zu sich selbst:

»Wo ist meine Frau?«

Er suchte sie vergeblich unter den wenigen Menschen, die noch über den Kirchplatz schlenderten.

»Diana«, rief er ohne Sinn.

Ein paar Leute sahen herüber.

»Vielleicht wollte sie sich die Kirche ansehen, oder sie wollte irgendwo ein Glas Wasser trinken«, meinte der Arzt.

»Möglich.«

Sie gingen weiter, doch Besian war verstört. Wir hätten im Gasthof bleiben sollen, dachte er.

»Entschuldigen Sie«, sagte der Arzt sanft. »Vielleicht habe ich übertrieben.«

»Macht nichts. Wo könnte sie nur hingegangen sein?«

»Machen Sie sich keine Sorgen. Sie ist irgendwo hier in der Nähe. Ist Ihnen schwindelig? Sie sind ja ganz weiß.«

»Es ist nichts.«

Besian spürte, wie der Arzt ihn am Arm faßte. Er wollte den Arm wegziehen, vergaß es dann aber. Ein paar Kinder liefen gestikulierend neben der vordersten Menschentraube her, in der sich Ali Binaku und der Geometer befanden. Besian hatte einen bitteren Geschmack im Mund. Ali Binaku erschien ihm noch blasser als sonst. Die Seen, zuckte es ihm durch den Kopf. Der alte Laubteppich, tragisch faulend, mit diesem trügerischen Goldhauch darüber...

Mit langen Schritten näherte er sich Ali Binakus Gruppe. Sie wird doch nicht ertrunken sein! dachte er. Doch die Gesichter waren eigenartig versteinert. Mitgefühl lag darin nicht.

»Was ist?« fragte er aufgeregt, und dann spontan, vielleicht wegen des Ausdrucks ihrer Gesichter, nicht: »Was ist ihr passiert?«, sondern: »Was hat sie getan?«

Die Antwort quälte sich mühsam zwischen den gnadenlos zusammengepreßten Kiefern hervor. Sie mußten es zwei oder drei Mal wiederholen, ehe er begriff: Diana Vorpsi hatte den Fluchtturm betreten.

Was war geschehen? Weder in diesem Augenblick noch später, als sich die Aussagen aller Zeugen allmählich zu einem vollständigen Bild des Vorfalls fügten (schon früh war klar, daß dies eines jener Ereignisse war, die nicht nur real, sondern auch von einem Nebelschleier umgeben sind, der sie vom alltäglichen Leben trennt, was sie anfällig dafür macht, sich in Legenden zu verwandeln), also weder jetzt noch später ließ sich eindeutig feststellen, wie die junge Hauptstädterin in den Turm gelangt war, den kein fremder Fuß je betrat. Unglaublicher noch als das Eindringen selbst war der Umstand, daß es niemand bemerkt hatte, oder besser gesagt, es war wohl aufgefallen, daß sie sich entfernte und irgendwo umherstreifte, doch außer ein paar Kindern hatte niemand mit wacher Aufmerksamkeit ihren Weg verfolgt. Vielleicht wäre sie selbst nicht einmal zu erklären imstande gewesen, wie sie dorthin und schließlich hinein geraten war. Aus den wenigen Worten, die im Hochland von ihr überliefert sind, läßt sich schließen, daß die junge Frau gewissermaßen von allem abgelöst war, gewichtslos irgendwie, so daß ihr nicht nur der Einfall, zum Turm zu gehen, sondern auch der Weg dorthin leicht wurde. Man schloß noch nicht einmal aus, daß gerade dieses Abgelöstsein bewirkt hatte, daß sie der allgemeinen Aufmerksamkeit entschwand, die sie davon hätte abhalten können, den verhängnisvollen Schritt zu tun. Tatsächlich, so erinnerte man sich jetzt, hatte sie sich mit leichten, fliegenden Bewegungen von den Menschen entfernt und dem Fluchtturm angenähert, wie ein Schmetterling auf das sengende Licht zuflattert. Sie schwebte, trieb dahin und dorthin wie ein Blatt im Wind und ging, nein, fiel dann über die Schwelle.

Aschfahl im Gesicht begriff Besian Vorpsi endlich, was geschehen war. Das erste, was er tun wollte, war hinzurennen, um seine Frau dort wegzuholen, doch starke Hände packten ihn an beiden Armen.

»Laßt mich los!« rief er schrill.

Ihre Gesichter vor ihm waren so reglos wie die Steine einer Mauer. Dazwischen leuchteten Ali Binakus blasse Wangen.

»Laßt mich los!« wandte er sich nun an diesen, denn der Kanunausleger gehörte nicht zu den Männern, die ihn festhielten.

»Beruhigen Sie sich, mein Herr«, sagte Ali Binaku. »Sie können dort nicht hingehen. Niemand darf hinein außer dem Priester.«

»Aber meine Frau ist dort«, rief Besian, »allein unter...«

»Sie haben recht. Etwas muß geschehen, aber Sie selbst können dort nicht hingehen. Man würde möglicherweise auf Sie schießen, verstehen Sie nicht? Man könnte Sie töten.«

»Dann soll man eben den Priester oder den Bischof rufen, oder wer zum Teufel dort sonst noch hineindarf.«

»Der Priester ist benachrichtigt«, sagte Ali Binaku.

»Er kommt, da ist er!«

Ringsum drängten sich die Menschen. Besian erkannte den Kutscher unter ihnen, der, auf Anweisungen wartend, mit weitaufgerissenen Augen zu ihm herüberstarrte. Besian wich seinem Blick aus.

»Geht weg«, wandte sich Ali Binaku an die Menge. Einige taten ein paar Schritte zurück und blieben dann wieder stehen.

Der Priester kam schwer atmend heran. Sein schlaffes Gesicht mit den schweren Tränensäcken unter den Augen war finster.

»Wie lange ist sie schon drinnen?« fragte er.

Ali Binaku sah sich fragend um. Mehrere Stimmen meldeten sich gleichzeitig. Einer meinte, eine halbe Stunde, ein anderer, eine Viertelstunde. Die meisten zuckten die Schultern.

»Das ist nicht so wichtig«, sagte Ali Binaku. »Die Hauptsache ist, daß etwas geschieht.«

Er unterhielt sich flüsternd mit dem Priester. Besian hörte, wie Ali Binaku sagte: »Dann komme ich mit Ihnen«, und faßte wieder ein wenig Mut. Aus der Menge war zu hören: »Der Priester nimmt Ali Binaku mit.«

Der Priester ging los. Ali Binaku folgte ihm. Nach ein paar Schritten blieb er stehen und drehte sich zu den Leuten um:

»Keiner kommt näher!«

Besian wurde klar, daß man ihn immer noch festhielt. Wie ist es nur dazu gekommen? haderte er mit sich selbst. Die Welt vor seinen Augen war auf einmal völlig leer, es gab nur noch die beiden gehenden Gestalten, den Priester und Ali Binaku, und den Fluchtturm, auf den sie sich zubewegten.

Die Stimmen ringsum drangen zu ihm wie Windesrauschen aus einer andern Welt. Auf den Priester dürfen sie nicht schießen, ihn schützt der Kanun, aber auf Ali Binaku schon. Ich glaube nicht, daß sie auf Ali Binaku schießen. Jeder kennt ihn.

Der Priester und Ali Binaku waren auf halbem Weg, als Diana in der Tür des Fluchtturms erschien. An das, was dann geschah, konnte sich Besian später nur noch schwer erinnern. Ein endloser Versuch, vorwärtszukommen. Männer, die ihn an den Armen festhielten. Stimmen: Warte, bis sie ein Stück vom Turm weg ist, bis sie die weißen Steine erreicht. Er erkannte den Arzt, der irgendwo auf- und dann wieder untertauchte. Ein neues Aufbäumen seinerseits und wieder die Stimmen, die ihn zu beruhigen versuchten.

Endlich war Diana bei den weißen Steinen angelangt, und die Männer ließen Besian los, obwohl jemand sagte: Laßt ihn nicht los, Leute, er wird die Frau umbringen. Diana war kreidebleich. In ihrem Gesicht spiegelten sich weder Schrecken noch Schmerz noch Scham, nur eine furchtbare Abwesenheit lag darin, besonders um die Augen. Ängstlich forschte Besians Blick nach Rissen in ihrer Kleidung, nach blauen Flecken an Lippen und Hals. Obwohl er nichts feststellen konnte, war er nicht beruhigt. Die Leere in ihren Augen war schrecklicher als alle Wunden.

Mit einem nicht gerade groben, gewiß aber auch nicht zarten Griff nahm er seine Frau am Arm und zog sie hinter sich her zur Kutsche. Nacheinander stiegen sie ein, ohne noch einmal mit jemand zu sprechen oder sich zu verabschieden.

Die Kutsche flog auf der Großen Straße dahin. Wie lange fuhren sie schon so: eine Minute, ein Jahrhundert? Endlich wandte sich Besian Vorpsi an seine Frau:

»Warum sprichst du nicht?« sagte er. »Warum erklärst du mir nicht, was geschehen ist?«

Sie saß da, in den Sitz gepreßt, und blickte nach vorne, als existiere er nicht. Heftig, ja grob packte er sie am Ellbogen.

»Rede! Was war da drinnen los?«

Weder antwortete sie, noch versuchte sie ihren Arm wegzuziehen, den er wie in einem Schraubstock umklammert hielt.

Warum bist du hingegangen? schrie er lautlos. Um die ganze Grauenhaftigkeit dieses Dramas zu erfahren? Um dich an mir zu rächen? Oder um diesen jungen Hochländer zu suchen, diesen Gjorg... Gjorg... In allen Fluchttürmen werde ich nach dir suchen... ha?

All diese Fragen richtete er später in größtenteils anderen Worten, doch in der gleichen Reihenfolge an sie, aber sie beantwortete keine einzige. Und er begriff, daß jeder dieser Gründe zutraf. Plötzlich fühlte er sich müder als je zuvor in seinem Leben.

Draußen wurde es dunkel. Mit Unterstützung des Nebels legte sich die Dämmerung rasch über das ganze Land. In der dunstigen Dunkelheit draußen vor dem Wagenfenster glaubte Besian einen Mann auf einem Maultier zu erkennen. Das gelbliche Gesicht des Reisenden, der ihm bekannt vorkam, blickte einen Augenblick zur Kutsche herüber. Wohin bist du an diesem Abend noch unterwegs, Verwalter des Blutes? dachte er.

Wohin bist du unterwegs? fragte er sich gleich darauf selber. Allein in diesem fremden Gebirge, in einer Dämmerung voller Gespenster... Wohin?

Eine halbe Stunde später hielt die Kutsche vor dem Gasthaus. Hintereinander stiegen sie die hölzerne Treppe hinauf und betraten das Zimmer. Das Feuer brannte noch, und das Wasser in dem Topf, den der Wirt offensichtlich wieder aufgefüllt hatte, brodelte blasig vor sich hin. Eine Petroleumlampe verbreitete ein flackerndes Licht. Niemand kümmerte sich mehr um das Feuer und den Topf. Diana entkleidete sich und ging zu Bett, die Augen mit dem Arm vor dem Licht der Lampe schützend. Er blieb am Fenster stehen und blickte hinaus. Nur ab und zu drehte er sich um und betrachtete ihren schönen Arm, der noch immer das halbe Gesicht bedeckte. Eine Spitzenbordüre war über die Schulter herabgerutscht. Was haben diese halbblinden Polypheme mit ihr getan? dachte er. Und er spürte, daß dies eine der Fragen war, die ein ganzes Menschenleben füllen können.

Sie blieben die Nacht und den ganzen folgenden Tag im Zimmer. Der Wirt brachte ihnen das Essen herauf und wunderte sich sehr, daß sie ihn nicht mehr darum baten, im Kamin ein Feuer anzuzünden.

Am Morgen des übernächsten Tages (es war der siebzehnte April) brachte der Kutscher die Taschen zum Wagen, und nachdem sie bezahlt und sich vom Wirt kühl verabschiedet hatten, machten sich beide, Mann und Frau, auf den Weg.

Sie verließen das Hochland.

Siebtes Kapitel

Den Morgen des siebzehnten April erlebte Gjorg auf der Großen Straße nach Brezftoht. Obwohl er schon seit Sonnenaufgang ohne Pause wanderte, war ihm doch klar, daß er bis Brezftoht mindestens noch einen Tag brauchen würde. Sein Ehrenwort jedoch lief am Mittag ab.

Er hob den Kopf und suchte am Himmel die Sonne. Wolken verhüllten sie, ohne zu verbergen, wo sie stand. Nicht mehr lange und es ist Mittag, dachte er und blickte wieder vor sich auf die Straße. Für seine geblendeten Augen war sie voll rötlicher Reflexe. Wenn mein Ehrenwort bis zum Abend dauerte, würde es reichen, wenn ich gegen Mitternacht zu Hause wäre. Doch es endete am Mittag, so wie es meistens war. Jeder wußte: Wurde derjenige, den das Ehrenwort schützte, noch am Tag getötet, an dem es ablief, so stellte man fest, in welche Richtung der Schatten seines Kopfes nach dem Sturz fiel, nach Westen oder nach Osten. Fiel er nach Osten, so bedeutete dies, daß er nach der Tagesmitte, also nach Ablauf des Ehrenworts getötet worden war. Wies der Schatten seines Kopfes hingegen nach Westen, so war er vor der Zeit, also treulos getötet worden.

Gjorg hob wieder den Kopf. Die Dinge, die ihn betrafen, hatten an diesem Tag viel mit dem Himmel zu tun, mit dem Lauf der Sonne dort oben. Dann sah er wieder vor sich auf die Straße, die seinen geblendeten Augen erneut im Licht zu ersticken schien. Er ließ den Blick umherwandern, und überall war nur dieses rosenfarbene Strahlen und nichts dazwischen. Wie es aussah, würde sich die schwarze Kutsche, die er drei Wochen lang auf allen Straßen des Hochlands vergeblich gesucht hatte, auch an diesem letzten Morgen seines freien Lebens nicht zeigen. Immer, wenn er gedacht hatte, nun endlich sei es soweit, war sie aufs neue wie vom Erdboden verschluckt gewesen. Man hatte sie auf der Straße der Schatten, bei den Kuckucksplatanen, auf der Großen Straße der Banner gesehen, doch er konnte und konnte sie nicht finden. Kaum war er dort angekommen, wo man sie angeblich gesehen hatte, war sie inzwischen in den Nachbarkreis weitergefahren, und wenn er umkehrte, um sie an einer Kreuzung abzupassen, änderte sie plötzlich die Richtung.

Manchmal vergaß er sie, doch die Straße selbst brachte sie ihm wieder in Erinnerung. Inzwischen hatte er aber fast keine Hoffnung mehr. Auch wenn sie ein Leben lang durchs Hochland fuhr, war er doch im Fluchtturm eingeschlossen. Und selbst wenn das Unmögliche geschah und er eines Tages den Turm wieder verlassen konnte, dann war sein Augenlicht so stark geschwächt, daß er statt ihrer nur noch einen verschwommenen Fleck erkennen konnte, ähnlich der Sonne, die hinter den Wolken heute nichts anderes war als ein Strauß verwelkter Rosen.

Gjorg versuchte, nicht mehr an die Kutsche, sondern an seine Familie zu denken. Man würde ihn heute voll Sorge zu Hause erwarten, doch er konnte unmöglich vor Mittag dort sein. Um die Mittagszeit würde er seine Wanderung unterbrechen und sich bis zum Anbruch der Nacht irgendwo verbergen müssen. Er war nun ein vom Blut Verfolgter, und das hieß, daß er sich von jetzt ab stets nur nachts und abseits der Hauptstraßen bewegen durfte, wie ein Räuber. In den Herbergen, die ihm sein Nachtquartier boten, hatte er in den letzten Tagen zwei oder drei Mal flüchtig einen Mann aus der Kryeqyqesippe zu entdecken geglaubt. Zwar war nicht auszuschließen, daß ihn sein Blick getrogen hatte, vielleicht war ihm aber auch tatsächlich jemand auf die Spur gesetzt worden, der ihn sofort nach Ablauf des Ehrenworts, wenn der Verfolgte noch etwas unvorsichtig war, töten sollte.

Auf jeden Fall muß ich mich vorsehen, dachte er und blickte ein drittes Mal zum Himmel hinauf. Plötzlich meinte er ein fernes Geräusch zu hören. Er blieb stehen, um die Richtung festzustellen, doch es gelang ihm nicht. Als er weiterging, war das Geräusch erneut da. Ein schwaches Rauschen, anschwellend und dann wieder nachlassend. Ein Wasserfall, dachte er. Und so war es auch. Als er herankam, bot sich ihm ein wundersamer Anblick. Noch nie im Leben war er von einem Wasserfall so verzaubert gewesen. Der hier war anders als die anderen. Gichtlos und gleichmütig fiel er über den dunkelgrünen Felsen herab wie eine schwere Mähne. Gjorg dachte an das Haar der schönen Hauptstädterin. Im hellen Sonnenlicht war ihm der Wasserfall wahrscheinlich sehr ähnlich.

Er blieb auf der kleinen Holzbrücke stehen, unter der sich das vom Felsen herabstürzende Wasser seinen Weg suchte, ungezügelt nun und ohne Feierlichkeit. Gjorg konnte seinen Blick nicht von dem Wasserfall abwenden. In der Woche zuvor hatte er in einer der Herbergen, wo er für die Nacht abstieg, von fremden Ländern berichten gehört, in denen die Wasserfälle in den Bergen elektrisches Licht machten. Ein junger Hochländer, dem es von jemand erzählt worden war, der es wieder von einem anderen gehört hatte, sprach darüber mit zwei Gästen. Die Zuhörer meinten: Licht aus Wasser?! Bist du denn verrückt?! Wasser soll wie Petroleum Licht geben?! Wasser brennt nicht, damit löscht man das Feuer! Doch der junge Hochländer beharrte darauf, genau so habe er es gehört und nichts hinzuerfunden: Licht könne aus Wasser entstehen, natürlich nicht aus jedem Wasser, denn auch zwischen den Wassern gebe es Unterschiede wie zwischen den Menschen. Licht könne also nur aus dem edlen Wasser der Wasserfälle entstehen. Wer dir das erzählt hat, war verrückt, und du bist noch verrückter, weil du es geglaubt hast, sagten die Gäste. Doch das hinderte den Hochländer nicht daran zu erklären, wenn es im Hochland einmal soweit wäre, dann werde (immer nach den Worten des anderen, der es wieder von einem anderen gehört hatte) der Kanun etwas an Strenge verlieren, und der Tod werde aus den Bergen allmählich herausgespült, so wie giftige Böden durch Wässern entsalzt werden. Verrückt bist du, völlig verrückt, wiederholten die Gäste. Doch Gjorg glaubte dem Unbekannten.

Es fiel ihm schwer, dem Wasserfall den Rücken zu kehren. Fast gerade zog sich die Straße endlos hin, an den Enden in Purpur getaucht.

Er sah zum Himmel hinauf. Bald lief das Ehrenwort ab, dann trat er heraus aus der Zeit des Kanun. Aus der Zeit, flüsterte er nochmals. Es kam ihm ein wenig komisch vor, daß ein Mensch seine eigene Zeit verlassen konnte. Bald, wiederholte er und hob das Gesicht zum Himmel. Die verwelkten Rosen hinter den Wolken waren etwas dunkler geworden. Gjorg lächelte traurig. Was konnte er schon tun?

Währenddessen flog die Kutsche mit den Vorpsis, Mann und Frau, über die Große Straße der Banner, die längste aller Straßen, die durch das Hochland führten. Die firnbedeckten Berghänge traten immer weiter zurück. Besian Vorpsi schaute sie an und dachte: Endlich verlassen wir das Königreich des Todes. Sein rechtes Auge erfaßte ab und zu das Profil seiner Frau. Es war blaß und starr, und das Rütteln des Wagens betonte diese Starre noch, anstatt sie zu verbergen. Manchmal machte sie ihm richtig angst. Sie war ganz fremd, völlig verändert, nur noch körperliche Gestalt, während die Seele dort oben geblieben war.

Welcher Teufel hat mich bloß geritten, als ich sie in dieses verfluchte Hochland brachte, warf er sich zum zehnten Mal vor. Die erste Berührung hatte genügt, und sie war ihm verfallen. Ein winziger Kontakt mit diesem schrecklichen Mechanismus hatte genügt, ihm die Frau zu nehmen, sie in eine Sklavin oder, im günstigsten Fall, eine Fee der Berge zu verwandeln.

Das Quietschen der Räder war die geeignete Untermalung für seine Zweifel und Ahnungen, seine Reue. Er hatte sein Glück auf die Probe gestellt, als gelte es herauszufinden, ob er es überhaupt verdiente. Er hatte dieses fragile Glück noch im ersten Frühling an das Tor zur Hölle getragen. Es hatte der Probe nicht standgehalten.

Manchmal, ruhiger, dachte er, keine unbedeutende Lockung, kein Dritter könne je imstande sein, Dianas Gefühle für ihn in Frage zu stellen. Wenn es trotzdem geschah (ach, wie schmerzlich waren doch die Worte »es geschah«!), dann war es nicht ein Dritter, sondern etwas anderes, schrecklich Umfassendes. Über Jahrhunderte hinweg waren menschliche Schicksale zu einem Klumpen geronnen, an dem nichts mehr korrigierbar schien. Diana war vom Drama des Hochlands erfaßt worden wie ein Schmetterling von einer großen schwarzen Lokomotive, und sie war dabei verlorengegangen.

Mit einer Ruhe, die ihm selbst Angst bereitete, dachte er manchmal daran, daß womöglich auch er selbst diese Steuer ans Hochland zu entrichten hätte. Eine Steuer für seine Bücher, für die Elfen und Waldfeen, von denen er darin erzählt hatte, und für die kleine Loge vor der Bühne, auf der ein ganzes Volk weinend sein Blut vergoß.

Wahrscheinlich hätte mich die Strafe sowieso erreicht, vielleicht sogar in Tirana, wollte er sich beruhigen. Denn die Wellen, die das Hochland aussandte, pflanzten sich weit fort, über das ganze Land, bis in alle Zeiten.

Er schob den Ärmel seines Mantels hoch und sah auf die Uhr. Es war Mittag.

Gjorg blickte zum Himmel und fand den Sonnenklecks hinter den Wolken. Genau Mittag, dachte er. Das Ehrenwort ist abgelaufen.

Mit zwei leichten Sprüngen verließ er die Große Straße und begann durch das Ödland zu marschieren. Nun galt es einen Ort zu finden, an dem er die Nacht abwarten konnte. Im weiten Umkreis der Straße war alles verlassen, dennoch wäre es ihm wie ein Verstoß gegen den Kanun vorgekommen, hätte er seine Wanderung auf der Großen Straße fortgesetzt.

Die Einöde war ausgedehnt und flach. In der Ferne gab es Äcker und ein paar Bäume, doch hier war weit und breit keine Höhle, ja noch nicht einmal ein Busch zu finden. Das erste Versteck, das ich finde, nehme ich auch, dachte er, als gehe es darum, sich selbst zu bestätigen, daß er nicht aus Prahlerei schutzlos allen Blicken preisgegeben dahinmarschierte, sondern weil er nirgends eine Zuflucht fand.

Die Einöde wollte kein Ende nehmen. In seinem Kopf herrschte eine merkwürdige Ruhe, oder eher eine stumme Leere. Er war ganz allein unter dem Himmel, der sich nun vom Gewicht der Sonne ein wenig nach Westen zu neigen schien. Ringsum war der Tag noch derselbe, mit der gleichen Luft und dem gleichen Purpurschimmer, obwohl die Frist des Ehrenworts abgelaufen war und ein neuer Zeitabschnitt für ihn begonnen hatte. Aus starren Augen schaute er sich um. Das war nun also die Zeit nach dem Ehrenwort. Eine höhere Zeit, die ihn nicht mehr betraf, ohne Tage, Monate, Jahre, ohne Zukunft. Die Zeit an sich, mit der er nichts mehr zu tun hatte. Sie war ihm ganz fremd. Er empfing von ihr keine Erkennungszeichen mehr, keinen Hinweis auf den Tag der Strafe, die ihn erwartete, zu einem unbekannten Zeitpunkt auf unbekanntem Boden von ebenfalls unbekannter Hand.

Daran dachte er, als er in der Ferne plötzlich ein paar dunkle Gebäude ausmachte, die ihm bekannt vorkamen. Das müssen die Höfe von Rrëza sein, dachte er, als er näher kam. Die Straße von dort bis zu einer Quelle, an deren Namen er sich nicht mehr erinnerte, stand unter dem Ehrenwort. Zumindest glaubte er das zu wissen. Straßen, die unter dem Ehrenwort standen, waren nicht durch Steine oder Schilder gekennzeichnet, trotzdem kannte man sie. Gewiß konnte der erste Wanderer, der ihm begegnete, Auskunft geben.

Gjorg ging schneller. Seine Lethargie war verflogen. Wenn er die Straße unter dem Ehrenwort erreichen konnte und bis zum Abend darauf blieb, dann mußte er sich nicht hinter irgendeinem Strauch verkriechen. Und außerdem... vielleicht kam die wunderliche Kutsche vorbei. Schließlich waren sie schon einmal bei den Drei Quellen aufgetaucht, wie er erfahren hatte.

Ja, das würde er tun. Gjorg blickte nach links und rechts, um sich zu vergewissern, daß die Straße so menschenleer war wie die Einöde. Mit ein paar leichten Sätzen war er ein paar Sekunden später wieder auf der Großen Straße und marschierte weiter. Er wollte so schnell wie möglich das Wegstück erreichen, das unter dem Ehrenwort stand.

Vorsicht, dachte er. Dein Kopf wirft seinen Schatten jetzt nach Osten. Doch die Große Straße blieb menschenleer. Er ging rasch, ohne zu denken. Weit vor sich entdeckte er auf der Straße ein paar schwarze, beinahe bewegungslose Silhouetten. Als er näher kam, stellte er fest, daß es zwei Hochländer mit einer Frau waren, die auf einem Maultier saß.

»Steht die Straße hier unter dem Ehrenwort, gute Leute?« fragte Gjorg, als man sich begegnete.

»Gewiß, mein Junge«, antwortete der ältere der beiden. »Seit hundert Jahren steht die Straße von den Höfen der Rrëza bis zur Elfenquelle unter dem Ehrenwort.«

»Danke«, sagte Gjorg.

»Gern geschehen, mein Junge«, antwortete der Alte und blickte verstohlen auf die schwarze Schleife an Gjorgs Ärmel. »Gute Reise auch!«

Während er mit raschen Schritten die Straße entlangging, dachte Gjorg an all jene im Blut Stehenden, die wie er vom Ablauf ihrer Gnadenfrist irgendwo mitten im Hochland überrascht wurden. Was hätten sie nur getan ohne die Straßen unter dem Ehrenwort, ihre einzige Zuflucht vor den Verfolgern?

Das Straßenstück, das unter dem Ehrenwort stand, unterschied sich vom Rest der Straße in nichts. Das gleiche alte, von Pferdehufen und Rinnsalen beschädigte Pflaster, die gleichen Schlaglöcher und am Rand die gleichen Sträucher. Dennoch entdeckte Gjorg eine gewisse Wärme im Goldton des Straßenstaubes. Er holte tief Atem und ging langsamer. Hier warte ich den Abend ab, dachte er. Ob er sich nun auf einem Stein ausruhte oder bis zur Dämmerung auf und ab ging, auf jeden Fall war dies angenehmer, als sich in der Steinwüste hinter einem Busch zu verkriechen. Außerdem..., vielleicht kam ja die Kutsche vorbei. Er hatte sich die vage Hoffnung bewahrt, ihr noch einmal zu begegnen. Ja, sein Traum ging sogar noch darüber hinaus. Kaum entdeckte er die Kutsche, hielt sie auch schon an, und die Insassen forderten ihn auf: He, Hochländer, wenn du müde bist, dann steig ein und fahr ein Stück mit uns mit.

Ab und zu blickte Gjorg zum Himmel hinauf. In spätestens drei Stunden würde die Dämmerung einsetzen. Auf der Straße kamen einzelne Wanderer vorbei, zu Fuß oder zu Pferd. Ganz weit hinten waren ein paar kleine Punkte zu entdecken, die sich nicht von der Stelle bewegten. Bestimmt waren dies Bluträcher, die wie er auf die Nacht warteten, um weiterzukommen. Zu Hause werden sie sich Sorgen machen, dachte er.

Auf der Straße näherte sich langsam ein Hochländer. Er ging hinter einer schwarzen Kuh her.

»Guten Tag!« grüßte der Hochländer, als er Gjorg erreichte.

»Guten Tag!« antwortete Gjorg.

Der andere machte eine Kopfbewegung zum Himmel.

»Die Zeit will nicht vergehen«, meinte er.

Er hatte einen blonden Schnurrbart, der ihm beim Lächeln half. Am Ärmel trug er ein schwarzes Band.

»Dein Ehrenwort ist abgelaufen?«

»Ja«, antwortete Gjorg, »heute mittag.«

»Meines ist schon seit drei Tagen vorbei, aber ich konnte diese Kuh noch nicht verkaufen.«

Gjorg sah ihn verwundert an.

»Seit zwei Wochen laufe ich mit ihr herum, und niemand will sie mir abkaufen«, fuhr der Hochländer fort. »Es ist eine gute Kuh, alle Leute im Haus haben geweint, als ich sie mitnahm, und trotzdem kriege ich sie nicht los.«

Gjorg wußte nicht, was er sagen sollte. Er hatte mit dem Verkauf des Viehs nie etwas zu tun gehabt.

»Ich wollte sie noch verkaufen, bevor ich im Fluchtturm unterkrieche«, fuhr der Mann fort. »Wir brauchen das Geld wirklich dringend, das sage ich dir, und außer mir gibt es niemand im Haus, der die Sache erledigen könnte. Aber viel Hoffnung habe ich eigentlich nicht mehr. Wenn ich sie schon in den zwei Wochen, in denen ich mich noch frei bewegen konnte, nicht verkauft habe, wie soll ich das dann schaffen, wenn ich mich nur nachts bewegen kann? Was meinst du dazu?«

»Du hast recht«, sagte Gjorg. »Es ist schwer für dich.«

Er starrte die schwarze Kuh an, die träge muhte. Die alte Ballade von Vermächtnis des sterbenden Soldaten fiel ihm ein: Grüßt mir die Mutter, sie soll die schwarze Kuh verkaufen.

»Woher bist du?« fragte der Hochländer.

»Aus Brezftoht.«

»Dann hast du es nicht mehr weit. Wenn du ordentlich marschierst, kannst du noch heute abend dort sein.«

»Und du?« fragte Gjorg.

»Oh, ich komme von weit her, aus dem Krasniqibanner.«

Gjorg stieß einen leisen Pfiff aus.

»Das ist wirklich weit. Bis du wieder dort bist, hast du deine Kuh bestimmt verkauft.«

»Das glaube ich nicht«, sagte der andere. »Ich kann sie ja inzwischen nur noch auf den Straßen unter dem Ehrenwort verkaufen, und davon gibt es nicht sehr viele.«

Gjorg nickte.

»Ja, wenn das Ehrenwort auf dieser Straße bis zur Kreuzung mit der Großen Straße der Banner reichen würde, dann könnte ich sie bestimmt verkaufen. Doch es hört schon vorher auf.«

»Ist es noch weit bis zur Straße der Banner?«

»Nicht mehr weit. Das nenne ich eine Straße! Was man nicht alles zu sehen bekommt, wenn man darauf wandert!«

»Ja wirklich, unterwegs kann man schon komische

Dinge erleben«, sagte Gjorg. »Einmal habe ich eine Kutsche gesehen...«

»Eine schwarze Kutsche mit einer schönen Frau darin?« unterbrach ihn der andere.

»Woher weißt du das?« rief Gjorg.

»Ich habe sie gestern im Gasthaus zum Kreuz gesehen.«

»Was haben sie dort getan?«

»Was sie getan haben? Nichts. Der Wagen stand vor dem Gasthaus. Der Kutscher trank im Schankraum einen Kaffee.«

»Und sie?«

Der Hochländer grinste.

»Sie waren drinnen. Zwei Tage und zwei Nächte nur im Zimmer. Das hat der Wirt erzählt. O Bruder! Die Frau war schön wie eine Elfe. Ihre Augen können einen richtig verzaubern. Gestern abend waren sie noch dort. Heute werden sie sich auf den Weg gemacht haben.«

»Woher weißt du das?«

»Der Wirt hat es gesagt: Morgen fahren sie weg. Er wußte es vom Kutscher.«

Sekundenlang stand Gjorg wie gelähmt. Seine Augen starrten auf das Pflaster.

»Wo kommen sie vorbei?« fragte er plötzlich.

Der Mann zeigte nach vorne.

»Eine Stunde von hier begegnen sich die Straße, auf der wir gerade gehen, und die Straße der Banner. Die müssen sie auf jeden Fall nehmen. Wenn sie nicht schon vorbei sind. Einen anderen Weg gibt es nicht.«

Gjorg sah in die Richtung, in die der Hochländer wies. Der andere begann ihn seltsam zu mustern.

»Was gehen sie dich eigentlich an, du Unglückswurm?« fragte er.

Gjorg antwortete nicht. Eine Stunde in dieser Richtung, dachte er. Er hob den Kopf, um in den Wolken nach der Spur der Sonne zu suchen. Er hatte mindestens noch zwei Stunden Zeit. Noch nie war er ihr so nahe gewesen. Vielleicht konnte er die Elfe sehen.

Ohne zu überlegen und ohne sich von seinem Weggefährten zu verabschieden, rannte er wie besessen in die Richtung, wo sich nach Auskunft des Mannes mit der schwarzen Kuh die Straßen begegneten.

Die Kutsche mit den Vorpsis ließ das Hochland rasch hinter sich. Der Tag neigte sich seinem Ende zu, als in der Ferne die Dächer der kleinen Stadt auftauchten, die Spitzen der beiden Minarette und der Glockenturm der einzigen Kirche.

Besian Vorpsi beugte sich zum Fenster: er stellte sich die Einwohner des Städtchens in den engen Gassen mit den ein wenig lächerlich wirkenden Häusern vor. Angestellte der Unterpräfektur beförderten Dokumente zum Friedensrichter. Da gab es Lädchen, verschlafene Büros und vier oder fünf altertümliche Telefone, die einzigen in der Stadt. Verdrießliche Gespräche wurden daran geführt, nicht selten unter Gähnen. Beim Gedanken an all das kam ihm die Welt, die ihn hier unten erwartete, im Vergleich zu der anderen, aus der er gerade kam, schrecklich blaß und farblos vor.

Trotzdem, dachte er traurig, gehöre ich in diese farblose Welt und hätte nie ins Hochland hinaufreisen sollen. Das Hochland war nichts für gewöhnliche Sterbliche.

Die Schornsteine der kleinen Stadt wuchsen mit dem Näherkommen. Diana saß noch immer bewegungslos da, den Kopf zurückgelehnt. Besian Vorpsi hatte das Empfinden, von seiner Frau nur die äußere Hülle nach Hause zurückzubringen, während sie selbst irgendwo dort oben in den Bergen geblieben war.

Sie fuhren nun durch die kahle Einöde, wo sie einen Monat zuvor ihre Reise begonnen hatten. Noch einmal, vielleicht das letzte Mal, drehte sich Besian nach dem Hochland um. In immer trägerem Gang zogen sich die Berge in ihre Einsamkeit zurück. Ein weißer, geheimnisvoller Nebel legte sich vor sie wie der Vorhang am Ende eines Dramas.

Zur selben Zeit bewegte sich Gjorg mit langen Schritten auf der Straße der Banner voran, die er eine Stunde vorher erreicht hatte. In der Luft lag schon das erste Zittern der Abenddämmerung, als von der Seite her ein scharfer Ruf ertönte:

»Gjorg, dich grüßt Zef Krye...«

Mit einem raschen Griff wollte er das Gewehr von der Schulter reißen, doch die Armbewegung fiel zusammen mit dem »qyqe«, der zweiten Hälfte des verhaßten Namens, der noch unscharf in sein Bewußtsein drang. Die Erde drehte sich um Gjorg, dann schlug sie vor ihm hoch wie eine Wand, in sein Gesicht. Er war gestürzt.

Einen Moment lang verstummte die Welt. Dann drangen durch ihr Schweigen ein paar Schritte. Jemand machte sich an seinem Körper zu schaffen. Man dreht mich um, dachte er. Zugleich spürte er etwas Kaltes an der rechten Wange, wahrscheinlich den Gewehrlauf. O Gott, alles genau nach den Regeln. Er versuchte die Augen zu öffnen. Ob es ihm gelang, war nicht genau zu sagen, denn anstatt des Blutfeindes sah er ein paar weiße Kleckse verharschten Schnees und dazwischen die schwarze Kuh, die sich nicht verkaufen ließ. Das ist alles, dachte er, und es hat lange gedauert.

Er hörte noch, wie die Schritte sich wieder entfernten, und überlegte, wem sie wohl gehören mochten. Sie kamen ihm bekannt vor. Ja, er kannte sie gut, so gut wie die Hände, die ihn umgedreht hatten... Es sind meine Hände, genau, dachte er. Am siebzehnten März, die Straße bei Brezftoht... Für kurze Zeit verlor er das Bewußtsein, dann hörte er wieder die hallenden Schritte und dachte, es müßten wohl seine Schritte sein, und er selbst sei es, der da davonrannte, den eigenen Körper, den er gerade getötet hatte, mitten auf der Straße zurücklassend.

Tirana, 1978

Glossar

Kanun

Als *Kanun von Lek Dukagjini* oder kurz *Kanun* wird das jahrhundertealte Gewohnheitsrecht der nordalbanischen Berge bezeichnet.

Im fünfzehnten Jahrhundert eroberte das Osmanische Reich die albanisch besiedelten Gebiete auf dem Balkan. Allerdings gelang es ihm nie, sein Verwaltungssystem auch in der unzugänglichen Bergwelt Nordalbaniens zu etablieren. Die Hochländer mußten den osmanischen Heeren Soldaten stellen, ansonsten lebten sie weiter in ihrer überlieferten patriarchalischen Stammesordnung. Die sozialen, wirtschaftlichen und rechtlichen Beziehungen wurden ausschließlich durch das nur mündlich überlieferte, dabei aber erstaunlich differenzierte »Recht der Väter« geregelt, dessen tragende Elemente die Familie, die Ehre und das Ehrenwort, das Gastrecht und die Blutrache waren.

Die Regionen, in denen der *Kanun* seine Herrschaft entfaltete (das Große Bergland ganz im Norden und die südöstlich davon gelegene Mirdita), sind seit jeher Trutzburgen des katholischen Glaubens in Albanien. Daraus läßt sich – trotz verwandter Bräuche in islamischen Ländern – schließen, daß das albanische Gewohnheitsrecht nicht islamischen Ursprungs ist, sondern bereits in vorosmanischer, christlicher Zeit wurzelt.

Mit der Schaffung staatlicher Institutionen in Albanien Anfang des zwanzigsten Jahrhunderts verlor das Gewohnheitsrecht der Hochländer zunehmend an Sinn und Substanz, die Blutrache verkam immer mehr zum zwanghaften Ritual. Allerdings war der junge albanische Staat nicht stark genug, um sich gegen das archaische Recht der Berge durchzusetzen. Nach dem zweiten Weltkrieg ging das kommunistische System vor allem gegen die Blutrache massiv vor und drängte sie zurück. Das Wertevakuum nach seinem Zusammenbruch und die Konsolidierungsschwierigkeiten des nachkommunistischen Staates haben in den letzten Jahren ein rudimentäres Wiederaufleben der Blutrache ermöglicht, wobei die Grenzen zur gewöhnlichen Kriminalität immer mehr verschwimmen.

Daß uns das Gewohnheitsrecht heute in schriftlicher Form vorliegt, ist dem Franziskanerpater Shtjefën Gjeçov (1874–1929) zu verdanken, der die ungeschriebenen Rechtsgrundsätze verschiedener nordalbanischer Stämme zusammentrug und 1913 als *Kanun von Lek Dukagjini* veröffentlichte. *Kanun* (abgeleitet vom spätlateinischen *canon*) steht für das Regelwerk. *Lek Dukagjini* war im fünfzehnten Jahrhundert ein Kampfgefährte des albanischen Nationalhelden Skanderbeg im Kampf gegen die Türken, doch in Wirklichkeit ist er wohl nicht der Stifter des *Kanun* gewesen. Der Name drückt vermutlich aus, daß es sich ursprünglich um die Überlieferung der Stämme *Lekaj* und *Dukagjini* handelte, oder er entstand aus einer Verballhornung des lateinischen Wortes *lex* (Gesetz) in Verbindung mit dem Stammesnamen *Dukagjini,* wie der Albanologe Max Lambertz vermutete.

Das Verdienst, den *Kanun* deutschen Lesern zugänglich gemacht zu haben, gebührt Marie Amelie Freiin von Godin, die ihn ins Deutsche übertrug und in den Bänden 56–58 (1953–1955) der *Zeitschrift für vergleichende Rechtswissenschaft* veröffentlichte.

Passagen, die der Autor aus dem *Kanun* übernommen hat, sind in diesem Buch in der allerdings nicht immer präzisen Übersetzung von Marie Amelie von Godin wiedergegeben.

Türme

Als *Kulla* (Türme) bezeichnet man die charakteristischen Wohnhäuser der Hochländer Nordalbaniens, deren Bauweise in engem Zusammenhang mit der Tradition der Blutrache steht. Es handelt sich in der Regel um dreistöckige, turmartige Steinbauten mit kleinen, schießschartenähnlichen Fenstern. Im Erdgeschoß befindet sich der Stall, der Eingang zum Wohnbereich ist im ersten Stockwerk und nur über eine schmale, im Falle von Angriffen leicht zu zerstörende Holztreppe zu erreichen. In diesem Geschoß leben Frauen und Kinder. Das oberste Stockwerk gehört allein den erwachsenen Männern des Hauses und den Gästen; dort befinden sich oft auch wehrgangartige Vorbauten aus massivem Holz mit Schießscharten, die auf die Zugangswege weisen.

Opanken

Flache, sandalenartige Lederschuhe; das traditionelle Schuhwerk der Hochländer.

Lek, Qindarka, Groschen

Der *Lek* ist die bis heute geltende Währungseinheit in Albanien. Ein *Lek* entspricht hundert *Qindarka.*

Der *Groschen (grosh)* ist das Zahlungsmittel des *Kanun:* eine alte türkische Münze, der hundertste Teil eines türkischen Pfunds. Fünfhundert *Groschen* sind ein *Beutel (qese).*

Banner

Das *Banner (flamur)* ist eine »Verwaltungsgliederung« des *Kanun.* Die Grundzelle der patriarchalisch strukturierten Gesellschaft des Hochlands ist die Familie, aus deren Teilung sich größere Einheiten ergeben:

»Die Familie besteht aus den Leuten im Haus; wenn ihre Zahl zunimmt, teilen sie sich in Brüderschaften, die Brüderschaften in Sippen, die Sippen in Stämme, die Stämme in Banner, und alle zusammen bilden eine ausgedehntere Familie, die man Nation nennt; sie hat ein Vaterland, ein Blut, eine Sprache und einen Brauch.«

Nach *Bannern* stellten die Hochländer dem Osmanischen Reich Soldaten; diese wurden angeführt vom *Bannerträger* (*flamurtar* oder, nach dem Türkischen, *bajraktar*). Diese ursprünglich rein militärische Funktion entwickelte sich in manchen Gebieten zu einer Art erblichen Herrscheramtes.

Der Turm von Orosh
Neben der katholischen Kirche kennt der *Kanun* noch eine weitere übergeordnete Instanz: das »Haus Gjonmarku«. Die über das Gebiet von Orosh in der Mirdita herrschende Sippe wird als »Fundament des Kanun« betrachtet. Im Gegensatz zur Kirche, die völlig unantastbar ist, genießen die Gjonmarku jedoch nur bestimmte, wenn auch weitgehende Sonderrechte, unter anderem den Vorsitz bei Beratungen und Schiedsverhandlungen sowie das Recht, für jeden vollzogenen Akt der Blutrache eine Art Steuer einzuziehen.

Republik und Königreich
Ein kurzer Überblick über die Geschichte des albanischen Staates vor dem zweiten Weltkrieg:

Als sich die Türkei in den Balkankriegen von 1912 aus den albanischen Gebieten zurückzog, wurde in der Hafenstadt Vlora unter Führung *Ismail Qemali* die erste albanische Republik ausgerufen.

1914 sanktionierten die Großmächte Albaniens Unabhängigkeit, doch nur auf einem Teil des Territoriums (Kosova wurde Jugoslawien zugeschlagen) und als international kontrolliertes Fürstentum mit dem deutschen *Prinzen Wilhelm zu Wied* als Staatsoberhaupt. Dieser wurde jedoch bereits nach einem halben Jahr durch aufständische Großgrundbesitzer wieder aus dem Land vertrieben. Ihr Anführer *Esat Pascha Toptani* ernannte sich nach dem ersten Weltkrieg, in dem Albanien von kriegführenden Mächten besetzt war, selbst zum Staatsoberhaupt.

1920 fiel *Esat Pascha* in Paris einem Attentat zum Opfer, und noch im gleichen Jahr wurde auf dem landesweiten *Kongreß von Lushnja* eine neue, republikanische Regierung geschaffen, die ihren Sitz in Tirana nahm. Innenminister und starker Mann dieses Regimes war *Ahmed Bey Zogolli,* ein Vertreter der Fraktion der Großgrundbesitzer.

1924 wurde er durch ein liberal-konservatives Bündnis unter *Fan Noli* entmachtet, das eine Landreform anstrebte, putschte sich aber noch im gleichen Jahr mit jugoslawischer Hilfe zurück an die Macht.

Bis 1928 amtierte er als Präsident, dann ließ er sich als *Zogu I.* zum König krönen. Der operettenhafte Stil seiner Regentschaft diente der westeuropäischen Presse zur Bereicherung ihrer Klatschspalten, doch das Königreich Albanien blieb das rückständigste Land Europas und geriet zudem immer mehr in Abhängigkeit von Italien. 1939 schickte Mussolini seine Truppen über die Adria und annektierte Albanien ganz. *Zogu I.* floh außer Landes, zuerst nach England, dann nach Ägypten.

Bis zur Errichtung des kommunistischen Regimes im Jahr 1944 blieb Albanien Teil des italienischen Königreichs.

Ausspracheregeln

Um dem Leser einen Eindruck vom Lautbild der in diesem Buch vorkommenden Eigennamen zu vermitteln, werden hier jene albanischen Buchstaben aufgeführt, deren Aussprache von der deutschen abweicht.

c	wie *z* in Zange
dh	wie das stimmhafte englische *th* in *th*is
ë	wie ein ganz unbetontes *ö*, im Auslaut nicht gesprochen
gj	stimmhaftes *dsch*
ll	dunkles *l* wie im englischen we*ll*
q	ähnlich dem *tj* in der Interjektion *tja*
r	kurzes Zungen-r
rr	stark gerolltes Zungen-r
sh	wie *sch* in *Sch*ule
th	wie das englische stimmlose *th* in *th*ink
v	wie *w* in *W*asser
x	stimmhaftes *ds*
xh	stimmhaftes *dsch* wie in *D*sch*ungel
y	wie *ü* in B*ü*gel
z	stimmhaftes *s*
zh	stimmhaftes *sch* wie in Journal

Die Betonung liegt im Albanischen in der Regel auf der *vorletzten Silbe;* eine der Ausnahmen ist der Name des Autors, Ismail Kadare, der auf der letzten Silbe betont wird.